Élodie
Vallée Wielgosz

Les irradiés d'Égavar
Tome 2 : L'engeance du mal

ROMAN

Ce livre est une œuvre de fiction. Les noms, les personnages, les lieux et les événements sont le fruit de l'imagination de l'auteur ou utilisés fictivement. Toute ressemblance avec des personnes réelles, vivantes ou mortes, des événements ou des lieux serait pure coïncidence.

© Élodie Vallée Wielgosz
© Independently published, novembre 2021.
ISBN : 9798771944166

Pour ma grand-mère,
mon pilier immuable

- PRÉCÉDEMMENT -

Dans le premier tome <u>Les affres du temps</u>, Annaëlle tout juste âgée de seize ans et Morgan, dix-sept ans - son ami d'enfance - prennent le train pour se rendre sur leur lieu de vacances, quand soudain, le train s'immobilise. Ils se retrouvent alors projetés en l'an 2080.

La Terre n'existe plus, ne reste plus qu'Égavar, la terre ravagée. Le monde a été dévasté par une explosion nucléaire le 6 juin 2047. Ne subsistent plus que des ruines.

Annaëlle et Morgan découvrent peu à peu ce futur sombre et saccagé, aux airs de nouveau Moyen-Âge. Et pour cause, la technologie a été anéantie et le roi Guil sème la terreur sur le royaume d'Égavar.

Bien vite, Annaëlle et Morgan trouvent une main charitable en Teddy Drasah, un vieux marchand ambulant. Perdus et choqués par la découverte de ce nouveau monde, ils lui accordent très vite leur confiance. Mais ce dernier les trahit et les vend en tant qu'esclaves. Ils sont alors embarqués de force à bord d'un navire ayant pour destination l'entrepôt de Détermination de Richebourg. Lors de la traversée une attaque d'irradiés leur donne un bref et terrible aperçu des effets produits par les radiations sur une partie de la population.

À Richebourg, les esclaves sont répartis selon deux catégories. Les « I » (inférieurs) qui semblent avoir été miraculeusement épargnés par les radiations de l'explosion et les « S » (supérieurs) qui désignent ceux dotés de capacités exceptionnelles.

Peu de temps après leur arrivée, Morgan est identifié comme étant un « I ». Il est vendu à une famille aisée : Julius et Léonie. Ces derniers s'attachent rapidement à lui comme à un fils. Mais leur quotidien vole en éclat le jour où Julius reçoit une mystérieuse missive suite à laquelle il disparaît sans laisser de trace. Commence alors pour Léonie et Morgan une longue quête sur la trace du vieil homme. Nous apprenons que Julius est membre de la résistance qui a vocation à faire basculer le roi Guil et qu'il est parti pour engager un homme, Aaron Sliny, dans les forces rebelles. Homme qui choisit le camp du roi Guil et qui prive Julius de sa mémoire.

De son côté, avant même d'avoir été « déterminée », Annaëlle est envoyée au château d'Arka, la capitale, pour répondre aux pulsions perverses du roi Guil, le maître tout-puissant d'Égavar. Hormis un cercle de privilégiés qui gravite autour du souverain, la population ignore que ce dernier n'est autre qu'Hector, un imposteur qui a tué et volé l'identité du véritable roi Guil, vingt-cinq ans auparavant, grâce à sa faculté à prendre l'apparence d'autrui.

Servante le jour, putain du roi la nuit, Annaëlle traverse une longue descente aux enfers, jusqu'au jour où elle croise le regard du doux Isaac. L'amour intense et puissant qui les lie, illumine un peu la désolation de son existence. Isaac tente de l'aider à rejoindre Morgan en la faisant évader du château d'Arka. Mais ils sont rattrapés par les hommes du roi et Annaëlle voit son pire cauchemar se réaliser : elle assiste impuissante à la mort par immolation de Isaac, cet homme qu'elle aime tant.

Cette même nuit, Léonie et Morgan font la détestable rencontre d'Aaron, le cobra hypnotique. Gabrielle, la serveuse du « *Lion Rugissant* », les aide à sortir de ce mauvais pas et ils fuient ensemble vers Richebourg. Dans le même temps, le roi Guil lance ses sbires à leur recherche. Misty, Ménélas et Alastor finissent par les retrouver dans un cottage abandonné à Richebourg. Après une rixe entre les deux camps, la troupe du roi Guil est défaite et atterrit au fond d'un puits. Quelques jours après, ils font la connaissance d'Anita, la fille chat, qui leur propose son aide, seulement et seulement si, ils s'engagent à l'emmener avec eux.

Quant à Léonie, Gabrielle et Morgan, ils fuient en direction du port de Richebourg, dans l'espoir d'embarquer sans tarder pour Isidore, où ils projettent d'interroger d'anciens amis de Julius, les Kersak, sur la disparition du vieil homme.

Quelques mois plus tard, Annaëlle donne naissance à des jumeaux issus des viols du roi Guil. Grâce à l'aide d'Éline, une servante dévouée, elle parvient à cacher l'existence de la première née : Annabeth. La domestique quitte Arka avec le nourrisson sous le bras et son jeune fils, Melvyn.

Au contact de son deuxième né, Noham, Annaëlle découvre sa véritable identité grâce à une vision. Il s'avère qu'elle n'est autre qu'Héléna, la fille disparue de Séléna et du roi Guil. Sa capacité à voyager dans le temps s'est développée très tôt et elle s'est retrouvée projetée dans le passé alors que sa nourrice, Annie, la berçait dans son couffin.

Aidée par Tania, puis par Annie, Annaëlle parvient à fuir dans le Désert Maudit, où, désespérée, elle abandonne son fils aux bons soins de l'entité invisible.

Pourchassée par le roi Guil et ses hommes, Annaëlle est finalement retrouvée par sa meute de loups assoiffés sortie tout droit d'outre-tombe…

Bon à savoir : Un index des personnages se trouve à la fin du roman pour vous accompagner dans votre lecture. Vous trouverez également un QR code pour écouter la chanson « *Les larmes du roi d'Égavar* ».

- SOLEIL ARDENT -

Décembre 2088, Désert Maudit,

Le désert à perte de vue.

À l'horizon, du sable, toujours plus de sable ; des montagnes de sable.

Seule régnait en maître, au beau milieu du néant, dans l'étendue immense, infinie, une cahute rudimentaire faite de branches éparses et de feuilles de palmier. Elle se trouvait aux abords d'une minuscule oasis, avec pour seul ornement, deux palmiers sur lesquels était tendu, un hamac en peau de bête tannée.

C'était tout.

Rien de plus, rien de moins.

Assis sur la souche d'un palmier, les pieds immergés dans la petite étendue d'eau, un jeune garçon au teint hâlé affûtait son canif avec concentration. Il portait un pagne et un chèche entourait sa tête, le protégeant des rayons voraces du soleil.

Il se leva et posa son coutelas sur la souche.

Puis, il retira son chèche et le jeta dans le sable, libérant ainsi ses cheveux d'un noir d'encre ; longs et ondulés, ils lui tombaient sur les épaules.

Il entra dans l'eau, elle lui arrivait au niveau du torse. Il ne la trouvait pas aussi rafraîchissante qu'il l'aurait voulu, mais depuis toujours, il était accoutumé à cette chaleur aride et le contact de l'eau le revigorait. La surface miroitante se réfléchissait dans ses grands yeux intelligents, aux couleurs du sable du désert.

Bien que l'oasis ne mesurât que quelques mètres de long et manquât de profondeur, il adorait nager et plus encore se laisser gagner par ce sentiment de liberté qui l'envahissait.

C'était *lui* qui lui avait appris.

Lui qui lui enseignait tout ce qu'il devait savoir.

Lui qui était à la fois son père et sa mère : Le Désert Maudit.

Le jeune garçon se nommait : Soleil Ardent, car c'était ainsi que le Désert Maudit en avait décidé, alors qu'il n'était encore qu'un nouveau-né.

Depuis lors, le désert demeurait son univers, son havre de paix et son chez-lui. Il ne connaissait que *lui*, que sa présence constante, rassurante ; ils vivaient ensemble, dans une harmonie complète.

Soleil Ardent habitait le désert, mais avant tout, le désert habitait son cœur et son âme.

Ils ne faisaient qu'un.

Le jeune garçon avait conscience d'appartenir à une entité immense, bien plus grande que lui ; il se sentait comme le chaînon d'un grand tout. Il ignorait la race à laquelle il appartenait et encore moins : qui il était. À vrai dire, ces considérations ne lui importaient guère, car il faisait partie du désert, voilà tout. Néanmoins, l'enfant connaissait sur le bout des doigts, les créatures qui peuplaient son environnement.

Le Désert Maudit se trouvait partout et nulle part à fois ; il existait dans l'esprit du garçon, se manifestait dans les rayons du soleil mais aussi à travers la brise qui effleurait les grains de sable et dans l'eau de l'oasis…

Lorsque Soleil Ardent n'était encore qu'un nourrisson et qu'il souffrait de la fraîcheur de la nuit, le Désert Maudit le réchauffait de ses bras de velours.

Quand il pleurait, *il* le berçait doucement.

Quand il avait faim, *il* le nourrissait.

Quand il avait peur, *il* lui murmurait à l'oreille des paroles rassurantes.

Il lui avait appris à marcher, à parler, à chérir le vivant, à sourire devant le lever du jour, mais aussi à respecter la vie et à accepter la mort pour ce qu'elle était selon lui : un renouveau. *Il* lui soufflait ses apprentissages à l'oreille, avec l'emphase d'un professeur enfiévré :

« Souviens-toi Soleil Ardent, la mort n'est pas une fin en soi. C'est le commencement d'un renouveau. Chaque chose qui naît sur terre, n'existe que pour mourir au moment venu et ainsi renaître de ses cendres. Tel le Phoenix. Ainsi va le cycle de la vie. »

Maintenant qu'il devenait grand – bien qu'il ne sache son âge exact, car le Désert Maudit ne s'attardait pas sur de telles considérations – *Il* lui expliquait, comment construire des outils pour chasser et se nourrir par lui-même. Soleil Ardent se révélait un excellent chasseur mais mettait un point d'honneur à respecter ses proies en formulant des vœux, visant à libérer leur âme de leur enveloppe corporelle. Mais là ne s'arrêtaient pas les talents du jeune garçon, il fabriquait des abris, allumait du feu, et tannait la peau de bête.

Il adorait par-dessus tout construire, façonner de ses mains. Soleil Ardent vivait en paix, chaque jour était un don à ses yeux. Il aimait sa vie, la vie, si bien qu'il ne pouvait imaginer une autre façon d'exister, ni soupçonner la civilisation qui se cachait derrière les montagnes de sable. Il ne connaissait ni le malheur, ni la souffrance.

Mais parfois, malgré lui, il se surprenait à ressentir un vide en son for intérieur.

Qu'était-ce ? se demandait-il alors.

Il ignorait la réponse. Alors, le Désert Maudit, qui entendait et savait toutes choses, s'insinuait dans ses pensées. Sa réponse à la question était une énigme pour Soleil Ardent, une énigme qu'il ne parvenait pas encore à élucider.

« *Chaque chose est pour une raison, Soleil Ardent. Seul le temps détient les réponses. Ne crains pas le vide, ne lutte pas si désespérément pour le combler. Accepte-le. Alors tu comprendras.* »

La nuit tombait, elle serait froide.

Il s'installa à même le sable comme à son habitude. Une couverture en peau de chameau sur les épaules. Il alluma un feu pour se réchauffer et s'attaqua voracement à un morceau de viande séchée. Puis, il s'étendit sur le sable, pour observer son spectacle préféré : la beauté de la voie lactée, la lune brillait ardemment et les étoiles étincelaient dans la nuit d'encre. La magie de l'instant lui donna envie de jouer un air de musique. Il s'apprêtait à aller chercher sa flûte, quand il entendit un bruit. Instantanément son instinct de chasseur prit le dessus. Il sortit son canif et s'accroupit en position défensive, scrutant l'obscurité.

Une masse sombre s'était échouée à quelques pas de l'oasis. Soleil Ardent s'approcha silencieusement, tous les sens en alerte, les yeux plissés par la concentration, cherchant à distinguer à quel animal il avait affaire. Il sut tout de suite qu'il n'en avait jamais vu de pareil et cela l'étonna, car il pensait connaître tous les animaux du désert.

— À boire. À boire… supplia le vieil homme au sol, en s'accrochant à la cheville du garçon.

Ébahi, l'enfant fixait la silhouette amaigrie au sol, sans comprendre. Ce fut le Désert Maudit qui répondit à sa question muette.

« C'est un homme, Soleil Ardent. Comme toi. La pire créature mais aussi la meilleure… L'une de tes dernières leçons, mais aussi la plus difficile. »

– ANNABETH –

Ville du Gouffre,

Depuis toujours, Annabeth sentait bien qu'un mystère planait au-dessus de son existence. Éline, sa mère, se comportait étrangement avec elle. *Elle la traitait toujours comme un bébé. Encore maintenant, alors qu'elle était grande ! Elle allait sur ses huit ans quand même !*

Ils habitaient une maison de bois délabrée près du Gouffre, construite par Melvyn - le frère d'Annabeth - et des amis de ce dernier, qui travaillaient avec lui à la scierie. La masure se trouvait sur un vaste terrain vague hostile, à la terre craquelée où aucune végétation ne parvenait à s'épanouir. Melvyn était un jeune homme qui passait inaperçu, avec son apparence banale, sa stature ni petite ni grande, son visage anguleux dépourvu de pilosité, ses longs cheveux bruns, gras et filandreux qui tombaient sur ses frêles épaules et son regard couleur noisette, qui ne fixait jamais son interlocuteur dans les yeux, ce qui lui donnait un air à la fois absent et fuyant. Melvyn se fondait dans le paysage et rares étaient ceux qui lui prêtaient la moindre attention, tant son physique ingrat lui donnait l'air insignifiant.

Les revenus de Melvyn leur fournissaient à peine de quoi survivre. Quant à Éline, elle confectionnait des paniers en osier et tricotait, pour vendre ensuite ses réalisations aux passants aux abords de la route et parfois sur le marché.

Éline passait son temps à sermonner Annabeth lorsqu'elle s'approchait un peu trop de la bouche béante du cratère. Pour une raison qui lui échappait, le Gouffre fascinait la petite fille. *Maman a toujours peur de tout !* se plaignait-elle souvent auprès de son frère.

Annabeth adorait les grands espaces verdoyants, alors pour trouver la végétation qui faisait cruellement défaut à leur terrain, elle s'aventurait souvent - telle une petite sauvageonne - jusqu'aux frontières de la ville, où s'épanouissait une épaisse forêt de pins et d'arbres de toutes sortes. Dans la nature, la petite fille se sentait apaisée, en harmonie et en sécurité. Elle grimpait aux arbres avec l'agilité d'un petit singe et se faisait souvent gronder pour son intrépidité. Éline lui interdisait d'aller si loin toute seule, les environs n'étaient pas sans danger pour une fillette de son âge.

Mais Éline vieillissait et Annabeth, vive comme l'éclair, disparaissait en un claquement de doigt.

Chaque jour qui passait voyait Éline s'inquiéter davantage pour sa petite fille sauvage et fougueuse qui ne tenait pas en place. La ville du Gouffre n'était pas un lieu sûr pour cette enfant de la nature, innocente et naïve.

Annabeth se rendait en classe chez l'une de leurs voisines, qui instruisait les enfants des alentours. Comme toujours, la fillette restait difficilement assise sur sa chaise. La seule activité qu'elle aimait là-bas, c'était quand la maîtresse leur demandait de dessiner ou de peindre.

Le visage tendu par une concentration exacerbée et impressionnante pour son jeune âge, elle s'évertuait alors à reproduire sur le papier, ou la toile, la beauté de la nature qu'elle aimait tant. Elle en ressortait toujours avec le visage et les doigts maculés de peinture ou de pastel, mais heureuse et presque sereine.

Or pour Annabeth, le gouffre n'existait pas seulement dans leur ville, elle le ressentait aussi en elle-même, bien qu'elle soit trop petite pour mettre un nom sur cette sensation. Elle percevait au plus profond d'elle, qu'elle n'était pas complète, qu'il lui manquait quelque chose pour être vraiment elle-même ; quelque chose d'essentiel.

Mais dans ces moments-là, quand elle peignait, dessinait, ou bien lorsqu'elle s'aventurait dans la nature, elle oubliait ce vide inexplicable à l'intérieur de ses entrailles…

Ce jour-là, après un début de journée pénible passé en classe, Annabeth n'avait qu'une envie : s'échapper. Elle décida alors d'aller voir les chevaux de la ferme, qui se trouvaient aux abords de la forêt.

Elle regrettait de ne pas en avoir à la maison, bien qu'elle soit consciente de l'état de pauvreté et de désuétude de sa famille.

Elle devait se rendre à l'évidence : *De quoi pourraient bien se nourrir les pauvres bêtes sur leur terre morte ?*

Arrivée près de l'enclos, elle scruta les alentours ; personne en vue.

Alors la petite fille s'approcha de Lune, un poney magnifique qu'elle avait baptisé ainsi en raison de sa blancheur immaculée et de sa crinière pâle comme la neige.

— Bonjour Lune ! s'extasia la fillette, en contemplant l'animal de ses grands yeux vert émeraude. Comment vas-tu aujourd'hui, ma jolie ?

Le poney l'observait de ses épaisses prunelles noires, c'était un regard profond et intelligent. Les animaux fascinaient Annabeth. Mais elle percevait chez les chevaux, ce petit soupçon d'âme en plus ; le lien unique qui les unissait à l'homme depuis des millénaires, lorsque ce dernier se reposait sur leur dos pour partir à la guerre ou labourer les champs. La petite fille voyait en eux, bien plus que des bêtes, elle saisissait la loyauté indéfectible qui les attachait à l'homme depuis toujours à travers les âges.

Lune inclina la tête sur le côté en hennissant. Annabeth sourit : c'était une invitation, elle le savait. Alors elle grimpa sur son dos, alliant douceur et souplesse. Elle s'accrocha délicatement mais fermement au cou du poney dépourvu de selle et de bride. Il s'élança doucement, puis prit de la vitesse. Ravie, Annabeth lui fit sauter la barrière de l'enclos. Rapidement, ils s'éloignèrent en direction de la forêt. Les cheveux au vent, épousant le corps musculeux de l'animal, elle riait à gorge déployée ; en accord total avec sa monture.

Le temps variait inlassablement à proximité du Gouffre. La brise chassa les nuages, laissant place à un soleil brûlant. Enjouée, Annabeth avisa le petit étang où elle aimait barboter par des temps comme celui-ci. Il luisait de mille feux sous le reflet du soleil, lui donnant un air magique qu'elle se jura de dessiner bientôt. C'était magnifique. Cet endroit lui rappelait les contes féériques que lui racontait Éline pour s'endormir. Elle apercevait presque les fées, petites lucioles dorées, volant d'arbre en arbre et de nénuphar en nénuphar.

—Tout doux ma belle ! murmura-t-elle à l'oreille de sa monture.

Alors l'animal réduisit la cadence et se mit au pas pour s'immobiliser doucement aux abords de l'étang. Annabeth sauta à terre agilement, émerveillée devant la beauté idyllique de l'endroit, rehaussée par la présence de Lune, dont le pelage brillait intensément sous l'éclat du soleil.

—Ne t'éloigne pas Lune. Je reviens tout de suite, sourit-elle à l'adresse du cheval.

Celui-ci sembla acquiescer d'un hennissement et commença à brouter aux alentours du point d'eau. Satisfaite de la réaction de l'animal, la petite fille enleva sa robe, s'approcha de l'arbre le plus proche et la suspendit à une branche tordue.

Annabeth plongea dans l'étang.

Elle fit quelques longueurs, tel un poisson dans l'eau, se félicitant d'avoir incité son frère à lui apprendre à nager.

Elle adorait cela, ce sentiment de liberté !

Alors qu'elle s'amusait à explorer les profondeurs de la mare, un bruit lui fit sortir la tête hors de l'eau. Elle décolla ses longs cheveux bruns plaqués contre son joli visage enfantin et se frotta les yeux pour mieux voir.

Le fils du fermier, Tim, un gaillard dodu d'une quinzaine d'années, se tenait en face d'elle sur le rivage. Il la fixait de ses yeux vitreux. C'était une brute de la pire espèce, son cerveau ne devait pas être plus gros qu'une noix. Plusieurs fois, déjà, il l'avait surprise avec les chevaux et coursée pour la chasser de sa propriété.

Mâchonnant un cure-dent, il esquissa un sourire malsain, découvrant ses dents noires.

— T'as pris mon ch'val, souillon.

Annabeth, prise au piège dans l'eau, se mit à trembler de peur et de malaise car elle ne portait aucun vêtement. Néanmoins, elle prit un air bravache en s'enfonçant dans la vase pour se dissimuler du mieux possible sous les nénuphars :

— Récupère-le et dégage, idiot ! Tu ne sais même pas la différence entre un cheval et un poney !

Le soleil se voila, apportant de la fraîcheur et Annabeth frissonna de plus belle dans l'eau.

Le sourire de Tim disparut sous l'insulte.

— Viens ici ! commanda-t-il. Viens me l'dire en

face souillon ! Tu t'en sortiras pas comme ça cet'fois !

D'un air vicieux, il se mit à ricaner bêtement :

—T'façon, pas la peine de te cacher, j'vois tout d'ici…

Son petit jeu n'amusait pas du tout Annabeth. Elle était seule, vulnérable et sans protection. Dans sa tête de petite fille, elle commençait à avoir peur, vraiment peur. Sans savoir réellement pourquoi, elle sentait le danger, comme un animal pris en chasse, par un prédateur bien plus gros que lui.

—Si tu viens pas, c'est moi qui viendrai t'chercher par la peau des fesses !

Le sang d'Annabeth affluait contre ses tempes.

Ça n'allait pas, pas du tout… Il fallait qu'il parte, qu'il parte maintenant !

Tim s'avança et mit les pieds dans l'eau. Une dernière fois, il somma Annabeth d'obéir, une note d'excitation malsaine dans la voix :

—Dernière chance avant que j't'attrape souillon ! Et ce sera pire, j'peux t'l'assurer ! Il se passa la langue sur les lèvres grossièrement. Viens ici tout d'suite, je l'répéterai pas !

Paniquée, Annabeth nagea vivement vers l'extrémité opposée de l'étang, se plaçant le plus loin possible de son persécuteur.

—Tu l'auras voulu souillon !

Tim s'avança dans l'eau, elle lui arrivait jusqu'à la taille à présent. Au comble de l'angoisse, la colère d'Annabeth s'embrasa et elle hurla :

—Nonnnnnnnnnnnn ! Dégage de là j't'ai dit !

Soudain, comme si elle obéissait à un ordre muet, Lune se rua en furie vers l'étang.

Tim se retourna.

Il ouvrit de grands yeux ahuris.

Il adressa un regard incertain à Annabeth, puis au poney ; quand tout à coup, ce qui se produisait fit jour dans son esprit lent…

—Sorcière ! accusa-t-il.

L'animal se cabra et d'un coup de sabot en plein visage, propulsa le fils du fermier en dehors du point d'eau.

Il s'affaissa de tout son long dans l'herbe vaseuse, inconscient.

Annabeth sortit de la mare à toute vitesse et remit sa robe à même sa peau trempée.

Vivement, elle enfourcha Lune.

Lorsqu'elle eut mis plusieurs milles entre elle et le fils du fermier, elle flatta doucement l'encolure de l'animal tout en chevauchant. Elle murmura :

—Merci ma jolie… Merci.

Tremblant de tous ses membres, la cavalière dirigea sa monture vers la ferme.

Après avoir laissé Lune dans l'enclos, elle reprit la direction de la maisonnée.

Depuis toujours elle nouait des liens étroits, inexplicables, avec les animaux.

Mais cette fois-ci il s'était produit un phénomène étrange… Tellement étrange qu'elle ne comprenait pas…

Elle frissonnait encore de peur et de froid, lorsque la maison se dessina devant elle.

- MORGAN -

Taverne de la Toison d'Or, Isidore,

Morgan affichait les traits tirés d'un homme portant toute la misère du monde sur ses épaules. De longs cheveux gras, châtain roux, parsemés de cheveux gris tombaient sur ses épaules massives. Il semblait bien plus vieux que son âge et arborait un léger embonpoint. À seulement vingt-cinq ans, il en paraissait facilement le double, le visage mangé par une barbe broussailleuse, qui grisonnait déjà.

Affaissé sur sa chaise bancale, il s'accrochait à son verre comme un naufragé à une bouée de sauvetage.

Il se trouvait dans une taverne crasseuse et malfamée d'Isidore. Sur la façade de l'établissement, pendait misérablement un écriteau, sur lequel on pouvait lire en lettres grossières : « *La Toison d'Or* ». Nom qui ne reflétait en rien, l'état de sordidité et de désuétude de la devanture et de l'intérieur. Il y régnait une atmosphère dérangeante, avec ses sculptures grossières en bois disséminées, çà et là - représentant des femmes nues – et le mobilier branlant, mangé aux mites. Lorsque la porte s'ouvrait, des volutes de fumée mal odorantes se répandaient dans la ruelle - une odeur âcre de saleté, de tabac, de sueur et de corps mal lavés – le tout formait un mélange écœurant et portait au cœur. Les habitués, fin ivres, trop occupés à glousser et à hurler comme des poissonniers tout en se noyant dans des litres de bière, ne semblaient pas s'en offusquer le moins du monde.

Au milieu de ce joyeux brouhaha, un barde chantait avec emphase, en s'accompagnant de son luth.

En entendant les premières notes, Morgan serra tellement fort son verre ébréché qu'il se brisa net, lui entaillant la main.

> « Il était jadis, une sorcière d'une grande beauté,
> allant de ville en ville à dessein d'enchanter
> de bien pauvres hommes appâtés
> à jamais envoûtés.

> Une sorcière qui décida,
> de s'établir en terre d'Arka,
> afin d'y rencontrer le roi Guil, qu'elle ensorcela.
> Si bien, que le bon roi n'y échappa pas.

> Une sorcière qui porta bien bas,
> le fruit de son union perfide avec le roi d'Égavar.
> L'âme si fourbe qu'elle décida,
> d'abandonner l'enfant dans le désert, hilare.

> Il était jadis, une sorcière d'une grande beauté,
> allant de ville en ville à dessein d'enchanter
> de bien pauvres hommes appâtés
> à jamais envoûtés.

Une sorcière dévorée,
par des bêtes affamées,
sur l'ordre du bon roi effondré,
à qui le fruit de la semence avait été volé.

Une sorcière évaporée,
au cadavre infâme envolé,
condamnant le bon roi à chercher peine perdue,
à retrouver son bâtard à jamais disparu.

Il était jadis, une sorcière d'une grande beauté,
allant de ville en ville à dessein d'enchanter
de bien pauvres hommes appâtés
à jamais envoûtés. »

Morgan renversa sa chaise avec violence dans un accès de rage. Il ne supporterait pas une minute de plus d'entendre cette chanson. *Il n'accepterait pas que l'on parle d'Annaëlle en ces termes !* Des têtes se tournèrent vers lui.

— Hé toi là ! Du calme avec le mobilier ! le rabroua Roger, l'aubergiste.

Chaque année à la même époque - l'époque de la disparition d'Annaëlle - la douleur se faisait plus forte. Il passait généralement un mois entier sans décuver. *Et voilà que ce maudit barde lui portait le coup de grâce !*

Hors de question d'écouter ça une fois de plus !

Il se dirigea vers ce dernier en chancelant, pointant un doigt accusateur vers lui.

— Menteur… MENTEUR ! rugit-il.

Le silence se fit dans la salle.

Le petit homme fluet allait entamer un autre air. Apeuré et n'en menant pas large, il recula en serrant son luth contre sa poitrine.

Le sang monta aux joues de Roger, il s'interposa de sa stature imposante, il était gros comme un bœuf :

— Pas d'grabuge chez moi l'gueux ! Personne t'a demandé d'rester si t'es pas content. Débarrasse-moi l'plancher et plus vite que ça !

Morgan toisa méchamment le barde et cracha au sol.

La tête lui tournait dangereusement.

Il jeta un dernier regard rancunier au tenancier et tourna les talons, déambulant difficilement jusqu'à la sortie.

À l'extérieur, le froid mordant lui redonna un semblant de lucidité, mais pas assez pour le faire marcher droit. Il trébucha sur un amas de pierres.

Un bâtiment s'était écroulé, cela arrivait de plus en plus fréquemment ces temps-ci ; le sol était jonché de débris. Les vestiges des édifices fragilisés mais encore debout depuis l'explosion, supportaient difficilement les terribles tempêtes et cyclones qui s'abattaient sur l'île. Il passa devant des boutiques désertes, aux devantures rafistolées à la va-vite avec des planches de bois.

Sa blessure à la main laissait des traces de sang dans la neige, mais il ne ressentait aucune douleur. Il déambula sous les épais flocons, jusqu'à la sortie de la ville.

Ses pas le menèrent devant l'immense portail de fer forgé noir, aux pointes aiguisées, du manoir Kersak : le repère de la résistance. De là où il se trouvait, on ne pouvait pas distinguer la demeure, la végétation dense la dissimulait derrière un épais manteau de verdure : un gigantesque parc boisé, parsemé d'arbres de toutes sortes, parfaitement entretenu. Mais le plus impressionnant restait sans nul doute l'immense labyrinthe et ses haies de cyprès, hautes de plus de trois mètres et néanmoins taillées en rectangles parfaits.

Une fois franchi le portail - qui demeurait invariablement ouvert, preuve irréfutable s'il en fallait, de la puissance et de l'assurance sans failles des maîtres des lieux à se penser intouchables du commun des mortels - les visiteurs qui souhaitaient accéder au manoir devaient inexorablement emprunter le dédale tortueux de cet enchevêtrement végétal. Le labyrinthe n'avait jamais failli à son devoir et l'on racontait que les hommes mal intentionnés s'y perdaient à jamais.

Morgan entra dans le parc.

Cela faisait six années à présent, presque sept, qu'il vivait au manoir ; même grisé par l'alcool, il connaissait le chemin pour sortir de ces méandres vertigineux de couloirs verdoyants. Néanmoins, la sensation suffocante à l'intérieur du labyrinthe ne le quittait toujours pas ; comme au premier jour, il se sentait happé par le ciel, seule vue dégagée qui s'offrait à lui dans ce monde végétal.

Enfin, le manoir Kersak tout de briques rouges et de pierres de taille, se dressa devant lui de toute son envergure, aussi immense qu'un château. La façade se composait d'une multitude de baies vitrées et de fenêtres en demi-lune. Au centre, un impressionnant escalier extérieur de pierres blanches, donnait accès au manoir. À l'origine, il s'agissait d'une abbaye mais à travers les âges, l'édifice avait été détruit et reconstruit à maintes reprises. Bien sûr, il n'avait pas été épargné par les explosions qui avaient eu lieu quarante ans auparavant, cependant les propriétaires n'avaient pas lésiné sur la dépense pour lui redonner son charme d'antan. Si bien qu'aucun vestige de la destruction n'était plus visible à ce jour.

Entouré, de part et d'autre, de deux ailes immenses, l'édifice paraissait imprenable avec sa toiture d'ardoise, d'un noir d'encre, qui s'élevait vers les cieux et se terminait en pointes hirsutes et menaçantes.

Morgan monta l'escalier et poussa la porte d'entrée en chancelant, au moment où sortait un homme grand, fin, élancé, aux cheveux couleur corbeau, à la barbe touffue et aux yeux noirs pétillants : Falco Kersak. Il le rattrapa in extremis.

—Hé Morgan mon vieux ! Ça va ? T'as raté le conseil, Adamo n'était pas très content. Tu l'connais…

Morgan haussa les épaules :

— Gabrielle y était…

— Oui, mais tu sais comment il est, il voulait que tout le monde soit là.

—Ouais c'est ça. Faut j'y aille Falco… À plus tard.

Morgan s'éloigna en zigzaguant, en direction de l'aile droite du manoir.

Il savait que ses retrouvailles avec sa femme ne seraient pas une partie de plaisir…

- GABRIELLE -

Manoir Kersak, Isidore,

Quand Morgan entra dans leurs appartements, il sentait l'alcool à plein nez.

Le visage de la belle Gabrielle se contracta sous l'afflux de la colère. Cette période de l'année n'était pas facile à vivre pour son mari. *Mais bon Dieu ! Cela durait depuis près de sept ans ! Et il était père ! Voilà longtemps qu'il aurait dû faire table rase du passé, reprendre du poil de la bête et commencer à assumer ses responsabilités...*

Gabrielle n'avait pas changé, la maternité lui seyait à merveille et tendait même à exacerber ses formes généreuses, rehaussant d'autant son allure féminine et sulfureuse. Ses longs cheveux blonds et bouclés, relevés en un chignon hâtif sur le sommet de sa tête, lui octroyaient un air bohème des plus séduisants.

Agenouillée au milieu de la pièce, près d'un baquet d'eau, elle donnait le bain à un petit garçon blond.

—Papa ! s'exclama l'enfant aux anges, en se retournant, ce qui éclaboussa sa mère qui le rabroua gentiment.

—Bonjour fiston... marmonna Morgan, en fuyant le regard noir de sa femme.

Morgan s'avança d'un pas incertain.

Il s'abaissa dangereusement pour embrasser sa femme et son fils et manqua de chuter. Puis il déguerpit aussi vite que possible vers la chambre à coucher, où il se laissa choir de tout son long, comme une souche.

Il commençait tout juste à ronfler, quand Gabrielle se posta sur le pas de la porte, les mains sur les hanches :

—Tu l'as sûrement pas remarqué Morgan, mais il fait encore jour...C'est un peu tôt pour se coucher, tu n'crois pas ?

Pour toute réponse Morgan grogna.

—Tout l'monde m'a demandé où tu étais ce matin au conseil.

—Et pourquoi ça ? se hérissa Morgan en ouvrant vivement les yeux, soudain parfaitement éveillé. Fais pas comme si ma présence leur importait Gabrielle ! Ils pensent tous que je suis un bon à rien et tu le sais très bien.

—Si tu passais pas tout ton temps à boire comme un trou, ils n'penseraient pas cela...

Morgan se redressa pour la fusiller du regard :

—Pas de ça avec moi Gabrielle ! Tu sais très bien que c'est pas de ça qu'il s'agit ! Ils nous ont acceptés parmi eux seulement pour tes facultés et parce qu'ils pensaient qu'Isaac en aurait aussi !

Gabrielle fit la sourde oreille et saisit l'occasion d'amener la conversation vers ce qui lui importait le plus, Isaac :

— À la bonheur… Tu t'rappelles donc que t'as un fils ! Isaac souffre Morgan, c'est un p'tit garçon qui se cherche ! Il a besoin d'un père ! D'un père sobre qui tient ses promesses. Tu peux pas lui promettre de lui apprendre à manier l'épée et disparaître comme ça !

À l'évocation du prénom de son fils, le cœur de Morgan se contracta douloureusement. De manière tout à fait déraisonnée, il eut envie de se boucher les oreilles comme un enfant. Pourtant, quand Gabrielle donna naissance à leur fils en pleine mer, lors de leur long et pénible périple pour rejoindre Isidore, ce prénom résonnait en lui comme une évidence. Avec sa masse de cheveux blonds sur le sommet du crâne dès sa venue au monde et ses yeux bleus qui étaient devenus gris en grandissant, il lui évoqua tout de suite Isaac. Ce grand homme qu'avait été Isaac. Isaac qui avait donné sa vie par amour pour Annaëlle, en tentant de la sauver… Et voilà, inlassablement ce prénom le ramenait à Annaëlle. À sa mort inhumaine et au jour où il entendit pour la toute première fois, la chanson atroce que tout le monde chantait en ville.

Ce jour funeste où il sut, qu'il avait failli à sa tâche, qu'il l'avait abandonnée lâchement à son sort et ne pourrait plus venir la sauver.

L'horrible réalité le tourmentait encore et encore, ne laissant aucun répit à son crâne endolori.

Annaëlle était morte, assassinée cruellement par le roi Guil et ses sbires.

Hors de lui il avait secoué tout le manoir, pour faire bouger cette résistance de l'ombre, qui restait terrée bien tranquillement dans le luxe pendant que le petit peuple souffrait, attendant une heure qui ne semblait jamais vouloir venir.

Adamo, le chef de la résistance, trouvait toujours une bonne excuse pour ne pas agir, ils n'étaient pas assez nombreux, pas assez entraînés, pas assez préparés, le temps n'était pas au beau fixe… Morgan l'avait harcelé encore et encore durant toute une année, pour finir par se taire, se complaisant dans l'amertume, enfouissant sa rage au plus profond de lui : mais sans jamais renoncer intérieurement, ni oublier un seul instant l'obsession de vengeance qui lui tenaillait les entrailles.

Il ne trouverait le repos que lorsque le roi Guil se retrouverait six pieds sous terre.

—Demain Gabrielle, je lui enseignerai demain. Laisse-moi dormir maintenant !

Gabrielle quitta la chambre en claquant la porte derrière elle. Puis elle se laissa tomber sur une chaise, le visage dans les mains.

Ça n'a pas toujours été comme ça, pensa-t-elle, alors qu'elle replongeait dans ses souvenirs des temps heureux :

Morgan la serrant contre son cœur pour la rassurer pendant une tempête sur le navire qui les emmenait à Isidore. Morgan, tout sourire, qui lui ramenait une pomme dérobée aux cuisines, en pleine pénurie de vivres. Morgan qui lui contait le nom des étoiles sur le ponton, par une nuit magique. Ce fut cette nuit-là qu'il l'embrassa pour la toute première fois, elle en frissonnait encore. Ensuite il l'avait raccompagnée à sa cabine, pour ne plus la quitter de toute la traversée, lui assurant qu'elle était la première et elle le crut volontiers. Sous ses dehors parfois mélancoliques, entêtés et bougons, il n'était pas homme à mentir. Ce qui lui plaisait le plus chez lui, c'était son humour à toute épreuve, sa fiabilité, sa franchise et sa droiture.

Elle devait le secouer, retrouver l'homme qu'elle avait épousé…

—Ça va maman ? demanda la petite voix d'Isaac.

Son amour de fils lui prit la main avec délicatesse. *Quel doux enfant ils avaient ! Trop doux ?* Elle chassa cette pensée désagréable de son esprit. Ce n'était encore qu'un enfant, un petit garçon à qui il manquait l'exemple d'un père pour grandir. *Un père debout, qui affronte l'adversité, qui se bat… Pas cette loque.* Elle s'en voulut un instant de le penser, puis se rendit à l'évidence : ce n'était que la triste réalité.

- LÉONIE -

Néosard,

Léonie y croyait dur comme fer, cette fois-ci serait la bonne ! *Il le fallait !* Elle avait passé les sept dernières années à rechercher Julius par monts et par vaux. Partout elle décelait des signes d'espoir, des possibilités à explorer. Alors même que toute la rébellion du manoir Kersak regrettait la mort supposée de Julius, sa certitude à elle, ne fléchissait pas. Elle nourrissait l'intime conviction, que si Julius avait quitté ce monde, elle l'aurait su, elle l'aurait ressenti dans ses entrailles. Elle et lui étaient liés, pour le meilleur et pour le pire, d'un lien unique, immuable.

Depuis qu'elle s'était mise en marche vers Néosard, elle ne s'était jamais sentie aussi proche de lui. Elle touchait au but. Bientôt, très bientôt, son acharnement serait récompensé : elle le désirait ardemment.

À leur arrivée à Isidore, six ans auparavant, les frères et sœurs Kersak lui avaient confié tout ce qu'ils savaient sur la disparition de son mari. *Oh ! Bien sûr ils s'étaient repentis : « Jamais ils n'auraient dû envoyer un vieil homme à la recherche de cet étranger alors qu'ils ignoraient la puissance des facultés de ce dernier… »*

Léonie n'avait que faire de leurs excuses et ne supportait plus d'être traitée comme une veuve éplorée.

Le passé resterait le passé.

Seul l'avenir comptait et elle savait qu'il serait meilleur.

Julius était parti à la quête d'un homme : un dénommé, Aaron Sliny. Un homme qui possédait la capacité d'investir l'esprit de sa victime et de se servir d'elle, comme d'une marionnette. L'image du cobra qui hantait ses cauchemars s'imposa à son esprit. Un cobra qui sifflait : « *…peut-être même te raconterai-je, ma rencontre avec ton traître de mari…»*

Quand elle eut la confirmation que cette vermine de serpent était responsable de la disparition de son mari, la première réaction de Léonie avait été de retourner à Arka, avec le petit groupe d'hommes de la résistance qu'Adamo lui avait octroyé. De là, elle s'était empressée d'envoyer un messager à Aaron pour lui tendre un piège. Le message indiquait :

« Aaron Sliny, j'ai connaissance d'informations capitales à vous transmettre. Si vous voulez en savoir plus, rendez-vous près du moulin abandonné à l'extérieur de la ville. Venez seul. Je vous dirai tout ce que je sais. Une amie. »

Aaron ne s'était pas rendu au rendez-vous.

À sa place un groupe d'hommes du roi s'était présenté, hilare à l'idée de surprendre sa fameuse « amie ».

Puisque Léonie était recherchée pour trahison, ce fut une compagne de la résistance qui endossa l'identité de la mystérieuse informatrice et qui se fit passer pour une ancienne maîtresse d'Aaron. Cette dernière les accueillit, tandis que les autres membres du groupe se dissimulaient dans l'ombre, pour la protéger, prêts à capturer le vaurien responsable de la disparition de Julius.

À leur retour, le verdict avait sonné comme une sentence aux oreilles de Léonie : Aaron avait succombé aux blessures infligées par Gabrielle et avec lui s'évanouissaient ses espoirs de le retrouver sans plus tarder. En l'absence d'informations nouvelles sur son mari, elle se réconfortait néanmoins de se savoir vengée.

La résistance avait des espions partout afin de recruter de nouveaux membres - de préférence des personnes dotées de facultés exceptionnelles - qui pourraient venir grossir leurs rangs et faire pencher la balance de leur côté dans leur projet de renverser le roi.

Depuis lors, Léonie mettait un point d'honneur à vérifier en personne, chaque piste évoquant la présence d'un vieil homme qui pourrait être Julius. Seule ou accompagnée de membres de la résistance, elle voyageait sans trêve, s'enfonçant encore et toujours plus loin, le long des routes sinueuses et dévastées d'Égavar, allant de ville en ville ravagées, muselant sa fatigue morale et physique. En dépit des difficultés, elle restait focalisée sur son unique objectif : retrouver son mari coûte que coûte.

Cette fois-ci, accompagnée du Borgne et de Nephertys, sa quête la menait à Néosard, une peuplade séparée d'Isidore seulement par une épaisse forêt. Après avoir traversé le pays en long et en large, voilà qu'il était possible que durant toutes ces années, Julius se soit trouvé là, juste sous son nez, à quelques milles seulement du manoir de la résistance ! *Quelle ironie !*

Lorsqu'elle émergea enfin du couvert des arbres, Léonie se retourna pour attendre ses compagnons d'aventure qui traînaient à l'arrière, lancés dans une conversation enflammée au sujet du tournoi qui devait se dérouler au manoir, au début du mois de juin.

Le borgne, un grand rouquin à la barbe proéminente maîtrisait la foudre et s'en servait d'une main de maître. Quant à la nouvelle recrue, Nephertys, Léonie ignorait sa capacité. C'était une petite femme, à qui il manquait une oreille, au teint, aux yeux et aux cheveux noirs comme la nuit. *Ils formaient là un groupe des plus mal assorti*, pensa Léonie, en contemplant le contraste que formaient ses deux condisciples et elle-même ; toute vieille femme qu'elle était. *C'était parfait : ils passeraient pour des plus inoffensifs.*

Nephertys et Le Borgne ne semblaient guère pressés de parvenir à destination. Bien qu'agacée par leur façon de traîner des pieds, alors même que son impatience se trouvait à son comble, Léonie comprenait leurs réticences…

Leur mission consistait à retrouver un petit garçon spécial. Un petit garçon qu'un homme protégeait de son mieux : un vieux monsieur. Léonie priait pour qu'il s'agisse de Julius. D'après leurs informations, tous deux vivaient emprisonnés dans une secte, où prêchait un prédicateur sans scrupules. Sous couvert d'offrir un environnement de paix en accord avec la nature, loin du tumulte extérieur, ce dernier entraînait ses membres dans une luxure malsaine pour satisfaire ses plus bas instincts.

On y entrait aisément. Mais en sortir se révélait une tout autre affaire.

Arrivée devant la porte de bois qui donnait accès au « *Havre de paix, d'amour et de repentance* » Léonie haussa les sourcils. Elle échangea un regard décontenancé avec ses compagnons, puis frappa à la porte : déterminée à sortir Julius de là.

Une femme entièrement nue - et nullement mal à l'aise de les accueillir ainsi - ouvrit la porte. De longs cheveux blonds recouvraient ses seins et tombaient jusqu'à son nombril, s'arrêtant juste au-dessus de son épaisse toison dorée :

—Bienvenue au Havre de paix, d'amour et de repentance, voyageurs ! Entrez et dévêtissez-vous de vos biens matériels, pour faire corps avec la nature. Laissez votre âme s'exprimer librement. Ne craignez plus le regard de vos frères et sœurs ! Ici nous sommes tous égaux, tous des créatures de la nature, purs et absous de nos fautes passées.

S'ils voulaient entrer, ils n'avaient pas d'autres choix que d'obéir. *Julius, tu ne pourras pas dire que je ne me suis pas mise à nu pour te retrouver...* songea Léonie au comble du malaise. Tandis que la jeune femme continuait sur sa lancée :

—Vous avez de la chance ! Ce soir, lorsque la Lune sera pleine, notre guide bienveillant, Nazareth, offrira un sacrifice à la Terre. Venez au centre du village à la tombée de la nuit et vous pourrez recevoir sa bénédiction.

Feignant un grand intérêt pour ses paroles, la petite troupe acquiesça avec empressement. Les yeux étrangement vides, un sourire niais sur les lèvres, la jeune femme les laissa entrer sur ces derniers mots :

—Mes chers frères et sœurs, allez en paix ! Ne doutez pas ! Ne doutez plus ! Vous êtes là où la Terre vous a menés, là où *elle* a décidé qu'était votre place !

Ils furent délestés de leurs vêtements et de leurs armes. Léonie se sentait on ne peut plus vulnérable, son amour-propre mis à mal, elle s'apaisa néanmoins en se disant que personne ne prêterait attention à une vieille femme telle qu'elle. Tout en priant pour qu'il s'agisse là de l'ultime sacrifice auquel elle se plierait, dans sa quête de l'homme qu'elle aimait tant.

Décidée, elle entra confiante, persuadée que le Borgne les protégerait si les événements venaient à mal tourner.

Un nouveau monde s'étendait devant eux.

Ils se trouvaient dans un village en pleine nature, délimité pas une haute clôture de bois aux pointes affûtées. Ils avaient quitté l'hiver mordant d'Isidore pour un doux printemps à Néosard. Partout s'étendaient des arbres fruitiers luxuriants, des jardins et des champs où l'on cultivait toutes sortes de légumes et de céréales.

Plus loin, un ruisseau serpentait le long de petites maisons de pierres, entourées de massifs de fleurs aux couleurs chatoyantes.

Soudain, leur vision tomba sur un spectacle des plus déroutants : dans la nature ambiante, partout des hommes et des femmes nus s'accouplaient dans des râles bestiaux, à même le sol, dans le ruisseau, et même sur une balançoire suspendue entre deux gros chênes.

Non loin de là, dans une petite prairie, de jeunes enfants jouaient aux dés.

Assise sur les marches d'une maisonnette, sous un porche en bois, une femme allaitait deux nourrissons.

Le regard de Léonie s'arrêta sur un vieil homme qui se tenait à l'écart, près d'une masure rudimentaire.

Immédiatement, elle sentit son cœur s'emplir d'espoir.

Oui, cela ne pouvait être que lui, cette stature, ces cheveux blancs…

L'homme se balançait dans un rocking-chair, une couverture légère sur les genoux, il lisait tandis qu'un petit garçon jouait à ses pieds avec des figurines en bois.

Léonie ne distinguait pas bien son visage, il était de profil et plongé dans la pénombre.

Alors, pleine d'espoir, elle courut vers lui en criant ce nom qu'elle chérissait tant :

— Julius !

- SOLEIL ARDENT -

Le Désert Maudit,

La voix profonde et sans appel du Désert Maudit retentit dans l'immensité aride : « *Reprends-toi Soleil Ardent, ne laisse pas le vieil homme souffrir.* »

Le jeune garçon secoua vigoureusement la tête pour se ressaisir.

— À boire… À boire ! répétait l'homme
En rampant, il tendait les bras vers l'oasis inatteignable, tel un naufragé à la dérive.

Hélas, à bout de forces, il ne progressa guère ; la précieuse eau demeurait encore hors de sa portée.

Alors Soleil Ardent se hâta vers sa cahute.

Il en ressortit avec un récipient de bois, qu'il courut plonger dans l'eau. Puis il se précipita pour relever l'homme et porta le bol à ses lèvres asséchées par la soif. Le vieil homme assoiffé plaqua ses mains sur celles du garçon pour absorber le liquide salvateur au plus vite… À ce contact, la réalité s'effaça, les emportant tous deux dans un monde à mi-chemin entre la vie et le rêve. Dans un enchevêtrement embrumé, les souvenirs enfouis de l'étranger remontaient peu à peu à la surface de son esprit. La mémoire de l'homme affluait, diffuse et désordonnée, telle la mer agitée frappant le rivage avec force. Cela faisait plus de huit ans qu'*il* cherchait qui *il* était et voilà que se succédaient à une vitesse vertigineuse sous leurs yeux, les souvenirs de son passé. Ils s'imposaient à eux, comme des lucioles dans l'obscurité, se déversant hors de la boîte de pandore.

— *Encore un qu'est mal formé…*

— *Comment qu'c'est possible Ibisorg ? C'est l'quatrième cette semaine !* pâlit la servante qui se tenait à ses côtés.

— *Ah ça ! J'ai bien ma p'tite idée Tania…* grogna Ibisorg.

Il baissa la voix, se parlant à lui-même.

— *C'est l'œuvre d'Satan ! Ça doit pas se savoir… Oh que non qu'a dit le Roi. Pis un de plus un de moins, on verra pas la différence !*

— *Quesque vous marmonnez ?* demanda la mère, une métisse potelée, soudain apeurée.

Elle était allongée à même la paille dans une écurie, l'enfant l'avait surprise en plein travail. Un homme se tenait en retrait dans l'obscurité et observait silencieusement la scène.

La voix de la mère se fit tremblante, presque suppliante :

— *Donnez-le-moi ! Donnez-le-moi tout de suite !*

— *C'est d'la vermine ! Voyez comme il est déformé ! Y vivra pas ma p'auvre ! C'est un suppôt d'satan !*

Soudain, l'inconnu s'avança d'un pas déterminé. Dans ses yeux l'inquiétude régnait, il sortit de son mutisme et ordonna avec force :

—*Donnez-lui son fils Ibisorg. Immédiatement.*

—*Bien sûr messire Julius… Tout d'suite…*

Ibisorg fit mine d'apporter l'enfant à sa mère. Sans vergogne, il attrapa furtivement un couteau dans sa poche et égorgea le nouveau-né d'un geste vif et précis, répandant son sang sur la mère.

Elle hurla, hurla à la mort et puis soudain sa voix s'éteignit, l'horreur insoutenable lui avait fait perdre connaissance.

Le souvenir changea.

Léonie regardait Julius avec défi… À n'en pas douter, elle préparait un mauvais coup. La jeune femme était magnifique avec ses bottes en caoutchouc pleines de boue. Une vraie campagnarde, songea Julius en l'admirant. Les premières lueurs de l'aube faisaient briller ses cheveux blonds de délicats reflets dorés. Ils se tenaient près d'une petite mare, dans une vaste basse-cour en plein air, entourés d'une clôture en bois. Julius venait de répandre des graines au sol. Poules, coqs, oies et canards se régalaient dans un joyeux tintamarre.

Julius s'approcha de sa femme en souriant.

Au moment où il allait s'emparer de ses lèvres, elle l'esquiva, s'accroupit, immergea la main dans l'étang et l'éclaboussa. Puis elle déguerpit en vitesse en riant à gorge déployée, comme une enfant.

Dieu qu'il aimait cette femme.

Il s'élança à ses trousses en riant, l'attrapa et la positionna sur son épaule pour la ramener vers l'étendue d'eau.

—*Non Julius ! cria Léonie riant de plus belle. Il fait trop froid !*

Il tenta de la jeter à l'eau mais elle s'accrochait désespérément à lui. Alors, une lueur espiègle s'alluma dans son regard et il plongea dans l'étang en l'entraînant dans sa chute.

—AHHHHH ! hurla-t-elle lorsqu'ils heurtèrent la surface miroitante, faisant fuir les canards apeurés dans des rafales d'eau.

Les cheveux dégoulinants, les yeux brillants d'exaltation, Léonie souriait dans les bras de Julius.

Tandis qu'il se perdait dans la contemplation de son regard, il murmura à son oreille :

—J'ai tellement de chance…

À nouveau l'image devint floue et une autre scène se dessina peu à peu.

Julius était écrasé sous un poids considérable.

Enseveli tout en entier, il ne sentait plus sa jambe droite. Quant au reste de son corps, il le brûlait atrocement.

Il cherchait de l'air.

Il fallait qu'il respire ! Il étouffait !

Il finit par dégager un bras, puis l'autre. Il les dressa vers les cieux, comme un homme aux abois tentant d'échapper à la noyade. Alors il parvint à repousser la benne et les gravats épars qui le submergeaient. Enfin, il put prendre une grande inspiration qui lui irrita les narines.

Il ouvrit un œil.

L'autre le lançait affreusement.

Il faisait sombre, presque totalement noir. Le cœur de Julius sombra dans sa poitrine lorsqu'il aperçut Léonie étendue inconsciente au sol, recouverte de suie, de cendres et de débris.

—Ma chérie ! s'alarma-t-il.

Il toussa et cracha un mélange de sang et de suie.

Sa gorge le brûlait atrocement.

Il se redressa et dégagea le corps de sa femme des décombres.

—Léonie ? Tu n'es pas blessée ?

Lorsqu'elle ouvrit enfin les yeux, il oublia que le monde avait sombré dans le néant. Léonie était en vie et c'était tout ce qui lui importait.

Au loin, des feux épars se propageaient au milieu des ruines. Un brouillard de fumée âcre, à couper au couteau, les encerclait, rendant l'air ambiant suffocant et difficilement respirable.

Les oreilles de Julius sifflaient affreusement dans ce silence d'une pesanteur anormale et angoissante…

Çà et là, ils apercevaient des corps sans vie. Parfois des plaintes terribles de rescapés aux abois leur parvenaient du lointain.

Soudain une détonation puissante les fit sursauter.

Encore ? Voilà que cela recommençait ? Comment était-ce seulement possible ? La terre n'avait-elle pas fini d'exploser maintenant qu'il ne restait qu'un amas de cendres et de ruines ?

—À l'aide ! À l'aide ! cria la petite voix d'un enfant au loin, là où il ne distinguait qu'une épaisse brume.

Julius aida Léonie à se remettre debout.

Tout leur corps était parsemé de brûlures et de plaies, leur chair, à l'image de leur esprit, resterait marquée par cette nuit de cauchemar. Ils avaient eu énormément de chance d'en réchapper… L'inconcevable réalité, toute l'ampleur du désastre parut s'abattre tel un amas de plomb en fusion sur l'estomac de Julius. Pouvait-il seulement parler de chance ? Était-ce une chance de survivre à… À quoi déjà ? L'apocalypse… ?

En se redressant Léonie étouffa un cri et se recroquevilla sur elle-même, elle devait avoir des côtes cassées et son poignet la lançait affreusement.

—Aidez-moi ! Ça recommence ! J'ai mal ! Ça brûle ! pleurait la voix d'un enfant à l'agonie.

Malgré la douleur, Léonie conduisit Julius en direction des plaintes insoutenables, enjambant les corps carbonisés et recouverts de débris. Ils aperçurent la silhouette d'une vieille femme à moitié calcinée, elle semblait les fixer de ses yeux sans vie, le visage figé dans une expression de souffrance immuable.

À une dizaine de mètres devant eux, ils découvrirent un petit garçon chauve, nu comme un ver, il se tenait assis au sol à même la terre, recroquevillé au milieu d'un terrain vague. Tout son corps et son crâne aux proportions démesurées, étaient rouges et brûlés. Ses yeux lui sortaient de la tête et la fine peau de son visage était flasque et pendait lamentablement. Son épaule droite était bien plus haute que l'épaule gauche et l'une de ses jambes était disproportionnée et pendante.

Il se trouvait dans une sorte de cuvette creusée dans la terre, profonde de quelques mètres. Elle formait un cercle parfait, d'au moins dix mètres de long. On aurait dit que l'enfant s'était attelé à repousser tous les débris, avec une minutie implacable, jusqu'aux extrémités du cercle.

—Non pas encore ! Que ça s'arrête !

Faisant fi de sa souffrance, Léonie se précipita vers lui. Mais alors le corps de l'enfant se mit à trembler frénétiquement. Sa chair se déchira, se muant en une boule de feu incandescente, qui explosa dans une détonation puissante. L'onde de choc propulsa Léonie et Julius à cinq mètres plus loin, creusant d'autant plus la cavité dans le sol et agrandissant encore la taille du cercle.

En état de choc, Léonie et Julius se relevèrent et s'avancèrent précautionneusement jusqu'à la nouvelle démarcation du cercle. Ils ne parvenaient pas à comprendre comment le garçon avait pu exploser ainsi. Ils ne distinguaient pas d'explosifs... C'était insensé !

La boule de feu s'était dissipée, reconstituant l'enveloppe charnelle déformée de l'enfant. Il était là, toujours à la même place, pleurant à chaudes larmes et suppliant encore et encore d'une toute petite voix :

— Tuez-moi... Que cela cesse. Je suis si fatigué... si fatigué...

Julius et Léonie échangèrent un regard où se mêlaient désespoir et impuissance.

Le souvenir se brouilla, emportant Julius et Soleil Ardent dans un tourbillon, vers un autre lieu et une tout autre époque.

Un cobra fixait Julius avec une intensité malveillante. Il se dressait de toute son envergure, dansant au rythme des flammes qui se reflétaient dans ses prunelles sombres et diaboliques.

Le serpent persiffla :

— Pourquoi cherches-tu Aaron ? Ah oui je vois... Je vois très bien, c'est honorable. Aaron serait un atout de taille dans cette lutte ! Je le connais bien mon ami...

Le reptile s'avança un peu plus près du visage de Julius. Il conclut comme l'on prononce une sentence :

— C'est ton jour de chance mon ami... C'est moi, Aaron.

Le sifflement du serpent enfla, enfla encore dans les oreilles et dans l'esprit de Julius et de Soleil Ardent, leur infligeant une douleur cuisante.

L'espace d'un instant, ils rouvrirent les yeux avec l'impression d'avoir les oreilles en sang et l'esprit retourné. Ils étaient épuisés et à bout de forces. Ce sursaut de conscience fut des plus éphémères : aussitôt ouvertes, leurs paupières se refermèrent.

Ils sombrèrent alors dans un sommeil profond et sans rêve qui s'apparentait plus à un coma réparateur pour leur cerveau endolori.

- ÉLINE -

Ville du Gouffre,

Éline, Annabeth et Melvyn étaient attablés autour d'une petite table de bois rustique, à l'intérieur de leur maisonnette, éclairés par des bougies.

Ce soir-là, Annabeth fêtait ses huit ans.

Durant les semaines précédentes, Éline avait travaillé plus dur que jamais pour pouvoir lui servir un repas d'anniversaire digne de ce nom. Au menu, on trouvait du poulet rôti et des patates douces et même une tarte à la rhubarbe ! Pour la première fois depuis de longs mois, ils seraient enfin véritablement rassasiés. Elle avait même déniché des bougies et réussi à lui acheter un petit cadeau qui la ravirait. La soirée promettait d'être des plus réussies, Éline était aux anges comme ses enfants.

Depuis toujours, elle les traitait tous deux de la même façon, se surprenant souvent à oublier qu'Annabeth n'était pas de son sang. Car elle l'aimait comme telle, c'était sa fille, sa petite sauvageonne, son rayon de soleil qui lui donnait tant de soucis, mais qu'elle chérissait plus que sa propre vie. Elle trouvait Annabeth encore bien trop jeune pour qu'elle puisse lui parler de sa véritable mère : lui parler d'Annaëlle et de son destin funeste. Mais elle s'était juré que lorsque le moment serait venu, dans quelques années, lorsqu'Annabeth serait prête, elle lui raconterait qui elle était en réalité. *Comprendrait-elle alors les raisons qui l'avaient poussée à lui cacher son identité durant toutes ces années ? Et dès lors, l'aimerait-elle encore comme une fille aime sa mère ?* Éline redoutait ce moment, mais savait au plus profond d'elle-même, qu'elle lui devait la vérité. Bientôt, il faudrait tout lui avouer. Elle avait conscience que sa fille aurait besoin de comprendre d'où venaient les facultés qu'elle commençait à manifester, sans parvenir à les appréhender. Connaître son histoire permettrait à Annabeth de se construire et de devenir une femme d'exception, une femme forte, à l'image de sa mère, dont elle décelait déjà les traits sur son joli minois juvénile.

Le visage d'Éline se crispa alors qu'elle se remémorait la dernière lubie de la fillette. Quelques jours auparavant - et ce bien qu'elle lui ait formellement interdit de vagabonder dans la nature - Annabeth était rentrée trempée et tremblante de sa dernière excursion on ne sait où. Têtue, la fillette n'en faisait qu'à sa tête. Pourtant Éline avait tout de suite pressenti que quelque chose n'allait pas. Mais la petite fille, d'humeur taciturne et mystérieuse, s'était refermée comme une huître, se murant dans le silence. Pourtant, elle sentait bien qu'elle était tourmentée. Alors, la voir ce soir, avec le sourire angélique qui lui allait si bien et qu'une enfant de son âge devrait toujours avoir aux lèvres, la ravissait.

—L'école s'est bien passée aujourd'hui ma chérie ? Qu'avez-vous fait ? demanda Éline sur un ton de conspiratrice en regardant les doigts tachés de la fillette.

Annabeth engloutissait avec voracité la dernière bouchée d'une cuisse de poulet, les yeux brillants de joie.

—Du dessin ! Tout l'monde savait que c'était mon anniversaire !

—Ah bon ! s'exclama Éline en adressant un clin d'œil complice à Melvyn. Je crois que c'est l'heure du gâteau !

Elle se leva vivement et Melvyn sauta de sa chaise pour se diriger vers la chambre.

—Un gâteau ! s'extasia la fillette qui n'en espérait pas tant.

Cinq minutes plus tard, Éline et Melvyn revinrent en même temps près de la table en chantant « Joyeux anniversaire ». Melvyn tenait deux petits paquets soigneusement emballés avec les moyens du bord. Quant à Éline, elle apportait une belle tarte où brillaient huit petites bougies qu'elle déposa devant la fillette.

Annabeth souffla vivement les bougies, un large sourire aux lèvres.

—Joyeux anniversaire Annabeth ! applaudirent Éline et Melvyn en chœur.

Puis, le regard de la fillette tomba sur les présents apportés par son frère.

—Des cadeaux ! Mais comment ? pleura et sourit à la fois la petite fille, émue par toutes ces attentions, tant elle connaissait la pauvreté de sa famille.

Transportée par la joie contagieuse de sa fille adoptive, Éline essuya une larme dans le coin de son œil :

—Parce que nous le pouvions ! Va, ne t'inquiète pas pour ça ma chérie. Allez, ouvre tes cadeaux maintenant !

Annabeth laissa échapper un petit cri de joie en ouvrant le premier paquet. Il contenait des crayons de couleurs. Elle sauta au cou de sa mère pour l'embrasser, puis ouvrit le deuxième cadeau qu'elle savait de Melvyn. Au comble de l'excitation, elle déballa une petite statuette sculptée dans du bois, représentant un cheval. Elle lui plut tant et plus qu'elle remercia son frère une bonne dizaine de fois.

Lorsqu'ils eurent mangé la tarte, Éline prit place dans son vieux fauteuil près de la cheminée, tandis que ses enfants s'installaient à ses pieds. Puis Melvyn commença à jouer de doux airs d'harmonica.

Un peu plus tard, Éline borda Annabeth dans son petit lit de bois, près de celui de Melvyn.

—Bonne nuit ma petite chérie, murmura-t-elle en la câlinant.

La fillette garda longtemps les yeux ouverts, tant ils scintillaient des étoiles de cette soirée. Son anniversaire avait été parfait, leur offrant une parenthèse enchantée au beau milieu de leur existence difficile.

Le lendemain matin, levée aux aurores comme à son habitude, Éline mit sa cape et sortit pour récupérer des bûches dehors afin d'alimenter le feu.

Elle refermait doucement la porte derrière elle, quand un bruit l'alerta. Elle se retourna vivement. Dans la lueur fébrile de l'aube, elle distingua un groupe d'hommes qui approchait en brandissant des fourches

—Où qu'elle est la sorcière ? demanda Jim, un fermier du village.

La Sorcière ? Éline sentit un frisson lui courir le long de l'échine. Sur la défensive, elle répliqua en serrant sa cape contre elle :

— Une sorcière ici ? Vous devez vous tromper…

Jim, le fermier, poussa devant lui un garçon costaud, qui marchait en boitant à l'aide d'une canne. Un bandeau étroit recouvrait son œil gauche, exerçant une telle pression sur son gros visage flasque qu'il semblait prêt à éclater.

Jim la fusilla du regard :

—Vous insinuez qu'mon fils y serait menteur ? Un bon gars comm'ça ? Il a perdu un œil et peut'être même bien l'usage d'une jambe, tout ça à cause de votre sorcière d'fille ! Comment qu'y va faire pour travailler aux champs maintenant ?

Il pointa un index accusateur vers Éline.

—Ça restera pas impuni moi j'vous le dis. Faites la sortir d'là ou bien on mettra l'feu ! D'façon, quand la pomme est pourrie l'reste du panier l'est aussi !

Éline blêmit. *Voilà qu'arrivait ce qu'elle redoutait depuis tant d'années…*

Elle réfléchissait à toute vitesse, consciente que décidés comme ils l'étaient à « faire justice », ces hommes ne feraient pas machine arrière. *Elle savait bien qu'Annabeth était spéciale…* Il fallait qu'elle trouve une ruse, un moyen de les éloigner des enfants. Une idée lui traversa l'esprit… *Oui, cela pouvait fonctionner…*

Elle se laissa tomber au sol en sanglotant d'un air désespéré :

—Vous avez raison… Je ne peux plus supporter de vivre avec un monstre pareil chez moi. Ce n'est même pas ma fille, je l'ai adoptée… Aidez-moi je vous en supplie…

L'homme sourit, laissant apparaître ses deux uniques chicots noirs.

Il s'approcha d'Éline et la releva :

—Vous v'la revenue à la raison ! Vous êtes une bonne femme, c'est pas d'votre faute si le malin a tapé à votre porte ! Y savent bien cacher leur jeu ces gens-là ! Laissez-nous entrer et vous pourrez enfin dormir tranquille !

Éline se mit à crier en espérant réveiller les enfants, ignorant que Melvyn observait déjà la scène derrière la fenêtre, tapi dans l'ombre :

—Non n'entrez pas ! elle baissa d'un ton et se remit à sangloter. Mon fils est à l'intérieur, il est très malade ! Elle n'est pas ici… La nuit la créature qui est en elle prend le dessus, je suis obligée de l'enfermer loin de la maison pour nous protéger.

Jim s'approcha et se mit à la secouer :

—Où qu'elle est ! Réponds femme ! Dis-le-nous et on t'en débarrassera une bonne fois pour toutes !

Éline sortit une petite clé de la poche de son tablier rapiécé :

—Je l'ai enfermée dans une cabane… Une cabane dans la forêt… Là où elle ne peut faire de mal à personne.

Elle s'éloigna de la porte.

— Suivez-moi, je vais vous y mener !

Le fermier fronça les sourcils.

Il s'avança vers Éline et plaça la fourche en-dessous de sa gorge :

—J'te préviens pas d'entourloupe ! Si on va là-bas et qu'y a rien, tu le paieras cher et ton précieux fils n'en réchappera pas !

Éline déglutit difficilement et acquiesça silencieusement.

Elle se dirigea vers la forêt.

À son grand soulagement, elle entendit les pas des hommes sur ses talons. Tremblante mais déterminée, elle progressait au rythme de la marche funéraire qui résonnait macabrement dans son esprit.

Melvyn mon petit chéri… Annabeth, ma douce Annabeth.

Une larme traça un sillon sur sa joue qu'elle s'empressa d'essuyer. Elle s'en voulait terriblement de sa négligence. *Que n'avait-elle rédigé de lettre ou bien mis Melvyn dans la confidence? Quand ils finiraient par la tuer, ce qui ne saurait tarder… Qui pourrait révéler à Annabeth comme sa mère, sa véritable mère l'aimait au point de donner sa vie pour elle… L'histoire semblait vouloir se répéter, c'était à elle à présent de la protéger, de les protéger.* Elle serra les poings. *Elle pouvait le faire et elle le ferait. Elle honorerait la mémoire d'Annaëlle.*

Dans la maison, Annabeth pleurait à chaudes larmes, tandis que Melvyn la muselait d'une main sur la bouche.

Quand les hommes et leur mère eurent disparu de leur champ de vision, Melvyn relâcha son emprise.

— Melvyn ! Qu'est-ce que tu fabriques ! hoqueta Annabeth. Il faut qu'on aide maman, ils l'emmènent… C'est ma faute Melvyn ! Fais quelque chose je t'en prie ! le supplia-t-elle.

Melvyn tremblait de tous ses membres :

— Ça devait arriver tôt ou tard Annabeth… C'est pas ta faute. Les gens comme nous seront toujours persécutés… Maman a choisi de nous sauver. Remercions-la en restant en vie !

Annabeth foudroya Melvyn d'un regard de profond mépris, elle cria en se débattant contre son étreinte :

— Tu vas les laisser l'emmener ! Tu vas laisser maman mourir ! Couard ! Laisse-moi ! Laisse-moi j'te dis ! Je les laisserai pas faire ! C'est ma faute ! Ma faute !

Des larmes silencieuses coulaient le long des joues de Melvyn.

Il ferma les paupières si fort que c'en était douloureux, tout en maintenant solidement sa petite sœur par les épaules.

Soudain, les contours de la pièce devinrent flous et ils se volatilisèrent.

- LE ROI GUIL -

Capitale, Royaume d'Arka,

Vautré sur son siège, l'air suffisant, le roi Guil donnait audience à son peuple dans la luxueuse salle du trône du château d'Arka. Il était d'une humeur massacrante comme à son habitude. Les huit dernières années s'étaient succédé, toutes plus décevantes les unes que les autres, apportant inlassablement avec elles leur lot de désillusions. Cet état d'abattement végétatif ne lui ressemblait guère et le mettait hors de lui. Il désirait et refusait à la fois faire son deuil de cet héritier dont il manquait si cruellement. Chaque jour suffisait à sa peine et pour l'heure il ne voyait aucune éclaircie à l'horizon.

Après l'enlèvement de son fils, il avait envoyé des hommes dans le désert chaque jour pendant près de trois ans : aucun n'était revenu vivant.

Néanmoins, certains cadavres reparaissaient à l'orée du désert, corps décharnés, dépourvus du moindre souffle de vie.

Il s'était alors rendu à l'évidence ; le Désert Maudit portait ce nom à raison. Il le percevait à présent comme une créature vorace ayant engouffré son bâtard dans sa gueule béante, pour le perdre à jamais dans son immensité sans fin. Jamais il ne reparaîtrait… À moins qu'il ne finisse par le recracher sous la forme d'ossements mal digérés. Cette pensée lui arracha une grimace de dégoût. Ce nouveau coup du sort mettait à mal son égo et ravivait l'amertume causée par la disparition de sa première fille, Héléna, dont il n'avait jamais retrouvé la trace.

Chaque matin il ouvrait audience : le peuple se pressait à ses pieds, telle une bande de chiens galeux ayant flairé un os pour se sustenter. Et chaque jour se révélait une nouvelle déception. La récompense qu'il offrait pour son fils disparu attirait tous les va-nu-pieds du royaume, qui pensaient le leurrer en lui apportant des vauriens en guenilles et en prétendant qu'ils étaient de son sang. Que ne feraient-ils pas pour se préserver de la faim, ils étaient prêts à tout, même à tromper leur souverain tout-puissant… Il savait tout cela et plus d'un avait goûté de son fouet en punition. *Comment pouvaient-ils croire qu'il ne reconnaîtrait pas sa propre progéniture ? Il s'agissait de son héritier de race supérieure, un être aux capacités hors normes, le fruit de son engeance, fait de son sang et de sa chair ! Une pareille force de la nature ne saurait passer inaperçue !*

Il renvoya d'un claquement de doigt le rouquin pouilleux qu'un homme lui présenta et demanda à ce que l'on fasse entrer le suivant.

Si seulement Judith parvenait à lui procurer un successeur digne de ce nom… Dans ces conditions, à quoi lui servait cette femme ? Il se le demandait... Une bonne à rien voilà ce qu'elle était ! Il frappa le bras de son fauteuil royal avec rage. Voilà des années qu'il chassait et enrôlait des êtres de race supérieure. Son armée était fin prête. Il mourait d'envie de révéler sa véritable nature au peuple et de partir assiéger les autres royaumes, pour les noyer dans une mare de sang. Il désirait plus que tout, remettre les sous-êtres à leur place.

Mais il ne pouvait s'y résoudre.

Pas maintenant, pas tant qu'il ne disposait pas d'un héritier à mettre sur le trône pour poursuivre et parfaire son œuvre ! Après quoi seulement, il pourrait passer à l'action. Jamais son nom ne s'effacerait, jamais il ne disparaîtrait des mémoires, il traverserait les âges. Il marquerait l'histoire. Immuablement. Il imaginait déjà ses fils et les fils de ses fils régner après lui...

Mais soudain, son fantasme s'effaça et la réalité refit surface dans son esprit, lui faisant l'effet d'un seau d'eau glacée. Amer et profondément déçu, il repensa à Shade, sa fille. *Judith lui avait bien donné un enfant... Mais à quoi bon une fille ? Cela ne l'avançait à rien ! En faire son successeur ?* À cette idée, une rage venimeuse monta en lui. *Elle valait moins qu'un bâtard ! Elle serait tout juste bonne à servir ses intérêts par un mariage stratégique...* L'image méprisable d'un nourrisson mort-né et déformé s'imposa à lui, suivie de celle d'un autre garçon normalement constitué, qui succomba lui aussi en couches.

Judith se trouvait de nouveau enceinte... Ses espoirs avaient tant été déçus par le passé, qu'il peinait à croire au fils qu'elle lui promettait avec ferveur. Il avait été plus que patient… Et la patience n'était pas son fort. *Si Judith ne lui donnait pas le fils qu'il exigeait d'elle depuis maintenant plus de six ans, il trouverait une autre génitrice aux dons puissants pour accomplir ce devoir sacré. N'importe quelle femme de sa race serait comblée de l'honneur qu'il lui ferait d'être celle qui donnerait la vie à son héritier tout-puissant !*

Jamais il ne laisserait une femme le priver de la grandeur à laquelle il aspirait ! Jamais ! Pas même Judith…

Le garçon qui se tenait devant lui à présent attira son attention. Il percevait en lui ce petit quelque chose d'intrigant… *Cette lueur effrontée dans le regard peut-être ?* Son air obstiné et renfrogné lui rappelait l'enfant qu'il avait été. *Humm… ce teint mat, ces cheveux bruns coupés courts… se pourrait-il… ?*

— Avance mon garçon. Quel est ton nom ?

L'enfant s'exécuta. Il se tenait bien droit, l'air fier. Il s'exprima avec assurance :

— Noah, mon Roi, pour vous servir.

Noah… Comment Annaëlle, sa garce d'esclave, voulait-elle nommer son fils déjà ? Un prénom qui s'en approchait, il en aurait mis sa main au feu… Était-ce Nolan ? Noham ? Noah ? Curieuse coïncidence…

— Approche Noah que je voie mieux ton visage. L'enfant obtempéra aussitôt. Où es-tu né ?

L'enfant s'empressa de répondre en regardant le nain qui l'avait amené.

—Je suis né dans le Désert Maudit mon Roi… J'ai vécu avec un peuple de nomades, les Antawek. Ils m'ont recueilli et m'ont raconté comment ma mère m'avait confié à eux, alors que je n'étais encore qu'un bébé.

L'enfant parlait bien… Trop bien. On l'avait bien préparé. Mais… Si jamais c'était lui ? Il se caressa la lèvre d'un air songeur. *Contre toute attente, il lui plaisait…*

Une fois déjà, on lui avait montré un garçon qui avait semé le doute dans son esprit. Son maître était mort pour avoir tenté de le berner…

Le nain se tenait fièrement en retrait. *Se doutait-il seulement de la sentence qu'il lui réserverait s'il cherchait à le doubler ?*

Le roi Guil énonça la question fatidique :

—Dis-moi Noah, as-tu déjà provoqué des choses inexplicables ? Des choses qu'un garçon, un homme « normal » ne devrait pas pouvoir faire ?

À ces mots, tous dans la pièce - riches et miséreux - retinrent leur souffle. Quant au garçon, il pâlit et sembla désarçonné pour la première fois. Il bafouilla :

—Non mon Roi ! Je… vous le jure ! Je ne suis pas un… un monstre !

Réponse intéressante… La peur n'évite pas le danger mais peut révéler bien des choses…

—Toi là ! apostropha-t-il le nain. Comment t'appelles-tu ?

—Octave, mon Roi.

—Bien Octave, répéta Guil en détachant chaque syllabe, comme s'il s'adressait à un demeuré. Mes hommes vont s'occuper de lui. Prie pour qu'il s'agisse bien de mon fils ou tu regretteras de m'avoir fait perdre mon temps.

Les gardes connaissaient la marche à suivre, ils s'avancèrent pour se saisir du garçon.

Le nain se prosterna à genoux :

—Loin de là mon intention mon Seigneur ! Je ne cherche qu'à vous contenter !

—J'y compte bien, grogna le Roi avant d'ajourner la séance.

Il toisa Octave avec supériorité, se leva et se dirigea vers la sortie. Ses gardes s'empressèrent à sa suite. Mais avant qu'il ne passe le seuil de la porte, l'esclavagiste l'interpella :

—Mon Roi excusez-moi… mais…

—Quoi encore ?

Le petit homme tripota nerveusement sa chaîne en or avant de lâcher :

—Et bien... c'est-à-dire… ma récompense ?

L'œil sournois, le roi le dévisagea de toute sa hauteur :

—Tu auras bien assez tôt ce que tu mérites. J'y veillerai personnellement.

Le nain déglutit difficilement et baissa la tête dans une dernière courbette.

—Merci mon Roi ! Vous ne serez pas déçu…

Alors que le souverain sortait de la salle, Dean, le chef de la garde royale, se plaça en travers de son chemin :

— Mon Roi ! C'est m'dame Judith !

— Quoi Judith ? Parle, j'ai à faire ! aboya-t-il.

Essoufflé, Dean reprit :

— Ibisorg m'a demandé de vous prévenir… L'enfant…

Agacé, il le coupa d'un geste de la main.

— Et alors ? J'ai demandé à ce que l'on me dérange uniquement et seulement si c'était un fils : un fils vivant.

Le roi continua à avancer dans le hall, vers les grandes portes du château. Dean lui courut après.

— Mais mon Roi…

Irrité, Guil fronça les sourcils avec lassitude. Il finit par s'immobiliser au milieu de l'entrée pour le dévisager d'un air excédé.

— C'est que… vous avez un fils ! Un fils vivant mon Roi !

- SOLEIL ARDENT -

Désert Maudit,

Soleil Ardent se réveilla en sursaut.

Les premiers rayons du soleil réchauffaient son corps glacé et engourdi. Il avait dormi à même le sable, à la merci de la fraîcheur de la nuit. Sa tête le lançait affreusement.

Avait-il rêvé ? Toutes les atrocités qui traversaient son esprit avaient-elles vraiment eu lieu par le passé ? Alors, c'était donc cela ? Depuis sa naissance le Désert Maudit le maintenait dans une ignorance naïve ? Ce n'était pas concevable… Lui qui depuis toujours ne connaissait que la bienveillance et vénérait la vie pour son caractère sacré, demeurait profondément choqué par ce qu'il avait vu et ne parvenait pas à y croire… Les souvenirs de Julius lui revenaient à l'esprit par flash, il avait la sensation que son crâne allait exploser. Des larmes de détresse traçaient des sillons sur ses joues recouvertes de sable.

Il supplia le Désert Maudit de sa voix enfantine, tout en plaçant ses poings sur ses hanches.

—Ça suffit ! Dis-moi la vérité maintenant ! Dis-moi que c'est faux ! Dis-moi que toutes ces images dans ma tête n'étaient qu'un terrible cauchemar !

Mais seul le silence lui répondit.

Étrangement le Désert Maudit demeurait muet. Alors il se tourna vers l'homme inconscient à ses côtés. Lui seul détenait les réponses.

Il le secoua vigoureusement :

— Réveillez-vous vieil homme ! Dites-moi que c'est faux ! Dites-moi que tout ce que j'ai vu n'a jamais eu lieu !

Julius émergea de son sommeil profond.

Où était-il ?

Il avait dormi à même le sol.

Quelle idée ! Son corps glacé le faisait horriblement souffrir… Il n'était plus tout jeune, ses articulations le lançaient. Pourquoi avait-il dormi dans le sable ? À son âge, on ne pouvait plus dormir à même le sol comme un vagabond… Soudain, la réalité s'abattit sur son esprit, l'écrasant sous une masse colossale d'informations et de souvenirs mêlés.

Il ouvrit des yeux horrifiés. Tout lui revint et il sentit ses entrailles se serrer d'effroi.

Combien de temps avait-il erré ainsi sans mémoire ? Cinq ans ? Dix ans ? Léonie ! Sa pauvre Léonie… Tant d'années !

Son corps affaibli se rappela à sa conscience tourmentée : sa bouche était sèche, il avait soif, terriblement soif et son ventre criait famine.

D'abord il devait se nourrir, ensuite il réfléchirait mieux !

Il se tourna vers le garçon qui l'avait réveillé et lui demanda d'une voix faible :

—Donne-moi à manger et à boire... Et je te dirai, je te raconterai tout ce que je sais...

La tête lui tournait atrocement.

Le visage du garçon se contracta, il voulait savoir ! Savoir maintenant ! Mais dans cet état de faiblesse, l'homme ne lui parlerait pas, alors il se hâta de lui apporter de quoi se sustenter. Sous le regard pesant du jeune garçon, Julius se rassasia de l'eau de l'oasis et de viande séchée... du serpent... *Était-ce là un signe ?* S'il en avait eu l'énergie, il en aurait ri : ainsi la boucle était bouclée. *Après lui avoir retiré sa mémoire et tout ce qui faisait sa vie, voilà que c'était l'un de ses congénères qui lui offrait sa rédemption...*

Laissant là ses considérations, il leva les yeux vers le garçon :

—Merci... Sans toi je serais mort ou agonisant à l'heure qu'il est... Je suis Julius...

Ces derniers mots répandirent une chaleur salvatrice dans son corps glacé de moribond : *Julius.* Il éprouvait une joie intense à l'évocation de son prénom, il en avait été privé depuis bien trop longtemps. Il remercia silencieusement le ciel de lui avoir rendu son nom au même titre que sa mémoire. Il se força à revenir à la réalité et questionna son sauveur :

—Et toi, qui es-tu mon garçon ? Que veux-tu savoir ?

—Je suis Soleil Ardent ! Je veux savoir vieil homme. Je veux savoir comment est la vie au dehors du désert ? Savoir si les images dans ma tête étaient vraies : le bébé tué, la femme blonde dans l'eau, le garçon qui explose, le serpent…

Julius ouvrit de grands yeux :

—Mais comment…

Il contempla Soleil Ardent un instant en silence et la vérité fit jour dans son esprit :

—C'est donc cela ! C'est toi qui m'as redonné ma mémoire volée…Comment te remercier ? Tu m'as sauvé la vie par deux fois mon garçon…

—Je ne comprends pas ! Je n'ai rien fait !

—Tu dois avoir une faculté spéciale, Soleil Ardent. Tu l'ignorais ? Un don qui m'a fait recouvrer la mémoire… Alors comme ça, tu dis que tu ne sais rien de ce qui se passe à l'extérieur du désert ?

Soleil Ardent secoua la tête en signe d'ignorance. *Il avait un don ? De quoi parlait donc le vieil homme ?*

—Je ne sais pas de quoi vous parlez, je n'ai pas de « don ». Je ne connais que le désert et ce qu'il a bien voulu m'apprendre. Racontez-moi.

Julius le dévisagea avec inquiétude.

—Tu me sembles bien jeune pour entendre toute cette histoire… Mais puisque tu m'as redonné la mémoire et que c'est ce que tu veux, j'imagine que je dois faire ce que tu me demandes… Du moins, du mieux que je le peux. J'ignore depuis combien de temps j'ai perdu la mémoire, je ne sais pas ce qui a bien pu se passer dans le monde, ces cinq ou dix dernières années. J'ai passé mon temps à errer de terre en terre, comme le vagabond amnésique que j'étais... Mais je peux te raconter ce qui s'est passé bien avant. C'est une bien triste histoire... Tu es bien sûr de vouloir l'entendre ?

Soleil Ardent acquiesça vivement.

Alors, Julius prit une grande inspiration et commença son récit :

— Dans ma jeunesse, le monde dans lequel nous vivions s'appelait : la Terre. C'était un lieu magique. Oh, bien sûr tout n'était pas toujours rose. À travers les âges, il y eut des épidémies, des guerres terribles, beaucoup de gens sont morts dans des circonstances épouvantables. Et puis des hommes souffraient de la faim quand d'autres s'enrichissaient à l'excès. Mais - et c'est un tort terrible je le sais - nous n'y prêtions plus attention. Nous vivions heureux dans notre bulle, nous consommions autant que nous le pouvions. Abattant des forêts, polluant la terre de toutes les façons imaginables, détruisant des écosystèmes, anéantissant des espèces pourtant indispensables à l'équilibre naturel... En fin de compte, l'homme sciait lui-même la branche sur laquelle il était assis. Non pas qu'il ignorât ce qu'il faisait ! Ni que tout cela lui retomberait dessus tôt ou tard... Non il le savait, il espérait juste passer entre les mailles du filet et n'être plus de ce monde quand viendrait l'heure de payer le prix de ses excès. Alors les choses ont commencé à se détériorer, petit à petit, puis cela s'est accéléré brutalement. Cela allait de mal en pire. Les catastrophes naturelles se succédaient et s'intensifiaient. Des épidémies dévastatrices nous ont frappés, heurtant le système de plein fouet. Ce fut le début du déclin… Et puis au fil du temps, les ressources essentielles se sont taries, chacun se disputait les miettes d'un système au bord du naufrage. La Terre a été mise à feu et à sang, jusqu'à ce que les tensions soient telles, que l'on ne pouvait plus désamorcer ce qui devait suivre… Alors c'est arrivé. C'était le 6 juin 2047.

Julius fit une pause pour boire une gorgée d'eau, puis il reprit :

—Je ne peux pas te dire qui est responsable. Étaient-ce les États-Unis ? La Russie ? La Corée peut-être ? Je sais seulement que le 6 juin 2047, la terre a littéralement explosé, détruisant tout ce que nous avions connu jusqu'à présent et décimant la majeure partie de la population terrestre. De l'ancien monde et des pays qui le composaient, il ne subsista plus que des ruines. Alors une nouvelle ère est née. Nous avons appelé ce qui restait de la Terre - ce tas de débris fumants jonchés de cadavres – Égavar. Après cela, il fallut tout reconstruire, le monde était un champ de ruines, la technologie avait été anéantie. Contraints et forcés, nous retombâmes dans un nouveau « Moyen-âge » et une monarchie s'installa avec à sa tête le roi Guil. Un être imbu de pouvoir, cruel et perfide. Nous constatâmes vite que la tragédie n'impactait pas tous les rescapés de la même façon … Oh oui, pour sûr qu'ils étaient en « vie » ! Mais être en vie ne

voulait pas dire qu'ils demeuraient des hommes...
On raconte que les malheureux – ceux qui se
trouvaient en première ligne lors de la catastrophe -
subirent les effets des radiations de plein fouet, ce
qui provoqua des mutations. Ils devinrent alors des
êtres déformés - des créatures méconnaissables et
sanguinaires - qui n'avaient plus rien à voir avec
des êtres humains. Ils furent dès lors nommés pour
ce qu'ils étaient devenus : « des irradiés ». Outre
l'aspect physique, les rayonnements causèrent des
dommages colossaux et irrémédiables à leur
cerveau, faisant d'eux des animaux primitifs. Si l'on
en croit la rumeur, les irradiés se terreraient
toujours sur les terres désolées à l'extrémité
d'Égavar, entre la chaîne volcanique de Naclav et
les bas-fonds du Désert Maudit. Mais rares sont
ceux à s'être aventurés aussi loin dans l'arrière-
pays, pour la simple et bonne raison que l'on ne
peut trouver en ces lieux que désolation et mort
certaine... Quant à moi, je n'ai jamais été assez fou
pour m'y hasarder. Je ne peux pas te dire avec
certitude s'ils existent réellement, car jusqu'ici, j'ai
eu la chance de ne jamais croiser leur chemin... De
leur côté, les autres survivants, semblèrent sortir
« indemnes » de cette horreur. Or, le mal était là,
tapi dans l'ombre et n'attendait que le moment
propice pour se révéler au grand jour. Quelques
années après la catastrophe, nous commençâmes à
assister à des naissances d'enfants difformes. La
sentence du roi Guil ne se fit pas attendre. Sous
couvert d'obéir à la volonté de Dieu, il ordonna la

mise à mort des nouveau-nés mal formés, pensant ainsi pouvoir endiguer cette « épidémie ». Mais il n'y avait pas d'épidémie. Et ce génocide n'empêcha pas des événements étranges et incompréhensibles de se multiplier au fil des années... Il s'avéra que ces nourrissons étaient seulement la preuve visible des conséquences des radiations. Tandis que l'on assassinait leurs frères et sœurs déformés, d'autres enfants voyaient le jour sans tare physique, mais développaient dans leur croissance des facultés indécelables de prime abord. Souvent ces capacités se révélaient pendant l'adolescence. Ils pouvaient maîtriser les éléments ou se métamorphoser en serpent par exemple (comme celui que tu as pu voir dans mes souvenirs). En réalité, c'était comme s'ils naissaient en portant en eux, une part de notre ancien monde ravagé... Comme si, en étant conçus par des parents ayant été en contact avec les radiations, de nouveaux gènes s'étaient développés, créant de nouveaux humains avec les dons de la technologie du passé. Tout cela m'amena à en conclure que l'espèce humaine - une partie du moins – avait évolué. Je suppose que c'est le propre de l'Homme : s'adapter au changement de son environnement pour survivre. Mais je soupçonne les radiations d'être pour beaucoup dans les mutations génétiques qui s'ensuivirent. Ces jeunes parvinrent à vivre quelque temps dans l'anonymat. Mais cela ne dura guère longtemps et lorsque leur véritable nature éclata au grand jour, ils furent traités comme des pestiférés, des lépreux, qui ne pouvaient apporter que malheur et désolation autour d'eux. La haine à leur égard eut tôt fait de s'envenimer comme une traînée de poudre. Rejetés par leur famille, ils se retrouvaient à la rue et sans le sou. On refusait de les employer, même pour de basses besognes, mais aussi de les nourrir ou de les loger. Quand la haine fut à son comble, beaucoup d'entre eux furent immolés vivants pour sorcellerie, sur ordre du roi. Peu de temps après, une rumeur selon laquelle « les irradiés » s'étaient mis en mouvement et s'approchaient dangereusement des frontières du royaume volcanique de Naclav commença à gronder. Dans le même temps, une épidémie de lèpre frappa et décima la population, provoquant une chute drastique de la main d'œuvre disponible. Le roi décida alors - au lieu de les brûler sur des bûchers - d'asservir en esclavage tous les êtres que l'on accusait de sorcellerie. Il les envoya en première ligne pour repousser et contenir les irradiés sur les terres désolées de Soahc. Tandis que les autres esclaves étaient missionnés pour les travaux des champs, la reconstruction, l'extraction de minerais et de pierres précieuses et pour toutes les autres besognes où les bras manquaient cruellement. Voilà donc la triste réalité de la vie, au-delà du désert... À ma connaissance, le roi Guil est toujours à la tête d'Égavar. Il vit à Arka, la capitale et l'esclavage perdure au profit des plus riches. Si tel est encore le cas, ma mission reste inchangée : le renverser et faire cesser toute cette barbarie. Mais rassure-toi, je ne suis pas seul à me battre pour un monde meilleur… Nous sommes nombreux à lutter dans l'ombre.

Soleil Ardent était assailli sous cette masse d'informations qu'il tentait désespérément d'emmagasiner. Il se frotta vigoureusement le crâne, sa migraine ne le quittait pas. La concentration plissait son front. Néanmoins, il restait encore des zones d'ombre à éclaircir :

—Qui était la femme ? Celle dont l'homme a tué le bébé ?

—Tu as assisté là à une scène d'une cruauté inhumaine : l'assassinat de l'un des nombreux innocents à avoir payé de leur vie, la folie sanguinaire du roi Guil… Tu n'aurais jamais dû voir une chose pareille… Sans conteste, l'un des pires souvenirs qui hantait mes nuits et les hantera jusqu'à ma mort…

Julius détourna le regard.

—Elle s'appelait Naïa. Elle travaillait pour nous, elle n'avait nulle part où aller, nous pensions la protéger en l'accueillant ainsi sous notre toit. Nous nous trompions. C'était une erreur… une terrible erreur.

Soleil Ardent entendait mais ne comprenait pas, ou plutôt : il ne voulait pas comprendre. Il baissa la tête tant ces révélations s'avéraient difficiles à accepter. Il avait la sensation de retirer les oeillères à travers lesquelles il regardait le monde depuis toujours.

Mais ce n'était pas fini, il devait venir à bout de tout cela. Alors, il se força à poursuivre d'une voix hésitante :

—Il y avait un enfant qui… explosait ?

Le visage de Julius devint plus sombre encore et il répondit vivement :

—À son sujet je n'en sais pas beaucoup plus que toi mon garçon. L'effet des radiations a opéré sur lui avec une rapidité surprenante. Pauvre enfant… tant de tourments pour un si jeune être…

—Mais… Qu'est-il devenu ?

—Nous avons tenté de le sauver des jours durant. C'était atroce. Nous étions aussi impuissants que lui à faire cesser la torture qu'il s'infligeait à lui-même. Et quand enfin nous nous sommes décidés à mettre fin à ses souffrances, c'était trop tard… La cuvette en-dessous de lui était devenue un gouffre. Nous avons été faibles… honteusement faibles. Surtout moi. À trop vouloir préserver la vie de cet enfant, je l'ai laissé endurer les pires tourments. Jamais je ne me le pardonnerai. Pourtant Léonie m'avait supplié de le faire, elle avait compris bien avant moi qu'il était condamné. Finalement, je me dis que c'est un juste retour de bâton pour mes péchés, qu'Aaron - le serpent - m'ait volé mon identité là-bas… près du Gouffre, là où j'ai abandonné ce malheureux. Aussi incapable que j'étais, à mettre fin aux souffrances de cet enfant, au supplice…

—Ce n'était pas de votre faute, voulut l'apaiser Soleil Ardent. Il était condamné.

—Peut-être… Mais j'aurais pu lui épargner la souffrance !

Un silence douloureux s'installa.

Soleil Ardent finit par le briser, en demandant encore :

—Qui est Léonie ? C'est elle que j'ai vue dans la mare ?

Les traits de Julius s'éclairèrent, comme des nuages sombres chassés par le vent.

—Oui ! Nous étions si jeunes à l'époque, bon sang ! En voilà un souvenir magnifique ! Heureusement qu'ils sont là, la nuit, pour nous tenir chaud. C'était avant toute cette horreur… avant que le monde n'explose. L'un de mes plus beaux souvenirs de ces temps paisibles. Ah ! Si nous avions su ! Que n'avons-nous pas savouré notre quotidien si simple et pourtant si privilégié !

Les yeux du vieil homme devinrent lointains et brillants, presque rieurs.

—Léonie… ma douce Léonie. L'amour de ma vie. Ma femme.

Soleil Ardent fronça les sourcils, il ignorait tout de l'amour que pouvait avoir un homme pour une femme. Il finit par poser la question qui ne quittait plus l'esprit agité de Julius :

—Et… où est-elle maintenant ?

Les paroles de l'enfant sonnèrent le glas. L'inquiétude s'abattit sur les épaules du vieil homme.

—Si seulement je le savais Soleil Ardent… Si seulement je le savais !

- LÉONIE -

Néosard,

Le vieil homme la fixait sans comprendre.

Non. Ce n'était pas Julius.

Une douleur cinglante enserra le cœur de Léonie, lui donnant le vertige. Sa déception fut telle, qu'elle se laissa glisser au sol, pantelante.

Comment avait-elle pu nourrir tant d'espoir ? À présent elle ne trouvait même plus une vague ressemblance entre les deux hommes. Alors voilà, elle en était là ? Son esprit fatigué de cette quête impossible lui jouait des tours ? Elle revit le visage d'Adamo qui lui murmurait « toutes mes condoléances ». *Devenait-elle folle ? Avait-elle mis sa raison de côté depuis toutes ces années pour chercher un fantôme ? Cette sensation qui enserrait son cœur et qui lui assurait que Julius était en vie, était-ce l'une de ses divagations ? Elle se rappelait avoir entendu dire, que lorsque l'on perdait un membre, la douleur, elle, persistait… Dans son cas, c'était la plaie béante de son cœur qui la faisait cruellement souffrir…*

—Excusez-moi monsieur… Je vous ai pris pour un autre, souffla-t-elle dans un murmure chevrotant.

Le Borgne plaça une main compatissante sur l'épaule de Léonie, tandis que le vieil homme répondait :

—Y a pas de mal ma p'tite dame… Navré d'avoir réveillé d'bien tristes souvenirs… marmonna-t-il.

—Vous êtes Ted, c'est ça ? demanda vivement le Borgne.

—Oui, oui, ici tout l'monde m'appelle Ted. Arf j'oubliais… Comme on dit ici, soyez les bienv'nus mes frères et sœurs ! Qu'la Terre Mère vous bénisse !

Le Borgne se pencha à son oreille, pour lui révéler :

—Nous sommes ici pour vous aider. Pour vous sortir de là, vous et votre protégé. Il désigna l'enfant à leurs pieds d'un signe de tête.

Ted souffla de soulagement.

—Ah ! s'exclama-t-il.

Conscient que des visages se tournaient vers eux, il baissa d'un ton.

—Dieu soit loué ! Si vous saviez c'qu'ils font ici ces sauvages… Ils sont fous ! Complétement cinglés, j'vous l'dis ! Tous ! Surtout n'mangez pas les baies ! Vous m'entendez ? N'mangez pas les baies !

Il se tut, soudain essoufflé. Les trois compagnons échangèrent un regard perplexe, se demandant si le vieil homme avait encore toute sa tête. Ted les dévisageait également avec inquiétude.

—Mais comment ? Y nous laisseront pas sortir comme ça ! Ah ça non !

—Ça c'est notre affaire, sourit Nephertys de ses dents étincelantes.

Cette dernière se pencha vers le petit garçon pour le saluer, tandis que le jour déclinait à l'horizon :

—Bonjour jeune homme, je suis Nephertys et voici Léonie et ce grand monsieur là, tout le monde le surnomme le Borgne. Mais ne t'inquiète pas, il n'est pas bien méchant. On m'a dit que tu étais un petit garçon plein de ressources. Érode, c'est bien cela ?

L'enfant chauve, au crâne strié de veines violacées, ne devait pas avoir plus de huit ans. Il acquiesça silencieusement, vaguement intéressé, et continua à jouer avec ses figurines.

—On va avoir besoin de ton aide pour sortir d'ici Érode, tu voudras bien nous aider ?

—Je savais que vous diriez ça... Oui. Je dois sortir d'ici, articula l'enfant d'une voix monocorde, qui semblait bien plus mâture que son âge.

Lorsqu'Érode parlait ou souriait, tout le côté droit de son visage demeurait invariablement figé.

Un gong retentit.

La nuit était pratiquement tombée à présent. Ils comptaient agir lorsque la population dormirait. En attendant, ils devaient rencontrer Nazareth « le bienveillant ». Ils n'y couperaient pas...

La petite troupe se dirigea vers le centre du village et tomba nez à nez avec le prédicateur.

—Bienvenue à Néosard mes enfants ! s'exclama Nazareth en les apercevant, un sourire extravagant aux lèvres.

Léonie, Nephertys et le Borgne approchèrent, laissant Ted et Érode en arrière. Dans la lumière des torches, les longs cheveux blonds du chef de la secte paraissaient presque blancs. Ce dernier les jaugeait de son regard vif, qui oscillait entre le vert et le bleu. Il ne faisait pas exception à la règle et comme tous en ce lieu, ne portait aucun vêtement.

Léonie le regarda de travers. *Ce jeunot d'une trentaine d'années venait-il bien de l'appeler « son enfant » ?* Elle qui avait plus du double de son âge, se demandait bien à quoi rimait ce ton paternaliste…

—Oubliez tout ce que vous avez connu jusqu'à présent mes enfants ! Ici votre souffrance disparaît, ici vos fautes sont absoutes. Soyez-en certains, vous êtes au bon endroit ! Il y a près de quarante ans à présent, notre Mère Nature nous a envoyé un signal ! Elle était en colère, tellement en colère de notre vie de pécheurs ! Nos prédécesseurs, la sabotaient et ne la vénéraient plus comme ils le devaient ! Mais ici, nous avons appris des erreurs du passé ! Ici, nous l'honorons chaque jour et elle nous lave de nos péchés. Tant que nous nous plierons à ses désirs, tant que nous aurons conscience de sa grandeur, nous vivrons dans la paix ! Après tout, ne sommes-nous pas tous ses humbles serviteurs ? Tant qu'il en sera ainsi, notre Mère Nature nous protégera et nulle autre apocalypse ne viendra troubler la pureté de notre existence !

D'un geste théâtral, il apposa sa main tour à tour sur le front de Léonie, Nephertys et du Borgne.

—Recevez ma bénédiction mes filles, mon fils ! Allez en paix à présent, dans le respect de notre Mère toute-puissante.

Les trois compagnons restèrent interloqués par sa tirade et avant même qu'ils ne formulent une réponse, il s'éloigna et se plaça devant un amas de paille. Aussitôt, la communauté se pressa autour de lui. *Quel charisme !* songea Léonie sans voix. *Cela, on ne pourra pas le lui retirer... Il était doté de cette éloquence propre aux hommes dangereux...*

Les torches éclairaient le visage de Nazareth d'une lueur fantomatique. Il prit la parole et tout bruit cessa.

—Mes enfants ! Nous sommes rassemblés ici pour remercier notre Mère Nature ! Louée soit-elle !

—Louée soit-elle ! répéta en chœur la communauté.

—Notre Mère Nature est généreuse et pleine de bienfaits. Alors nous nous engageons aussi à l'être envers elle. Mais comme vous le savez, tout bienfait a un prix. Nous nous devons de lui offrir un sacrifice en gage de notre dévotion absolue. Car nous sommes dévoués corps et âme à notre Mère !

—Nous sommes dévoués corps et âme à notre Mère ! répéta la foule.

—Marie, approche ! ordonna Nazareth.

—Il les appelle toutes Marie, cracha Ted à voix basse pour que seuls le borgne, Nephertys et Léonie puissent l'entendre. C'est atroce ! Elles sont choisies dès la naissance ! Ah… c'est qu'une foutue bande de sauvages, j'vous l'dis !

—Marie, comment te présentes-tu à notre Mère Nature ?

Un sourire angélique, presque idiot étira les lèvres de la dénommée Marie. Elle posa ses yeux étrangement vides sur Nazareth.

—Je me présente à Mère Nature, moi Marie, innocente et vierge de tout péché. Je suis Ève qui refuse la pomme défendue, je suis la pureté offerte à la Mère en échange de ses bienfaits.

Nazareth s'approcha et lui fit manger des baies à même sa main. Lorsque Marie les eut avalées, il ferma les yeux, écarta les bras et déclara :

—Mère bienfaisante, accepte ce don qui vient à toi de sa propre volonté. L'innocence de l'âme de Marie t'est sacrifiée, afin que chacun d'entre nous s'abreuve et se sustente à la source de sa pureté.

Léonie en eut un haut-le-cœur. *Avait-elle bien compris ?* Ses compagnons affichaient un air aussi dégoûté qu'elle-même. Ted fixait ses pieds en ruminant, comme s'il connaissait une formule magique qui lui permettait d'ignorer ce qui allait suivre.

—Ted… articula Léonie avec difficulté. Ne me dites pas qu'ils vont la… manger ?

Ted leva les yeux vers elle, dans un aveu muet d'impuissance. Puis bien vite, il reprit sa litanie en fixant ses orteils.

Plusieurs membres de la secte s'approchèrent de Marie. Elle conserva son sourire radieux tandis qu'ils attachaient ses bras et ses jambes à une longue barre en fer, qu'ils suspendirent ensuite à des socles positionnés de chaque extrémité du bûcher. *Non, ils n'allaient pas faire cela ? Ils n'allaient pas la rôtir comme un poulet sur une broche pour se rassasier de sa chair ?* Cette scène réveilla les souvenirs douloureux de la nuit terrible où le pauvre Isaac avait été immolé vivant. *Au moins n'avait-il pas été mangé…*ne put-elle s'empêcher de penser. *Cela ne se passera pas comme ça cette fois ! Elle s'était jurée de ne jamais plus assister à pareille atrocité ! Aujourd'hui elle disposait des ressources pour agir… Le Borgne devait arrêter cette horreur !*

Des femmes au visage rayonnant circulaient dans la foule. Elles tenaient dans leurs bras de grands plateaux de bois, chargés de baies rouges à l'allure exquise. Instinctivement la main du Borgne s'approcha du plateau. Léonie arrêta son geste, elle lui souffla à l'oreille :

—Non ! Tu n'vois pas que c'est comme ça qu'il les maintient sous son emprise ! C'est sûrement une sorte de drogue…

Le Borgne retira prestement sa main comme si on l'avait brûlé.

Nazareth alluma les braises en-dessous de Marie. Puis, des hommes positionnés de chaque côté de la broche, commencèrent à la faire tourner doucement au-dessus des flammes.

Soudain, les longs cheveux châtains de Marie s'embrasèrent, mais au lieu d'hurler elle se mit à fredonner :

—*Mère Nature, je viens à toi vierge de tout péché… Je suis Ève qui refuse la pomme défendue… Je suis la pureté offerte pour…*

Le temps s'arrêta net. Figeant la course mortelle du feu dans les cheveux de Marie. Tout devint silencieux, Marie, Nazareth, toute l'assemblée, étaient immobilisés par une force inconnue. Tous sauf, le Borgne, Ted, Nephertys et Léonie qui assistaient au phénomène sans comprendre. Le petit Érode, était aussi étrangement épargné, mais contrairement à eux, il savait très bien de quoi il retournait :

—Allez-y ! Voilà mon aide. Hâtez-vous ! annonça l'enfant de sa voix sans timbre.

Léonie ne se le fit pas dire deux fois.

Laissant les explications pour plus tard, elle sortit de sa léthargie. Elle arracha un plateau des mains de la femme la plus proche, qui ne bougea pas d'un pouce. Puis elle courut l'immerger dans l'eau du ruisseau. Au moment précis où elle déversait l'eau sur le sommet du crâne de Marie, le temps reprit son cours normal.

—Mais qu'est-ce que… ? commença Nazareth en regardant Léonie avec effroi, car elle n'était pas là l'instant d'avant.

Un tigre noir surgit au milieu de la foule. Dans un mouvement de panique les membres de la secte se mirent à hurler en courant en tous sens, tandis que le ciel se chargeait en électricité. Profitant de cette diversion, Léonie se hâta de libérer Marie de ses liens. Cette dernière continuait de sourire béatement, on ne peut moins consciente de sa chance d'être encore en vie.

Sans plus de cérémonie, la foudre fendit l'air, s'abattant sur l'arbre le plus proche de Nazareth. Foudroyé au passage par la puissante déflagration électrique, le gourou « bienveillant » s'écroula au sol, carbonisé.

Dans la pagaille ambiante, Léonie eut soudain une idée, qui - elle l'espérait - pourrait redonner un tant soit peu la raison à la communauté. Elle improvisa :

— Regardez comme Mère Nature vous envoie un message ! Elle n'est pas contente de vos actions ! Elle ne veut pas de sacrifices humains !

D'un même mouvement, les villageois s'agenouillèrent pour supplier leur Mère bienveillante de leur pardonner. Satisfaite, Léonie rejoignit le Borgne, Ted et le petit Érode. Ils se précipitèrent vers la sortie, suivis de près par le tigre noir. Lorsqu'ils arrivèrent devant la clôture de bois, ce dernier reprit sa forme humaine : celle de Nephertys. Ils se hâtèrent de récupérer leurs vêtements dans le poste de garde.

Avant de franchir l'enceinte, Ted hurla à l'adresse de ses anciens frères et sœurs :

— Et n'mangez plus ces foutues baies !

Ils quittèrent les lieux sans un regard en arrière. Laissant ce cauchemar derrière eux, définitivement, du moins l'espéraient-ils…

- ANNABETH -

Capitale, Royaume d'Arka,

Annabeth et Melvyn se matérialisèrent au centre de la grande place d'Arka. La fillette, toujours en proie à une crise de rage désespérée, pleurait en frappant furieusement son frère aux épaules. Ses longs cheveux bruns, emmêlés par son accès de violence, lui collaient au visage. Dans un premier temps, emportée par la frénésie de sa colère, elle ne remarqua même pas qu'elle ne se trouvait plus chez elle.

Les passants s'arrêtaient pour les dévisager.

Melvyn finit par immobiliser Annabeth et la musela d'une main sur la bouche, attendant qu'elle finisse par s'apaiser.

—Calme-toi Annabeth ! Calme-toi je t'en prie ! C'est trop tard… On ne peut plus rien faire pour mère… Tout le monde nous regarde !

Quand elle cessa de s'agiter, il relâcha son étreinte.

La figure rouge et congestionnée, la fillette étudia les alentours en fronçant ses épais sourcils noirs.

—C'est toi qui nous as emmenés ici ?

—Oui, répondit-il simplement.

Elle voulut lui demander pourquoi il ne lui avait jamais parlé de son don, mais elle se ravisa, peu lui importait. S'il les avait amenés ici, il était capable de les ramener.

La colère la submergea de nouveau.

Ce couard aurait très bien pu sauver leur mère...

—Ramène-nous à la maison ! Tout de suite ! ordonna-t-elle en haussant le ton.

—C'est trop tard Annabeth... C'est ce qu'elle aurait voulu et tu le sais très bien. Elle m'a fait promettre de te protéger si un jour ça tournait mal.

Il baissa la tête d'un air impuissant.

—Je crois qu'elle a toujours su que ça finirait comme ça. Tu sais comment elle était. Maman nous aimait plus que tout en ce monde... au point de se priver de manger pour nous...

—Arrête ça ! Arrête de parler d'elle comme si elle était morte ! hurla t-elle.

Soudain une cloche sonna.

Sa tonalité assourdissante leur imposa le silence. Une voix retentit et ils scrutèrent les environs pour en repérer la provenance.

—Faites place à sa Magnificence Altesse Royale, hurlait un crieur, le Roi suprême, Guil Ier du nom, sauveur du peuple et des terres agonisantes ! Faites place au Roi et à son vigoureux héritier mâle !

Le cortège royal fendait la foule, escortant un attelage aux brocards d'or et aux tentures de velours rouge vif. La diligence s'immobilisa au milieu de la grande place, près d'une estrade.

Le roi Guil mit pied à terre au milieu de la foule. Il était vêtu de vêtements d'apparat, rouge sang, brodés d'or. Il tendit la main à une femme blonde aux allures de poupée de porcelaine. Judith s'extirpa fébrilement de la voiture, maintenant fermement contre son cœur un nourrisson vêtu également de satin écarlate. Pâle comme la mort, la peau fine de son visage parsemée de veines bleuâtres, la jeune femme paraissait extrêmement faible, bien qu'apprêtée d'une magnifique robe assortie à la tenue du roi. Une petite fille d'environ sept ans, à l'air suffisant, les suivait de mauvaise grâce. Elle s'immobilisa un instant près de l'attelage, hésitante.

—Shade ! Viens par ici ! la rabroua Judith du bout des lèvres.

La fillette richement vêtue obtempéra finalement en soufflant bruyamment. Shade avait le teint aussi pâle que sa mère et une chevelure noire comme la nuit. Soulignés d'épais sourcils sombres, ses yeux d'encre jetaient des éclairs assassins partout où elle posait les yeux. Son visage renfrogné trahissait son hostilité à l'encontre de son nouveau-né de petit frère.

Judith s'avança à la suite de son roi, d'un pas qui se voulait assuré. Elle étreignait l'enfant dans ses bras comme une planche de salut, tout en veillant à ce que Shade suive le mouvement.

La famille royale monta sur l'estrade.

S'éclaircissant la voix, le roi toisa la foule rassemblée à ses pieds avec suffisance, puis il déclara puissamment :

— Très cher peuple d'Arka ! Je viens à vous aujourd'hui pour vous annoncer un avenir radieux ! Aujourd'hui est un jour qui marquera l'histoire ! Soyez-en certains ! C'est votre Roi qui vous le dit, car oui, je peux vous l'assurer à présent, nous allons réaliser de grandes choses !

Il se pencha pour prendre le nourrisson des bras de Judith. Cette dernière tarda à desserrer l'étreinte de ses doigts recroquevillés comme des serres autour du petit corps. À contrecœur, elle finit par relâcher son emprise sur leur fils. Guil accueillit le nouveau-né dans ses bras, puis le porta bien haut au-dessus de sa tête, pour que tous puissent l'admirer. Il tonna :

— Voici votre avenir peuple d'Arka ! J'ai l'immense honneur de vous présenter votre futur roi, celui qui continuera mon œuvre après mon trépas ! Alors acclamez comme il se doit, le vigoureux prince Hercule !

Des hourras s'élevèrent, les affamés discernaient déjà l'aubaine qu'une telle nouvelle pouvait offrir à leur estomac désespérément vide. La fin de la longue et terrible dépression du roi, ne pouvait que leur être favorable : le sort leur souriait enfin.

Le roi redonna l'enfant à Judith et leva les bras pour réclamer le silence.

— Ce n'est pas tout brave peuple d'Arka ! J'ai une autre grande nouvelle pour vous ! Que serait un roi sans sa reine ? Et que serait un prince sans sa mère ? Il désigna Judith d'un sourire carnassier, j'ai l'honneur de vous apprendre mon mariage prochain, avec la resplendissante jeune femme qui se tient à mes côtés. Très bientôt, vous pourrez l'appeler Reine Judith !

À ces mots, malgré sa fébrilité apparente, les lèvres violacées de Judith s'étirèrent en un sourire de triomphe.

—Je déclare l'ouverture de deux semaines entières de festivités, pour célébrer ces heureux événements ! Buvez, rassasiez-vous donc à la santé de mon fils, brave peuple d'Arka !

Les acclamations de la foule reprirent avec une emphase inégalée. Le peuple se mourait, le peuple avait faim et voilà qu'on lui promettait bonne chère et divertissements durant deux semaines. À cet instant précis, il n'existait pas homme plus aimé que le roi Guil sur des milles à la ronde.

Alors que la famille royale descendait l'estrade, les gueux se jetèrent au sol pour leur baiser les pieds et les remercier en pleurant. La garde royale dut éloigner la foule transie, pour permettre au roi et à sa suite de regagner l'attelage.

Melvyn resta bouche bée devant cette apparition royale. Ses souvenirs du roi Guil remontaient à l'enfance, lorsqu'il se plaisait à l'espionner quand il était ce petit garçon qui se cachait comme une ombre dans les recoins du château d'Arka. Cet homme l'avait toujours fasciné. *Tant de pouvoirs pour un seul homme… Tant de responsabilités. Il détenait* l'ascendant sur tout Égavar, tout le peuple lui devait soumission et obéissance. La même pensée qui le hantait déjà étant enfant, lui traversa alors l'esprit : *Si seulement il était né riche, si seulement il détenait le pouvoir... Quelle sensation cela procurait-il d'être craint et adulé, au point que des hommes soient prêts à tomber à vos pieds pour les baiser ? Quel effet cela ferait-il d'être ne serait-ce que respecté ? De ne plus être obligé de cacher ses facultés pour ne pas être brûlé ou soumis en esclavage ?*

Soudain, une voix s'immisça dans son esprit, coupant court à ses réflexions :

« *À défaut du pouvoir, nous pouvons t'offrir la liberté... N'est-ce pas là, la plus juste des causes, Melvyn ?*» interrogea l'intrus dans sa tête.

—Tu as entendu cette voix Annabeth ?

—Qu'est-ce que tu m'chantes ? Personne n'a parlé...

Sa sœur le dévisageait avec dégoût.

—Ah... peut-être que tu parles de ta conscience, tu sais, cette petite voix que tu ne connaissais pas jusqu'à maintenant et qui s'est finalement réveillée pour te dire de rentrer sauver notre mère sur le champ !

Alors la voix résonna dans leur esprit à tous deux :

« *Non Annabeth. Il parle de moi. Regardez devant vous. Je suis là. L'homme qui fait la manche assis sur les pavés, près de l'église...* »

Annabeth fronça les sourcils et se dirigea d'un pas assuré vers le mendiant, un homme noir d'une cinquantaine d'années, mince et élancé, qui leur faisait signe. Une barbe broussailleuse de plusieurs jours mangeait son visage anguleux et son œil droit était barré d'une cicatrice. Ses cheveux tressés, collés sur son crâne, dépassaient du foulard noir qui encerclait son front.

— Annabeth, je ne suis pas sûr qu'on devrait…

Elle fusilla Melvyn du regard et continua d'avancer.

— C'est toi qui parles dans nos têtes ? Tu entends nos pensées ? Qui es-tu ? Qu'est-ce que tu nous veux ? attaqua la fillette.

« Tant de questions et d'assurance pour une si jeune fille ! Je suis impressionné ! Je suis Jacob, la voix muette de la rébellion, l'homme qui parle à l'oreille de ceux qui cherchent leur chemin… Et je vois que vous vous êtes égarés en chemin… Je suis navré pour votre mère… »

— La rébellion ? C'est quoi ? Et pourquoi tu parles pas à haute voix comme tout le monde ?

« Tout simplement parce que je n'ai pas ce don ma petite… Je suis né sans voix terrestre, alors je parle avec la voix de l'esprit. »

Il se mit debout.

« Venez avec moi ! Cela va commencer… alors vous comprendrez mieux qui nous sommes. »

— Qui cela nous ? demanda Melvyn.

Pour toute réponse, Jacob avança jusqu'à une petite ruelle, qui tournait sur la droite de ce qu'il restait de l'hôtel de ville. Annabeth lui emboîta le pas : à tort ou raison, elle voulait savoir de quoi il retournait. Son intrépidité déraisonnée lui faisait oublier sa peur. *Peut-être trouverait-elle des alliés autres que son couard de frère. Des personnes disposées à l'aider et à sauver sa mère… si elle était encore en vie…*

—Annabeth on ne le connaît pas ! À quoi tu joues ?

—Fais ce que tu veux sale traître ! Peu m'importe !

Après un court instant d'hésitation, le jeune homme finit par courir derrière sa petite sœur et le mystérieux inconnu.

- SOLEIL ARDENT -

Désert Maudit,

Les révélations de Julius hantaient Soleil Ardent. *Tant de cruauté… Et que dire du Désert Maudit qui le maintenait dans l'ignorance depuis toutes ces années…* D'ailleurs, depuis plusieurs jours l'entité supérieure demeurait muette, se complaisant dans un silence coupable.

Plus le temps passait et plus Julius reprenait du poil de la bête. Très vite, le jeune garçon apprit à aimer ce dernier, qu'il trouvait fort sage et bienveillant. Il se demandait si tous les hommes possédaient cette profondeur d'âme et de cœur. Il n'avait aucun élément de comparaison, mais s'il se référait aux souvenirs de Julius, ce dernier était un être à part … Il avait la chance d'être en compagnie d'un homme bon et il remerciait le ciel de l'avoir placé sur sa route, lui plutôt qu'un autre.

Le soir, le vieil homme révélait le nom des étoiles, l'écoutait jouer de la flûte ou lui contait les histoires que l'on racontait aux petits enfants au-delà du désert… Ceux qui vivaient au sein d'un foyer et qui n'avaient pas passé leur vie seuls, avec une entité invisible pour compagne, pareille au vent, sans consistance, ni enveloppe corporelle.

Soleil Ardent se découvrait une rancœur nouvelle à l'encontre de la seule figure parentale qu'il connaissait : le Désert Maudit.

Néanmoins, la légèreté, la gaîté naturelle et l'amour que nourrissait Julius pour la vie, le ravissaient et le détournaient de ses pensées sombres.

Lorsque le vieil homme eut recouvré ses forces, il offrit même de lui apprendre à manier l'épée. Avec un plaisir non dissimulé, Julius lui montra donc les rudiments de cet art qu'il avait appris sur le tard, par la force de la nécessité, car l'on ne pouvait espérer survivre dans ce monde sans savoir se défendre. Cela devenait même indispensable en l'absence de don particulier. Instruire Soleil Ardent devint vite une source de bonheur inépuisable pour Julius. Il trouvait en lui un élève assidu, consciencieux et intarissable, qui voulait en savoir toujours plus.

Alors chaque matin, après un petit déjeuner succinct, lorsque la fraîcheur était encore relative, ils avaient pris l'habitude de s'entraîner avec des bouts de bois en guise de lame.

Les jours s'étirèrent en semaines dans cette nouvelle routine, jusqu'à ce fameux matin, où après une séance, Julius se décida enfin à confier ses tourments à son jeune compagnon. Il ne pouvait plus inhiber la réalité plus longtemps : il était temps d'agir. Alors, il fit asseoir le jeune garçon, prit une grande inspiration et déclara :

—Soleil Ardent, mon petit... Il est temps pour moi de partir en quête des miens… Cela fait longtemps, bien trop longtemps que je n'ai pas serré ma femme dans mes bras. Je suis un vieil homme et mon temps est compté. Elle et moi nous ne sommes pas éternels et je sens que l'âge gagne du terrain. Là où autrefois je possédais des muscles robustes, ne subsistent plus que des raideurs. Chaque matin mes réveils sont de plus en plus douloureux… Tu vois mon petit… Je perçois l'ombre de la mort qui me guette. Mais je ne suis pas prêt… pas tant que je n'aurai pas retrouvé ma femme… Tu comprends n'est-ce pas ?

Les paroles de Julius firent l'effet d'un torrent glacé à l'enfant. Il n'aurait su dire quand cela avait débuté, mais il s'était peu à peu attaché au vieil homme. *Il n'était pas prêt à le voir partir, pas si tôt…*

Mais au fond de lui une petite voix l'avait déjà alerté, le préparant à ce moment, lui murmurant que son départ était inéluctable. Or maintenant qu'il savait la vie au-delà du désert, qu'il avait goûté à la compagnie d'un semblable, il concevait sa solitude à venir avec une anxiété nouvelle. *Il lui restait encore tant de choses à apprendre de lui…*

Soleil Ardent était encore bien trop jeune pour comprendre la déchéance lente et sournoise qu'impliquait la vieillesse. Il ne connaissait rien non plus de l'amour que pouvaient éprouver un homme et une femme l'un pour l'autre. Mais il distinguait l'amour dans ce puissant sentiment qui l'habitait pour tout ce qui recelait la vie.

—Je crois que je comprends… Mais je ne veux pas ! se hérissa l'enfant.

Sa colère retomba aussi vite qu'elle était apparue, il fit la moue :

—Ne pourriez-vous pas rester avec moi ?

—Je crains que non Soleil Ardent… comme je te l'ai dit, c'est impossible. Mais si tu le souhaites tu pourrais te joindre à moi ? Tu le sais maintenant… Le Désert, ce n'est pas un endroit fait pour un jeune garçon.

Quitter le Désert Maudit ?

À cette idée, la peur, telle une main cruelle et glaciale, enserra la gorge du garçon. Il chercha l'air qui ne voulait plus entrer dans ses poumons. Il suffoquait. *Y arriverait-il ? Partir de ce lieu si familier pour… l'inconnu ? Pour ces images si inquiétantes qu'il avait entraperçues ?*

Julius plaça les mains sur les épaules de l'enfant :

—Respire mon garçon, respire… Tout va bien.

Soleil Ardent se détendit progressivement, peu à peu il inspira une grande goulée d'air.

Au moment où il s'apprêtait à refuser, le Désert Maudit, sortit soudain de son silence fautif, sa voix, sans appel, s'imposa à son esprit : « *Pars Soleil Ardent. Il est temps, je n'ai plus rien à te transmettre. Ta place n'est plus en ce lieu.* »

Ainsi en fut-il décidé.

Soleil Ardent n'ignorait pas que si le Désert Maudit ne voulait plus de lui, s'il ne participait plus à sa subsistance, il ne pourrait pas survivre bien longtemps. Contraint et forcé, il finit donc par se ranger à la volonté irrévocable du Désert.

Quel autre choix avait-il ?

Le lendemain matin, alors que le soleil n'était pas encore levé, ils quittèrent l'oasis pour ne jamais y revenir : ils le savaient.

Ils n'y étaient plus les bienvenus. Le Désert Maudit leur avait signifié un congé sans espoir de retour. Soleil Ardent laissait là tout ce qu'il connaissait depuis toujours. Dans son sac de fortune, fait de peau de bête, il emportait à la hâte tout ce qu'il possédait : sa flûte, son canif, deux couvertures, le hamac et une vieille cape dont il ignorait l'origine, mais qu'il chérissait depuis toujours comme un talisman. Ils préparèrent également des gourdes remplies d'autant d'eau que possible, ainsi que de la viande séchée.

Au moment de partir, l'enfant se retourna, les larmes aux yeux, pour contempler une dernière fois la hutte qui l'avait protégé des intempéries, ce havre de paix où il se sentait en sécurité, loin de la cruauté des hommes.

« *Adieu Soleil Ardent, que les vents te soient favorables.* », souffla le Désert Maudit en lui caressant le visage d'une légère brise. Après un instant de silence, l'enfant répondit à haute voix :

—Merci Désert Maudit… Merci d'avoir pris soin de moi, je crois que je comprends maintenant.

Julius lui fit signe de le rejoindre, un doux sourire compatissant aux lèvres. Soleil Ardent courut auprès du vieil homme, qui passa chaleureusement la main dans la crinière hirsute de son jeune compagnon :

— C'est bien mon garçon, tu as fait le bon choix. L'inconnu est inquiétant je le sais, mais notre vie à tous n'est que changement constant… Les hommes sont parfois cruels c'est vrai, mais il y aussi beaucoup de beauté dans notre monde. Il faut juste savoir regarder avec le cœur.

Julius lui fit un clin d'œil complice.

— Mais ça, c'est naturel chez toi. Si le désert t'a nommé Soleil Ardent, ce n'est pas par hasard. Tu ne l'oublieras pas, n'est-ce pas ?

— Jamais !

— Alors tout ira bien.

Le jeune garçon lui répondit par un sourire soucieux, il était temps pour lui d'affronter le monde extérieur.

Leurs ombres s'allongeaient indéfiniment dans l'étendue immense du désert. La fournaise ambiante les enserrait tel un étau brûlant. La chaleur du sable dévorait leurs pieds nus, calleux et ensanglantés. Au bout du troisième jour, ils n'avaient déjà plus d'eau, ni de vivres. Julius commençait à envisager le pire, quand soudain, ils aperçurent à l'horizon les contours incertains des champs abandonnés blanchis par la neige.

Était-ce la chance ? Un miracle ? Ou tout simplement un dernier cadeau d'adieu du Désert Maudit ? Quoi qu'il en soit, en trois jours, seulement trois jours, ils sortirent de l'étendue immense du désert. Ils avaient marché à l'aveuglette, sans aucun moyen de se repérer dans ce dédale de sable. Ils continuèrent dans cette direction jusqu'à apercevoir au loin les remparts de la ville d'Arka, Julius fut transporté d'une telle joie qu'il en retrouva une nouvelle jeunesse. Il courut presque, faisant fuir une nuée de corbeaux dans son sillage, convaincu qu'il était sur le point de serrer enfin sa femme dans ses bras.

Ils traversèrent des terres cultivées enneigées, sans croiser âme qui vive dans ce froid exacerbé. Après la chaleur aride du désert, ils étaient à présent littéralement glacés. Soleil Ardent n'avait jamais connu un tel froid et encore moins vu de la neige. Il déambulait vêtu d'un pagne depuis son plus jeune âge. Il s'emmitoufla dans une couverture, tout en continuant de suivre Julius au pas de course, ébahi devant ces nouveaux paysages qui se dessinaient devant ses yeux et par la blancheur immaculée de la neige.

Le domaine de Julius et Léonie se trouvait à l'extérieur des murs fortifiés. Tout en pressant le pas, l'enfant observait avec perplexité la hauteur vertigineuse des remparts de la capitale en contrebas. Soudain, une cloche sonna en provenance de la cité. Soleil Ardent sursauta, avant de s'immobiliser, dardant son regard interrogateur en direction d'Arka. *Que se passait-il derrière ces murs impressionnants ? Que ressentirait-il, s'il avait passé sa vie dans un lieu tel que celui-ci ? Serait-il... le même ?*

Quant à Julius, possédé comme il l'était, il n'y prêta pas la moindre attention, avançant encore et toujours plus vite.

Après ce qui parut une éternité au vieil homme, ils poussèrent enfin la porte de la clôture en bois qui entourait son domaine.

Enfin il se trouvait sur ses terres ! Enfin il était chez lui ! Après tant d'années d'errance !

Le silence régnait, mais cela ne l'étonnait pas, avec le froid mordant du dehors. Le bruit de leurs pas s'étouffait dans la neige.

Léonie et Morgan devaient se trouver à l'intérieur, près du feu. Il fut aux anges en apercevant les volutes de fumée qui s'échappaient de la cheminé. *Oui... elle était là !*

Il courut jusqu'à la porte d'entrée, ne sentant plus la fatigue dans ses jambes ni le fardeau de la vieillesse sur ses frêles épaules.

Il ouvrit à la volée.

Avec stupeur, il découvrit l'endroit dans un état de saleté inconcevable pour une maîtresse de maison aussi consciencieuse que Léonie. *Quelque chose clochait...*

Il se recroquevilla peu à peu sous le poids de la déception.

—Qui va là ? grogna une voix d'homme. Je suis armé menaça-t-il, croyez pas qu'jvais vous laisser voler quoi que ce soit ici ! Pas temps qu'j'serai vivant !

—Qui êtes-vous ? Léonie ma chérie, tu es là ? s'alarma Julius d'une voix blanche.

L'homme s'avança, il avait le teint mat, une soixantaine d'années bien avancée et de l'embonpoint. Son expression se fit moins menaçante :

—Vous connaissez ma Maîtresse ?

Soleil Ardent arriva sur le seuil de la porte, il referma vivement la porte en grelottant.

—Je suis son mari, Julius. Où est-elle ? Je vous jure que si vous avez osé toucher un seul de ses cheveux, vous allez le regretter amèrement !

L'homme changea totalement de ton :

—Oh c'est que vous d'vez être mon Maître ! Veuillez m'pardonner. Si j'avais pensé ! Après tout ce temps ! Oh qu'elle va être ravie la Maîtresse !

—Où est ma femme bon sang ? Qui êtes-vous et pourquoi la maison est-elle dans cet état ?

—Pas ici pour sûr ! Elle est partie à vot'recherche ! Ça fait des années maintenant qu'elle a pas donné d'nouvelles… Le courrier, c'était dangereux qu'elle disait ! Si j'm'attendais à vous voir un jour ! J'suis Graham, l'intendant, pour vous servir mon Maître ! Excusez ma pauv'femme pour l'ménage… Elle s'est brisée la hanche y a d'ça un mois, mais elle commence à aller mieux, la maison s'ra bientôt comme neuve…

L'adrénaline de l'excitation retomba et Julius, pris de faiblesse, se laissa tomber de justesse sur l'un des fauteuils poussiéreux installés près de la cheminée.

— Vous voulez un petit remontant Monsieur, vous avez l'air frigorifié ? Et le p'tit aussi. J'ai du vin chaud ! Vous en voulez ?

— Oui, merci Graham.

Soleil Ardent alla s'asseoir au pied du fauteuil de Julius et tendit les mains vers les flammes pour se réchauffer.

—Tout de suite, Maître !

Graham se dirigeait vers la cuisine quand il s'écria soudain :

—Ah j'avais presque oublié, elle a laissé une lettre pour vous la Maîtresse ! La nuit où ils sont partis ! Au cas où, vous reviendriez qu'elle disait !

Julius se redressa d'un bon, provoquant une douleur vive dans son dos meurtri :

— Une lettre ! Donnez-la moi ! Tout de suite ! Elle est partie avec Morgan ?

—Ah oui ! Morgan qu'il s'appelait l'gamin ! Voyons voir… J'ai dû la mettre quelque part par là… marmonna l'intendant en claquant les placards de la cuisine.

Graham revint avec des verres au fumet prometteur mais à la propreté relative, il les posa à la hâte sur la table basse et sortit une lettre fripée de sa poche :

—Tenez mon Maître.

Julius attrapa le parchemin en tremblant d'espoir. Elle datait de huit ans auparavant… *huit ans !*

Il en prit connaissance dans un silence absolu, on entendait seulement le crépitement du feu dans l'âtre.

Léonie avait écrit la lettre un mois après sa disparition. Elle était paniquée, cela se voyait à son écriture. Elle avait interrogé le roi sans résultat. Elle partait à Arka dans l'espoir d'apprendre où il se trouvait. Si ses recherches restaient vaines, elle comptait se rendre à Isidore auprès de leurs vieux amis, les Kersak. Elle leur avait d'ores et déjà fait parvenir une lettre. Et surtout… elle l'aimait profondément et priait pour qu'il soit en bonne santé.

Léonie, ma chérie… Il ne savait s'il devait se réjouir ou pleurer. Elle était encore en vie ! Mais la missive datait de huit ans... Cela lui faisait tellement de bien de voir ces mots écrits de sa main. Mais quelle souffrance, quelle inquiétude, il lui avait causées durant toutes ces années… Il ne lui restait plus qu'à prier pour qu'elle soit encore à Isidore.

- LE ROI GUIL -

Taverne du Lion Rugissant, Arka,

Le roi Guil poussa avec brusquerie la porte de la taverne du « *Lion Rugissant* », l'impatience le tenaillait. Il exultait de joie. *Enfin il avait un héritier, enfin il touchait au but : ce n'était plus qu'une question de jours avant qu'il ne révèle à tout le peuple d'Égavar sa véritable nature.*

On trouvait foule dans l'établissement crasseux ce soir-là. La tenancière, la vieille Astrid, se tenait derrière le bar. Le regard vide, elle essuyait des verres sales avec un chiffon miteux à l'allure encore plus douteuse. Au fond de la pièce, sur une petite estrade bancale, un barde chantait à tue-tête d'une voix éraillée un air atrocement faux, mais qui n'empêchait pas sa partenaire, une femme d'âge mûr au visage ingrat, de se déhancher dans un semblant de rythme. Sa robe défraîchie aux couleurs vives laissait apparaître son ventre rebondi et des grelots ridicules accompagnaient chacun de ses mouvements. Or le spectacle satisfaisait pleinement l'assemblée imbibée d'alcool et peu exigeante. Quand la danseuse descendit de son estrade pour longer les tables, tous l'accueillirent à grand renfort d'obscénités graveleuses.

—Viens par ici ma beauté ! Qu'on t'donne c'que tu mérites ! s'exclama un homme chauve aux chicots noirs. J'en connais un là, il désigna son entre-cuisse, qu'a jamais été aussi foutrement dressé !

Il fut secoué d'un rire gras et guttural qui lui fit renverser sa chope de bière sur sa tunique rapiécée, mais il ne sembla même pas s'en apercevoir.

Hilare, la danseuse se laissa entraîner de genou en genou comblant les gueux qui s'empressèrent de l'enserrer de leurs mains avides et répugnantes.

Avec dégoût, le roi Guil détourna son attention du laideron qui se trémoussait avec vulgarité en riant. Il avisa l'Œil, accoudé au comptoir. *Cela n'avait rien d'étonnant, cet ivrogne passait son temps dans les relents de l'ivresse.*

Sur son passage le silence se fit.

Il s'approcha de l'Œil :

—Ne t'ai-je pas ordonné mille fois de cesser de t'enivrer à mon service ?

—Ah mon Seigneur ! C'est vous qu'j'attendais ! C'est à vot'héritier qu'jbois ! Allez joignez-vous à moi !

Guil saisit la chope que lui tendait la tavernière, engloutit son contenu d'un trait et attrapa l'Œil par le col de sa tunique pour le mettre debout.

—Allons-y maintenant ! commanda le roi.

L'œil s'accrocha à sa bière, tentant de boire une dernière lampée alors que Guil le tirait en arrière.

—Immédiatement ! tonna ce dernier, avant de lui susurrer à l'oreille dans un rictus chargé de promesses, je ne tolèrerai pas que tu me fasses perdre mon temps.

Un silence total se répandit dans la salle – même l'homme qui cajolait la danseuse immobilisa la course de ses doigts sur les seins de la femme - si bien que l'on n'entendit plus que leurs pas qui résonnaient sur le parquet émacié alors qu'ils quittaient l'établissement.

—J'ose espérer que tu les as prévenus ?

L'œil le regardait d'un air mauvais. *Gâcher une si bonne bière ? Il ne s'en remettait pas…*

—Oui mon Seigneur, ils nous attendent, acquiesça-t-il du bout des lèvres avec rancœur.

Les mercenaires étaient rassemblés dans le souterrain du château d'Arka.

Le roi Guil, sous sa véritable apparence, les jaugeait de son sourire carnassier en songeant que c'était là l'ultime fois où il se terrait en ces lieux comme un brigand de bas étage…

Les meilleurs d'entre eux se nommaient : l'Œil – lorsqu'il n'était pas ivre bien sûr – Liam et sa flûte de Pan, ce qu'il restait d'Aaron sous ses plaies purulentes incicatrisables, Tental et la pieuvre mouvante qui lui recouvrait le cuir chevelu, Abis l'albinos pâle comme la mort, Pénéloppe une jeune femme aux longs cheveux blancs, d'allure altière et à l'apparence faussement inoffensive, Frédrik et son air féroce, Gidéon et sa pilosité excessive et enfin le fameux Magma.

Magma avait vu le jour sur les terres égarées de Naclav, le territoire volcanique. Ce lieu désolé avait engendré en son sein, un être des plus prodigieux, doté de capacités redoutables... Pourvu d'une musculature et d'une taille impressionnante, il devait approcher les deux mètres cinquante de haut. Ses yeux perçants, rougeoyants, luisaient tels des braises incandescentes. Sa chair brûlée était parcheminée de sillons irréguliers, qui parcouraient son corps, tel un sol craquant et aride souffrant de la sècheresse. Son crâne était rasé, avec en son centre une longue tresse rousse.

Quant à Alastor, Misty et Ménélas, ils avaient failli à leur mission alors il les avait condamnés à l'exil. *Sa vision si favorable de leurs puissantes facultés se trouvait irrévocablement souillée par leurs échecs pitoyables. Il ne pouvait encourager une telle médiocrité... Ils n'étaient plus que de l'histoire ancienne.* Alors pour remplacer Alastor à la tête de son armée, il désigna le prometteur Magma. Il tardait à Hector de voir se déchaîner toute la puissance de son nouveau lieutenant sur leurs ennemis.

Les autres mercenaires se tenaient un peu plus en retrait, ils disposaient également de facultés, mais dans une moindre mesure. *Toute armée exigeait sa chair à canon, celle qui périrait en première ligne au moment propice,* songea Hector.

—Serviteurs dévoués ! Nous y sommes enfin ! L'heure de notre gloire a sonné ! Regardez ce que nous avons fait, regardez comme nous sommes nombreux à présent ! Il est temps de prendre ce qui nous revient de droit ! De montrer au peuple d'Égavar le vrai visage de la race supérieure ! De les faire payer pour toutes ces années de servitude. Se soumettre ou périr ! Voilà, là, le choix que nous leur laisserons !

Un brouhaha métallique, d'armes que l'on entrechoquait répondit à sa déclaration, parsemé de :

—Gloire au Roi Hector !

Hector leva le bras pour réclamer le silence :

—Encore un peu de patience ! les sermonna-t-il en souriant. Une dernière mission nous incombe et nous devrons l'accomplir, une ultime fois, avec la plus grande discrétion ! Il est l'heure pour vous, mon armée de l'ombre, de prendre le pouvoir et de devenir la garde Royale !

Il longea les rangs de ses hommes en les contemplant avec une excitation grandissante :

—Sam, Gregor, Edouard et Seamus, vous ne serez pas de la fête. Apprêtez sur le champ des chariots à cargaison, je veux vous voir à l'entrepôt de Richebourg dans trois jours !

Ces derniers acquiescèrent et sortirent avec précipitation. S'ils voulaient respecter les délais, ils n'avaient pas une minute à perdre...

Le roi ajouta au comble de l'effervescence :

—Je me charge personnellement de Dean... lui et moi avons une vieille histoire à régler...

Enfin il lâcha dans un râle animal :

—Tuez les tous ! Qu'aucun garde sous-être du roi Guil n'en réchappe !

Les mercenaires jubilaient, pressés de répandre le sang de leurs anciens bourreaux. Comme un seul homme, ils amorcèrent un mouvement vers la sortie.

—Une dernière chose… les retint Hector. L'alerte ne doit pas être donnée ! La population saura bien assez tôt… Partez et surtout veillez à ne pas me décevoir ! Au nom de la Race Supérieure ! s'enorgueillit-il.

—Au nom de la Race Supérieure ! scandèrent les mercenaires, avant de remonter vers la surface par petits groupes.

Le visage éclairé d'un rictus sanguinaire, le souverain se passa la langue sur les lèvres : *cette nuit, la lune se gorgerait du sang des sous-êtres.*

- ALASTOR -

La cabane, plage d'Isidore,

Le cauchemar n'en finissait pas, la horde les avait surpris en pleine nuit et depuis, Alastor avait perdu la notion du temps. Les irradiés étaient si nombreux que la masse compacte de corps tombés dans la tranchée formait une passerelle funèbre vers le camp numéro six : son détachement.

Soahc n'avait jamais aussi bien porté son nom que durant cette nuit infinie. Les jours se confondaient dans l'épais brouillard de sable que dégageaient les combats acharnés pour survivre. Donner la mort, encore et encore. Rien d'autre n'existait plus que le trépas, au beau milieu de cette terre désolée, ce désert du chaos. Un regard aiguisé pouvait discerner derrière l'anatomie ignoblement déformée des irradiés, l'homme ou la femme d'antan : celui ou celle qu'ils seraient encore, si les radiations ne les avaient pas frappés.

Toby tomba au sol, déséquilibré.
Alastor avisa sa chute et se précipita à son secours... Trop tard ! Quatre irradiés se repaissaient déjà de sa chair.

Dans ce camp de désolation, Toby s'apparentait à un frère pour Alastor. Dès son arrivée, il lui avait prêté main forte. « Hé le nouveau ! C'est toujours impressionnant ici au début ! Mais t'es pas tout seul mon gars, tant que j'serai dans les parages, j'surveillerai tes arrières et toi les miens ! On va s'en sortir, j'te l'dis ! Si on s'serre les coudes, on sera bientôt entre les cuisses bien chaudes d'une femme à qui on s'vantera d'nos exploits ! ». Bien sûr Toby se berçait d'illusions sur ce dernier point. À moins d'une grâce royale, personne ne ressortait jamais vivant de Soahc... Avant d'être des soldats, ils demeuraient des esclaves. Les femmes, la liberté ne relevaient plus que d'un fantasme lointain pour eux. Mais un fantasme qui les maintenait debout, quand le monde se dérobait sous leurs pieds.

Alastor entra dans une rage telle qu'il ne savait plus qui il était. Protéger ce qui restait de Toby devint son unique objectif. Et tuer encore et toujours plus de cette vermine infâme, sortie tout droit des enfers. Il voulait chasser de sa vue ces êtres décharnés, lointains cousins de l'homme. Il ne distinguait, devant lui, plus que des animaux grotesques et malformés qui ressemblaient si peu à des humains. À cet instant, il ne restait d'Alastor qu'un animal avide de verser le sang. Aucune créature sur son passage ne résista à sa force surhumaine. Il ne sut jamais le temps que cela dura, mais quand enfin plus un seul irradié ne les menaça, il se trouvait en haut d'un monticule de cadavres sanguinolents.

Il fut désarçonné par les hourras de ses camarades qui se répandaient de toute part : « Viva Alastor le surhomme ! ». Mais peu lui importait.

Imbibé de sang, il serrait contre lui ce qui restait du corps de Toby, bien décidé à le mettre en terre...

Une porte claqua et Alastor se réveilla en sursaut. Il baissa les yeux sur ses mains vides, cherchant le

117

corps de son frère d'arme, avant de se rappeler où il se trouvait. Ce n'était qu'un cauchemar. Il ne combattait plus à Soahc, cela faisait bien des années maintenant que le roi l'avait sorti de ce guêpier pour le propulser dans un autre, moins terrible certes, mais tout aussi éprouvant... *Il était un homme libre à présent, mais à quel prix ?* De lieutenant du roi, il était devenu un gueux mal léché, comme les autres, luttant chaque jour pour garder la tête hors de l'eau dans ce monde dévasté.

Alastor, Misty, Ménélas et Anita vivaient en exil sur l'Île de Sardore, près de Richebourg, depuis qu'ils avaient essuyé la colère d'Hector. Mais les apparences se révélaient bien trompeuses. D'un point de vue extérieur, ils donnaient l'illusion d'une parfaite petite famille, et pourtant... Alastor, qui plaisait tant aux femmes habituellement, répulsait au plus haut point Misty, qui le fuyait comme la peste, alors même que tout le monde la prenait pour sa femme. Quant à Anita et Ménélas, ils étaient devenus « leurs enfants » par la force des choses.

Il bondit de son lit et ouvrit la porte de sa chambre à la volée, si bien que la poignée lui resta dans la main. *Encore ! Sacre bleu ! Il devait vraiment apprendre à doser sa force !*

Il tomba nez-à-nez avec une jeune fille au teint noir comme la nuit : Anita, faible silhouette dans le clair de lune qui baignait le séjour modeste de la cabane.

—Bon sang, Anita ! D'où est-ce-que tu viens à une heure pareille ?

—Fous-moi la paix Alastor ! Combien de fois il faudra que j'te l'répète ? T'es pas mon père ! Tu m'as demandé d'ramener de l'argent ? T'as dit qu'il fallait que j'participe ? Tiens.

Elle envoya valser une bourse de cuir qui tinta en atterrissant sur la table bancale.

—J'suis pas ton père qu'tu dis ? Bah ça m'empêchera de te donner une foutue déculottée, p'tite ingrate ! Approche un peu ! J'parie qu'tu pues l'alcool !

Bien contre son gré, Alastor s'était attaché à Anita comme à une fille. Lui et Misty formaient les seules figures parentales qu'elle n'eût jamais côtoyées depuis l'orphelinat de Richebourg. Elle ne gardait aucun souvenir tangible de ses véritables parents. C'était elle qui, tel un chat errant cherchant refuge, les avait implorés de l'emmener avec eux, après qu'elle les eut aidés à sortir du puits de Richebourg, où ils pourrissaient depuis près de trois jours. *Oh bien sûr, ils avaient bien songé à la semer : cette satanée gamine ne pouvait que les retarder dans leur mission pour le roi !* Or, Misty et Alastor avaient été étonnés par l'acuité avec laquelle elle se métamorphosait en félin et cette capacité leur fut plus d'une fois d'une grande utilité. Ils décidèrent donc de la garder auprès d'eux.

Lorsque le roi perdit patience devant leur échec à accomplir leur mission, Misty, Anita, Alastor et Ménélas redoublèrent d'effort afin de regagner les bonnes grâces du souverain. Pendant plusieurs années, ils sillonnèrent donc les alentours de

Richebourg, à la recherche de Léonie, Gabrielle et Morgan. Misty vouait un véritable culte à son roi et souffrait de son bannissement comme un chien battu, pressé de retrouver son bourreau. Quant à Alastor, qui avait passé sa vie à obéir, cette liberté soudaine le terrifiait. Il aspirait tout autant que Misty à retrouver l'ordre établi et son statut privilégié auprès du roi. Mais ils durent finalement se résigner : ils avaient définitivement perdu la trace des trois rebelles.

Épuisés par leur vie de nomade, ils finirent par s'établir dans cette vieille bicoque abandonnée sur la plage, à une heure de marche d'Isidore. Alastor gagnait sa croûte en participant à des combats de rues, Misty vendait parfois ses sculptures de pierre sur le marché, mais revenait souvent bredouille et Ménélas, en pleine adolescence, se joignait de temps à autre aux combats avec Alastor, puis disparaissait des jours durant, pour revenir sans un sou en poche. Quant au nouveau métier d'Anita – bien que sordide au premier abord – il la comblait de bien des façons qu'elle ne se serait jamais risquée à formuler devant celui qui avait été son père durant les sept dernières années.

Avant qu'Alastor ne s'approche assez près pour sentir les relents d'alcool et de tabac qui imprégnaient sa robe si légère et transparente, qu'elle laissait apparaître ses tétons noirs et tendus sous l'étoffe, Anita se métamorphosa en chat noir.

L'animal se glissa furtivement par la fenêtre entrouverte et s'élança dans le sable, sautant au-dessus des monticules de ruines disséminées sur la plage.

Bientôt les menaces d'Alastor ne furent plus qu'un écho lointain dans la nuit étoilée. Le clair de lune illuminait le va-et-vient, calme et langoureux, des vagues glissant sur la mer d'encre.

Anita s'installa sur un amas de ruines, laissant sa queue reposer sur la pierre froide, elle se retourna pour examiner avec réprobation la cabane qui l'avait vue devenir femme. Sa vision nocturne constituait l'un des avantages de sa mutation qu'elle chérissait le plus, outre le fait d'échapper, en se faufilant dans l'ombre, à toutes sortes de situations gênantes…

La fameuse cabane de bois noir, mangée aux mites, qu'elle nommait « maison » depuis presque un an maintenant, se dressait sur pilotis au-dessus de la plage. Lorsque la mer était pleine, les flots se répandaient en-dessous du plancher de bois. Ce soir, la mer s'était retirée et laissait apparaître dans le sable son éternel champ de ruines et de pierres éparses. Le vent s'engouffrait dans les cavités et résonnait à l'infini contre les monticules de pierres noires, ce qui donnait à la jeune fille la sensation d'habiter un mausolée, où seules les âmes errantes se risquaient à appeler perpétuellement à l'aide de leurs voix sifflantes d'outre-tombe.

Elle détourna le regard de ce spectacle de désolation pour contempler la ville d'Isidore dans le lointain. D'ici elle distinguait les bâtiments en ruines et l'établissement de Mélusine qui paraissait lui tendre les bras. À droite, elle pouvait admirer la magnifique demeure du gouverneur d'Isidore. Le domaine la laissait songeuse. Elle avait conscience de la faiblesse de l'homme et plaçait de grands espoirs en ses charmes de femme pour la mener bientôt où bon lui semblerait. Elle était bien décidée à s'ouvrir à toutes les opportunités qui lui permettraient de s'élever. À vrai dire, cette perspective l'enivrait plus que de raison. Elle se confondait dans la débauche pour en tirer une sorte d'extase sans borne qu'elle savait réservée à quelques rares initiés de sa trempe.

Un jour elle quitterait les bas-fonds de cette société à la dérive, pour intégrer l'un des riches logis hors de sa portée depuis sa naissance...

- ANNABETH -

Taverne du Sanglier moqueur, Arka,

L'atmosphère de la taverne du « *Sanglier moqueur* » était pesante, l'odeur d'encens portait au cœur. L'endroit ressemblait à un repaire de chasseurs miteux. Accrochées sur des boiseries pourries le long du mur, dans un équilibre précaire, des têtes de sangliers empaillées, de toutes tailles, arborant un pelage plus ou moins foncé, semblaient dévisager avec ironie les visiteurs. Le parquet émacié était recouvert de peaux de bêtes défraîchies.

Le lieu était malfamé et les habitués dévisageaient Annabeth et Melvyn d'un air malveillant. Jacob les entraîna dans l'arrière-cuisine et leur fit descendre un escalier branlant et poussiéreux. Melvyn se sentait on ne peut moins rassuré, mais affichait un air faussement sûr de lui. Annabeth commençait à se demander ce qui avait bien pu lui passer par la tête, pour suivre ainsi cet inconnu.

Un groupe d'une trentaine de personnes se trouvait dans le sous-sol, assis en cercle sur de vieilles chaises en bois, une bière à la main. Leurs ombres dessinaient des formes inquiétantes sur les murs délabrés à la lueur vacillante des bougies. Beaucoup affichaient des physiques atypiques et disgracieux ; Annabeth avisa un homme qui arborait deux infâmes trous en guise d'oreilles, un autre avait le dos et le visage tordus dans des angles improbables, un peu plus loin c'était un nez qu'il manquait à une femme : cela faisait peur à voir.

L'espace d'un instant, la fillette fut rassurée de voir que d'autres participants avaient une apparence des plus communes, mais en y regardant mieux, certains démontraient des mimiques inquiétantes : une jeune femme semblait souffrir d'un tic nerveux qui la poussait à tirer la langue de façon intempestive et un vieux monsieur les observait en louchant par intermittence, ce qui le faisait rire d'une manière fort désagréable.

Mon Dieu qui étaient tous ces gens... Annabeth savait que leur visage peuplerait ses nuits d'insomnies.

Au milieu du cercle de chaises, deux hommes se tenaient debout. Ils semblèrent ravis de les voir arriver.

— Ah Jacob mon vieux ! On commençait à s'inquiéter ! s'exclama Jason, le plus jeune des deux hommes.

Ce dernier était la fougue même de la jeunesse, avec sa vingtaine d'années, son corps robuste et musculeux.

Ses cheveux ondulés, un peu trop longs, gênaient sa vision. Ils oscillaient entre le châtain et le blond, mais quand venait l'été aride, le blond l'emportait toujours. Lorsqu'il dégageait son front, on apercevait un tatouage en forme de « S » qui contrastait avec la délicatesse de ses traits. Le visage angélique de Jason était cerné par la fatigue et derrière son sourire de façade, il paraissait préoccupé. Un observateur aguerri pouvait percevoir l'ombre qui voilait parfois les doux contours de ses traits et distinguer derrière son regard vert d'eau, une maturité sans âge, qui donnait à croire qu'il avait vécu déjà bien des épreuves. Et pour cause, Jason n'avait pas eu une existence aisée. Vendu à multiples reprises et ce dès son plus jeune âge, il ne parvenait pas à se souvenir du lieu de sa naissance. Il était passé de main en main, travaillant sur des galères ou sur des chantiers de reconstruction, assouvissant les pulsions parfois perfides, souvent sanguinaires de ses propriétaires. Même quand il pensa avoir trouvé une tranquillité relative en tant qu'esclave chargé de la protection d'Horus, le gouverneur d'Isidore, les choses finirent encore par mal tourner… Adèle, la maîtresse des lieux, décida de se servir de lui à sa guise pour satisfaire ses désirs sans vergogne. Du moins, jusqu'à ce que le mari trahi finisse par découvrir les manœuvres de sa femme. Dès lors, Jason fut battu avec tant de dureté qu'il crut trépasser plus d'une fois. Néanmoins et contre toute attente, il survécut et se retrouva de nouveau en vente sur la place publique. Il ne regrettait pas ces épreuves, puisque cela l'avait amené à croiser le regard de cette femme qui avait tout changé. *Isabo Kersak... Elle l'avait sauvé en lui offrant la liberté et surtout une cause à défendre... Son corps tout entier se languissait d'elle...*

À contrecœur, Jason chassa Isabo de ses pensées et fit signe à Jacob de s'approcher. Il désigna des chaises libres un peu plus loin à Annabeth et à Melvyn.

—Rentrez les jeunes, asseyez-vous ! ajouta-t-il. Ne soyez pas timides ! Nous n'allons pas vous manger ! Soyez les bienvenus. Merci à tous d'être venus...

À ses côtés, Icare, un homme d'une quarantaine d'années s'agita. Il plaça avec fermeté une main sur l'épaule de son compagnon pour prendre la parole :

—Attends voir Jason. J'vais m'en charger aujourd'hui !

De longs cheveux blancs, malpropres, lui tombaient sur les épaules et une barbe impressionnante recouvrait sa poitrine. Il portait une sorte de toge blanche en loques. Sa jambe droite était en bois et il maintenait son équilibre précaire en s'appuyant sur un bâton de berger.

Annabeth grimaça en remarquant que tout le côté droit de son corps portait les stigmates de brûlures au premier degré, ces dernières arrêtaient leur course au niveau du cou, épargnant miraculeusement son visage.

— Si tu y tiens Icare... Mais essaye de ne pas tout rapporter à Dieu cette fois s'il te plaît.

L'homme à la toge, le dénommé Icare, se renfrogna. Ses yeux si clairs qu'ils en devenaient presque transparents s'agitèrent dans leur orbite :

— J'y tiens pas ! Mais ils ont besoin de l'entendre ! Et comment qu'j'pourrais n'pas parler de Dieu ? Tout est lié ! Tout est lié j'vous dis ! Écoutez-moi bien les gars ! C'est pas une histoire qu'j'aime remuer mais quand y faut, y faut. J'vais vous raconter mon histoire et vous allez vous y retrouver pour sûr ! Vous êtes pas là pour rien ! Y a d'ça plusieurs années maintenant, quand j'habitais à Fargue... il renifla bruyamment et s'essuya le nez du revers de la main, bah comme beaucoup d'entre vous, j'avais pas d'quoi manger et personne voulait m'embaucher, y avait pas d'travail qui disaient. La vérité c'est que j'étais connu pour être un voleur et y en a même d'jà à l'époque qui m'suspectaient d'être un « anormal » comme y disaient ! Arf et pourtant si j'avais su ! Dieu m'en est témoin ! Quand mon père est tombé malade et qu'il est mort, j'suis devenu orphelin et fallait bien que j'mange ! Alors j'ai trouvé du réconfort dans la foi, l'idée que quelqu'un là-haut avait un plan pour moi et qu'j'étais pas vraiment seul, bah ça m'plaisait bien ! Voyez ? Alors j'ai commencé à aller à l'église une fois par semaine et puis tous les jours et alors c'est arrivé... Y sont rentrés... les brigands, y voulaient voler la Sainte Croix ! Alors j'suis devenu fou d'rage et avant que je comprenne c'qui s'passait, bah y sont retrouvés dehors. C'est Dieu qui leur a donné c'qu'ils méritaient ! On touche pas aux reliques sacrées !

L'souci c'est que j'étais pas seul et ils m'ont tous accusé de sorcellerie : « pris sur le fait qu'ils ont dit ». J'vois pas comment, y a qu'le vent qui les a touchés ces vauriens... Alors j'ai été condamné à brûler sur le bûcher. Mais Dieu était pas d'cet avis, voyez ? Il protège les siens ! Alors quand le feu a commencé à se répandre ça lui a pas plu ! Les flammes se sont éteintes, comme ça, toutes seules. C'était la volonté divine ! Vous comprenez ?

Il fit une pause, plongé dans ses pensées.

—Comment ont-ils réagi ? demanda la femme à qui il manquait le nez.

Il prit un instant pour répondre :

—Oh y ont ressayé ! Qu'est-ce que vous croyez ? Pendant toute une journée y ont tenté de me brûler : y en démordaient pas. Chaque fois, le feu s'éteignait tout seul. Quand y en ont eu marre de perdre leur temps, y ont fini par m'jeter ou fond d'un puits pour m'y laisser crever... Mais alors après plusieurs jours, Dieu est revenu, il m'a soulevé dans ses bras invisibles et m'a sorti de là ! s'exclama t-il avec emphase. *Il* m'a sauvé deux fois ! C'est qu'*il* a d'autres projets pour moi, voyez ?

Jason toussota pour cacher sa gêne, il connaissait la sensibilité de son compagnon sur les questions de foi. Il s'adressa à l'assemblée en tapotant le dos d'Icare en signe d'apaisement :

—Vous l'aurez compris... Icare parle de ses dons. Ce sont ses dons qui l'ont sorti de là. Et si vous êtes ici aujourd'hui, c'est que nous partageons tous ce point commun...

Icare secoua la tête et se mit à beugler avec frénésie :

—Ouvrez les yeux ! C'est Dieu qui nous a donné ces dons ! C'est la voix de Dieu qui transparaît à travers nos corps ! C'est la volonté de Dieu de renverser le roi Guil pour que nous, créatures privilégiées qu'il a honorées de dons divins puissions gouverner !

Jason jeta un regard noir à Icare :

—Rassurez-vous, parmi nous chacun est libre de ses propres croyances, tempéra Jason.

Icare s'apprêta à reprendre la parole, mais son compagnon fronça les sourcils d'un air menaçant. Il comprit qu'il avait franchi la ligne blanche et se tut de mauvaise grâce.

—Nous sommes rassemblés ici aujourd'hui pour vous offrir la possibilité de sortir de la misère. Une nouvelle vie s'offre à vous. Il existe un lieu, un endroit où les gens comme vous et moi vivent à découvert dans une communauté, sans avoir besoin de se cacher, sans craindre d'être persécutés. Un refuge mais aussi un lieu de rassemblement, un endroit où vous apprendrez à maîtriser vos facultés, où vous pourrez reprendre le contrôle de vos vies et ne plus avoir peur du bûcher ou de l'esclavage !

Il ménagea son effet avant de lâcher avec fierté :

—Nous sommes la rébellion. Rejoignez-nous, battez-vous à nos côtés pour un monde meilleur ! Pour mettre sur le trône un être bon et juste qui respectera le peuple ! *Tout* le peuple !

Jason s'interrompit et un silence perplexe s'installa, il scruta l'assemblée avant d'ajouter :

—Si toutefois cela vous donne à réfléchir, vous avez une heure pour faire votre choix avant que nous levions le camp. La route est longue jusqu'à Richebourg et nous embarquons dans deux jours !

—Où est ce lieu ? demanda l'homme tordu.

—C'est un endroit tenu secret, vous comprendrez que je ne peux rien vous dire pour l'instant ! Si vous décidez de nous suivre, vous le découvrirez bien assez tôt !

La foule se mit à discuter bruyamment, pesant certainement le pour et le contre.

Pendant ce temps Icare, Jason et Jacob remontèrent à l'étage pour chercher à boire.

Un lieu avec uniquement des personnes comme eux ?

L'idée de se battre pour un monde juste, un monde où l'on ne tuait pas les mères qui protégeaient leurs enfants accusés de sorcellerie, séduisait Annabeth au plus haut point.

Mais elle ne pouvait pas partir. Pas comme ça. Elle devait savoir. Savoir si sa mère était en vie et la sauver si cela était encore possible... Ou se résoudre à lui dire au revoir à jamais...

Elle voyait bien dans les yeux de merlan frit de Melvyn qu'il était conquis. Il rêvait de pouvoir...

—Je suis d'accord pour y aller Annabeth ! C'est notre chance ! Une nouvelle vie ! On nous offre une vie meilleure, tellement meilleure ! Tu te rends compte de tout ce que cela signifie ? Nous serons enfin reconnus à notre juste valeur, parmi les nôtres...

— J'accepte d'y aller Melvyn, le coupa-t-elle sèchement.

Melvyn ouvrit la bouche, étonné, mais avant qu'il ne puisse ajouter un mot, elle précisa :

— À une condition... Emmène-moi auprès de ma mère ! Je dois la voir ! Je dois savoir !

— Mais Annabeth...

— Fais le j'te dis ! Tout de suite !

Melvyn entraîna Annabeth à l'extérieur de l'établissement, hors de vue. Il hésita encore un instant en dévisageant sa sœur, mais la détermination farouche qu'elle affichait finit de le convaincre. Il comprit que pour avoir la paix une bonne fois pour toute, il n'avait pas d'autre choix que de lui donner ce qu'elle voulait.

Vaincu, il obtempéra au prix d'un terrible effort et tendit la main vers sa sœur.

Aussitôt, la ruelle sombre se volatilisa et ils heurtèrent le sol craquant qui entourait le Gouffre. Il ne restait de la maison qu'un tas de cendres fumant.

Près du précipice, deux hommes discutaient en contemplant les profondeurs de la bouche béante du cratère :

— J't'avais bien dit qu'elle saurait pas voler mon vieux ! Un pari c'est un pari ! Fais passer la caillasse !

— Pfff ! râla l'autre. J'étais sûr que c'en était une moi ! Et pis, qu'est qu't'en sais qu'elle est pas en vie, hein ? Tu l'vois toi, son corps ?

L'homme s'approcha de son compère d'un air revanchard :

— L'pari c'était qu'elle volerait pas ! Cherche pas à m'entourlouper ou tu vas la rejoindre !

— Ok ! Calme-toi… C'est pas la peine de s'énerver ! Tiens v'là, t'as gagné !

Il tendit son gain à l'autre homme.

Avant que Melvyn n'eût le temps de la retenir, Annabeth se précipita vers les deux hommes.

— De qui vous parlez comme ça ? Qui est tombé dans le Gouffre ? s'alarma Annabeth, les poings serrés.

— Bah ! La vieille qu'habitait la maison derrière ! Et pis pas dit qu'elle soit tombée hein, rit un des hommes, pour sûr qu'on l'a aidée !

Des larmes de désespoir coulaient à présent librement le long du petit visage d'Annabeth. Les derniers vestiges de l'enfance se brisèrent dans ses entrailles et sa rage s'embrasa.

Instantanément, une nuée de corbeaux se rassemblèrent au-dessus de sa tête. Au comble de la colère, elle s'élança dans les prémices d'une course effrénée. Entourée des volatiles, elle se dirigeait tout droit vers les deux hommes. Or, derrière eux il n'y avait que le vide.

Melvyn réagit au quart de tour.

Il disparut pour réapparaître aussitôt quelques mètres plus loin. Il immobilisa Annabeth en l'entourant de ses bras. Cette dernière eut juste le temps de voir le nuage funeste, composé de milliers de volatiles, fondre sur les hommes et les propulser à l'intérieur du Gouffre en les piquant et griffant de leurs serres acérées, avant que la scène ne se volatilise et qu'ils atterrissent dans la ruelle déserte, à proximité du « *Sanglier moqueur* ».

- HECTOR -

Forêt d'Élurb,

Hector traversait la forêt d'Élurb à une vitesse vertigineuse. Une part de lui demeurait frustrée d'avoir raté le plus gros de la fête à Arka... *À peine avait-il eu l'occasion d'embrocher deux gardes de race inférieure !* Il avait dû se résoudre à quitter la ville, puisqu'un divertissement à la saveur exceptionnelle l'attendait ailleurs et qu'il tenait à s'en charger en personne... *Que ne pouvait-il être à deux endroits à la fois !* Il chassa sa déception en songeant que lorsqu'il reviendrait à la capitale, ses hommes auraient fait place nette. Dès lors, son véritable règne pourrait enfin commencer.

Son impatience était telle qu'il poussa son cheval dans ses derniers retranchements. Il arriva à Richebourg sur une bête moribonde, en deux jours de chevauchée effrénée. Sous sa véritable apparence, simplement vêtu, Hector passait inaperçu. La riche population qu'il croisait dans les rues de la ville - parsemée de-ci de-là de quelques va-nu-pieds - était bien loin de se douter que le roi Guil évoluait parmi eux. Trois éléments capitaux l'amenaient à Richebourg : le premier était le désir de tuer lui-même le capitaine de garde d'Arka, envers lequel il nourrissait une rancune tenace, qu'il avait été bien en mal de cacher durant toutes ces années.

Comme souvent, Dean faisait traîner son voyage à l'entrepôt de Détermination de Richebourg. Hector, qui partageait les mêmes instincts perfides que son subalterne, ne savait que trop bien de quoi il retournait… Initialement, il lui avait ordonné de se charger de Noah, le jeune garçon qui prétendait être son fils. Il s'agissait de la deuxième chose qu'il voulait percer à jour. *Avait-il été déterminé ? Quelle faculté possédait-il ? Était-il vraiment son bâtard perdu ?* Le dernier but de son voyage et pas des moindres, était la nécessité d'étoffer davantage son armée, avant l'annonce de sa véritable identité. Malgré l'anéantissement des forces armées de l'ancien roi, il pressentait que la population d'Arka, les hommes vaillants du moins, seraient horrifiés de sa révélation. La haine envers la race supérieure - que le bas peuple considérait comme des démons, sortis tout droit de l'enfer - ne tarderait pas à les pousser à prendre les armes malgré la peur.

Il devait mater cette révolte avec force et ainsi démontrer sa puissance absolue sur tout Égavar. Il éviterait alors que d'autres royaumes ne se soulèvent d'un même élan contre lui. Il avait déjà son idée des gouverneurs qui ploieraient le genou aisément. Il se doutait que sa confession serait certainement l'occasion pour d'autres, de dévoiler au grand jour leur véritable nature. Ceux-là ne poseraient pas de problème, ils s'inclineraient facilement devant sa cause. D'autres néanmoins, les peuples fiers et rudes attachés à leurs libertés, refuseraient de le servir et il se délectait à l'idée du sang qu'il verserait pour les asservir.

Il tuerait les régisseurs réfractaires et placerait ses propres hommes de race supérieure à la tête des royaumes renégats.

Hector arriva devant le centre de Détermination. L'immense entrepôt de briques rouges délavées, presque noir, tombait en ruines. Il se trouvait près d'une écluse à l'eau nauséabonde. L'édifice comptait une dizaine d'étages. Avec ses vitres brisées et ruisselantes de crasse, ses briques cassées et manquantes par endroit qui formaient des trous impressionnants dans la façade, le bâtiment semblait à l'abandon depuis des décennies. Bien qu'imposant et massif, il donnait l'impression d'être sur le point de s'écrouler. L'enceinte était entourée d'une grille de fer forgé rouillée à souhait, surmontée de fils barbelés. Dans la cour, une activité frénétique régnait. On déchargeait des esclaves entravés, au visage dissimulé par des sacs de jute. Tandis que d'autres chariots repartaient surchargés de caisses fermées hermétiquement, dans un ordre parfait, tel un engrenage infernal, rodé à la perfection, le ballet ne s'arrêtait jamais. Les gardes laissaient entrer des charrettes bourrées d'esclaves, puis une autre cargaison sortait remplie de caisses. Inlassablement la grille rouillée s'ouvrait et se refermait dans un rythme infernal, provoquant un grincement sinistre. Sur la devanture, au-dessus de la porte principale était gravé maladroitement : « Entrepôt de Détermination » et juste en-dessous, en plus petit, on pouvait lire la menace suivante : « Vous n'échapperez pas à son œil ».

C'était lui : Hector, qui avait eu l'idée de créer ce lieu de dépistage, bien sûr en cachant ses intentions premières : mettre la main sur quantité d'êtres supérieurs pour qu'ils se battent *in fine* à ses côtés. L'endroit avait pour vocation officielle d'expédier les esclaves supérieurs dans des chantiers de reconstruction ou dans les camps Soahc pour repousser les « Irradiés ». Cela lui permettait de se constituer une réserve de soldats en toute discrétion : s'il avait besoin de plus d'hommes, il lui suffirait de les faire revenir en renfort… Il se félicitait de son idée des tatouages, en un coup d'œil il pourrait savoir à qui il avait à faire, cela lui serait très utile… Il comptait intercepter et rafler d'ici le lendemain une bonne quantité de « S ».

Il se présenta dans le hall du bâtiment sous la forme du roi Guil. Il fut reçu à grand renfort de courbettes. Il chassa vivement le petit personnel d'un geste de la main, comme s'il s'était agit de mouches ou bien d'une bande de vautours particulièrement tenaces. Il se dirigea vers l'escalier principal, en direction de la chambre royale que l'on tenait toujours prête à l'accueillir en cas de visite impromptue. Il ordonna que l'on ne le dérange sous aucun prétexte et ce jusqu'au lendemain, le voyage l'avait harassé et il voulait se reposer dans ses appartements. Arrivé hors de vue dans la cage d'escalier, il reprit sa forme primaire. Il croisa un garde qui eut le malheur de ne lui prêter qu'une attention distraite. Au passage Hector lui décocha un puissant coup de coude derrière la nuque. Il réceptionna l'homme assommé dans ses bras et le déposa au sol silencieusement. Puis il le hissa sur son épaule et s'empressa de le dissimuler dans un placard à balais.

Hector en ressortit sous les traits du garde et avec son uniforme. Il fit marche arrière et retourna à la réception. Alors, le plus innocemment du monde, il posa enfin la question qui lui brûlait les lèvres :

—Où est Dean ?

Hector referma la porte derrière lui.

Il se trouvait au dernier étage du bâtiment. La pièce de taille moyenne et sans fenêtre, était dans un état de saleté incommensurable. Au milieu de celle-ci, un homme au physique ingrat, Dean, s'acharnait avec force sur une jeune femme étendue sur une paillasse. Dénudée, amaigrie, les yeux vagues et les seins violacés, la prisonnière était recouverte de sang. Elle ne semblait plus avoir la force de crier.

—Tiens, Tiens… fit Hector toujours sous les traits du garde, en secouant la tête d'un air faussement choqué, Dean… ce ne sont pas des façons.

Nu comme un ver, Dean tourna la tête vers lui avec colère mais sans cesser sa besogne. Il martelait sa jeune victime de coups de boutoir. Au fond de la pièce, à quelques pas seulement d'eux, une jeune femme, debout, dévêtue et recouverte de crasse était attachée au mur par une chaîne de métal qui lui enserrait le cou. Debout, elle vacillait. Son corps d'une pâleur extrême, parsemé de plaies, était secoué de tremblements incontrôlables et elle peinait à maintenir son équilibre.

Elle ne quittait pas la scène du regard, il en allait de sa survie : Dean surveillait qu'elle ne perde pas une miette du spectacle.

—Je t'ai parlé Dean ! cingla la voix d'Hector.

—C'est commandant ! Tu parles au chef d'la garde du Roi sous-fifre… ragea-t-il essoufflé, en s'activant de plus belle.

Une idée sembla traverser ses yeux vitreux.

Il se redressa, se retira de la femme qui s'affaissa sur la paillasse telle une poupée désarticulée. L'autre esclave se mit alors à sangloter bruyamment : elle pensait son tour venu.

Dean se retourna vers Hector, le membre dressé et sanglant, il ordonna :

—Retourne toi !

Il pensait qu'il allait le… ?

À cette idée, Hector se mit à rire, à rire, il ne pouvait plus s'arrêter. Vexé, Dean le dévisagea de ses grands yeux de benêt et marmonna :

—J'vais t'apprendre le respect moi…

Il s'avança vers Hector d'un air menaçant.

Soudain, le rire du souverain vola en éclat, s'effaçant tandis que son apparence se transformait peu à peu. Dean en resta bouche bée. D'abord apparut le roi Guil. Puis son physique muta et un Hector d'une quinzaine d'années le toisa méchamment.

— Ne t'avais-je pas dit qu'un jour viendrait où tu me le payerais ?

Dean devint blanc comme un linge et son érection s'estompa instantanément. *Non, tout cela n'était pas possible… Il pensait s'être débarrassé à jamais de ce démon,* songea Dean. L'espace d'un instant, il se revoyait l'abandonnant pour mort dans une fosse, il y avait de cela plus d'une quinzaine d'années. *Alors depuis tout ce temps c'était lui ? Lorsqu'il pensait servir le roi Guil, il servait… cette vermine ? Il fallait qu'il les prévienne… qu'il les prévienne tous…*

— Agenouille-toi devant ton Roi ! hurla Hector.

Mais ce n'était pas un ordre, sa voix tranchante sonna comme une sentence.

Il ne lui laissa pas le temps d'obéir, d'un geste vif il sortit son épée de derrière son dos et lui coupa le membre viril.

Dean s'effondra au sol dans un flot de sang, en poussant un râle de souffrance inhumaine. Alors le fou rire du roi le reprit, cela dura de longues minutes. Puis, soudain, il se rappela de la présence des femmes : elles avaient tout vu. Il devait s'en débarrasser.

Il haussa les épaules.

— Et bien, voilà ce qui s'appelle être au mauvais endroit au mauvais moment les filles, énonça Hector sur un faux ton d'excuse.

Il baissa ses bas de chausses en se passant la langue sur les lèvres.

Assurément, tout cela le mettait en appétit.

Cette nuit-là, revêtu du physique du roi Guil, il dormit du sommeil du juste dans la chambre royale qui lui était réservée. Celle-ci était aussi vaste que la salle de repos qui accueillait la centaine de membres du personnel de l'entrepôt. Ses rêves furent peuplés de batailles sanglantes, d'hommes et de femmes qui le suppliaient d'épargner leur vie… à l'image des catins de Dean dont il avait joui des heures durant, avant de mettre fin à leur misérable existence. Il avait pris tout son temps pour les égorger et contempler longuement le sang perler le long de sa lame. Il ne parvenait pas à se rassasier du plaisir que lui procurait la souffrance d'autrui. Finalement, elles avaient rendu l'âme et il s'était résolu à quitter l'état de jouissance extrême dans lequel il se trouvait. Frustré, il les avait laissées là, au beau milieu de leur cellule poisseuse, le corps ruisselant de sa semence.

Au petit matin, il se réveilla de fort belle humeur et cela s'intensifia quand il avisa dans la cour, les charrettes qu'il avait commandées. Il ordonna qu'on lui apporte son petit déjeuner. Puis il se hâta au rez-de-chaussée, dans la salle de la machine.

—Arrêtez ! Arrêtez tout ! Gregor s'époumona en gesticulant comme un forcené, sur ordre royal nous réquisitionnons tous les « S » !

Abasourdis par cette demande inhabituelle et contraire au protocole, les gardes n'esquissèrent pas un mouvement. Puis soudain, ils virent le roi Guil entrer. Alors, ils se prosternèrent vivement et sans un mot, commencèrent à préparer les esclaves demandés par Grégor.

—Chargez une cargaison de « I » également ! ordonna le roi, d'un ton glacial.

—Tout de suite votre Altesse ! répondit le garde le plus proche.

Lorsque que le souverain vit le petit Noah entrer dans le fourgon avec les « S », la satisfaction s'épanouit sur son visage grassouillet. Guil enserra la gorge de l'homme en désignant l'enfant :

—Quelle est la capacité de celui-là ? persifla-t-il

—Je… Je l'ignore mon Roi… La… machine dit juste s'ils en ont une, mais pas laquelle…

Guil se frotta les mains avec convoitise.

Il se chargerait lui-même de le découvrir. Alors il saurait s'il s'agissait véritablement de son fils…

- MORGAN -

Manoir Kersak, Isidore,

Assis dans l'amphithéâtre qui servait de salle de concertation au conseil de la résistance, Morgan se tenait recroquevillé sur lui-même, la tête dans les mains. Il souffrait d'une affreuse gueule de bois, il n'avait eu de cesse de le répéter à Gabrielle, mais elle l'avait tout de même traîné ici aux aurores. La lumière des chandelles l'éblouissait et les éclats de voix empiraient considérablement son mal de crâne. À cet instant précis, il maudissait sa femme. Et pour couronner le tout, cette dernière se trouvait assise à ses côtés et ne cessait de lui adresser des regards noirs de reproche.

Debout sur la scène se trouvaient les triplés Kersak, Adamo, le chef de la résistance, sur le devant de l'estrade avec son frère Falco et sa sœur Isabo dans son sillage. Derrière eux, se déployait une tenture de satin bleu brodée d'or à l'effigie de la résistance, sur laquelle les armes Kersak brillaient de mille feux : elles représentaient un sphinx au buste de femme, aux ailes d'aigle et au corps de lion, à l'intérieur de trois triangles d'or superposés.

Adamo ressemblait à un fauve, avec sa crinière et sa barbe parfaitement taillée aux reflets argentés. Ses yeux froids semblaient sculptés dans le granit. Il boitait légèrement, mais cela n'entachait en rien son autorité naturelle et le charisme qui émanait de sa personne. Au contraire, la canne d'or à tête de lion dont il ne se démunissait jamais, lui octroyait même une sorte de noblesse. Lorsqu'Adamo paraissait, avant même qu'il ne prononce un mot, le silence se faisait.

Tel un reflet parfaitement limpide, Falco partageait les mêmes traits que son frère. Enfants, ils étaient indifférenciables. Or leur personnalité s'était aiguisée avec les années, les rendant maintenant facilement dissociables. La longue crinière d'Adamo avait grisonné prématurément, conséquence visible de ses hautes responsabilités et de la charge qui reposait sur ses épaules.

Alors que ceux de Falco étaient courts, d'un noir de jais et toujours en bataille. Ce dernier arborait une allure dépenaillée et une barbe touffue qui lui donnaient un air plus jeune que son frère. Ses longs doigts fins, pourvus d'ongles d'une vingtaine de centimètres, ressemblaient à des serres. Son air jovial faisait cruellement défaut à Adamo, mais le délestait par la même occasion, de toute la prestance qui émanait du chef de la résistance.

Aussi brune que Falco, leur sœur, Isabo, contemplait Adamo avec admiration. Ses yeux, d'un bleu glacé, brillaient de sensualité. Elle portait une robe de satin bleu assortie à son regard, avec un décolleté provocateur sur lequel était brodée l'effigie Kersak. Ses longs cheveux étaient serties d'une broche en saphir faisant écho au pendentif plus gros s'épanouissant au creux de ses seins. Sa peau pâle créait un contraste saisissant avec sa chevelure d'un noir d'encre et sa bouche pleine aux lèvres rouges. Elle était d'une beauté à couper le souffle. La jeune femme se mouvait avec grâce et assurance et lorsqu'elle souriait de divines fossettes s'épanouissaient sur ses joues roses.

Adamo prit la parole de sa voix sans réplique où l'autorité coulait de source.

—Bonjour à tous ! Morgan, ravi de te revoir parmi nous, tu nous avais manqué ! le toisa Adamo. Tu n'as pas bonne mine, tu es sûr que ça va ?

Pour toute réponse, Morgan le dévisagea d'un air mauvais. Secouant la tête avec lassitude, Adamo poursuivit :

—Je crains que nous devions annuler notre opération de demain, d'après mon informateur, la cargaison d'esclaves de Richebourg ne prendra pas la route en direction de Soahc comme prévu.

—Que s'est-il passé ? s'étonna un homme prénommé Gilbert.

—D'après mes informations, les esclaves ont été envoyés ailleurs, sur ordre royal.

—Ordre royal ? Mais à quoi joue-t-il ? s'alarma Gabrielle.

Soudain, il y eut une clameur dans la cour où les enfants se préparaient à rentrer en classe. Ils accueillaient des visiteurs à grands renforts de cris enthousiastes.

Puis la porte d'entrée claqua et l'on entendit des voix. Morgan distingua celle de Léonie, il était ravi de son retour et se prenait à espérer une fois de plus, de revoir Julius sain et sauf. *Léonie le méritait tellement…* Les pas se rapprochèrent et la porte s'ouvrit sur une Léonie impassible.

— Je vous prie de nous excuser pour ce retard ! déclara-t-elle d'une voix sobre.

À sa suite, entrèrent Le Borgne et Nephertys, suivis d'un jeune garçon.

— Voyons ma Chère Léonie ! s'exclama Adamo avec emphase, tu n'as pas à t'excuser, qui plus est je vois que ta mission a été un succès, une fois de plus tu nous ramènes de nouveaux membres, bravo ! Bon retour parmi nous et bienvenue Érode ! C'est bien ton nom mon garçon ?

— Oui.

— Je suis très heureux que tu sois sain et sauf Érode ! Je suis Adamo. Tu feras plus ample connaissance avec la communauté au dîner. En attendant, il fit signe à une servante, je te laisse rejoindre tes nouveaux camarades pour l'école.

Il lui fit un clin d'œil et le garçon se laissa docilement emmener par la servante, au moment où le vieux Ted arrivait à la traîne. Il se faufila dans la pièce en rouspétant que le manoir était un vrai labyrinthe et qu'il n'était plus tout jeune pour courir ainsi d'un bout à l'autre… Un bref instant, Morgan crut qu'il s'agissait de Julius, mais il réalisa bien vite sa méprise… Ce visage, il le connaissait, jamais il n'aurait pensé le revoir en chair et en os : du moins, ailleurs que dans ses cauchemars. C'était un visage fourbe, un visage de traître… *Que le monde était petit… bien trop petit !*

Il se leva rouge de colère :

—Que fait ce traître ici ? Il pointa Ted d'un doigt accusateur. De quel droit oses-tu te montrer devant nous !

—Morgan ! s'exclama vivement Léonie, honteuse des accusations qu'il proclamait à l'encontre de son compagnon de voyage.

—Ce sont de lourdes insinuations Morgan ! intervint Adamo. Explique-toi, veux-tu ? Es-tu sûr que ce n'est pas l'alcool qui te fait parler ainsi ?

—Je ne délire pas ! se hérissa-t-il en pointa du doigt Ted. Je reconnaîtrai ce visage entre tous ! Teddy Drasah ! Dis-leur ! Dis-leur ce que tu nous as fait, à Annaëlle et à moi ! Aie au moins le courage de l'avouer en me regardant dans les yeux !

—Ah… Annaëlle… Il se gratta le menton. Oui ça m'dit vaguement quelqu'chose. C'était y a bien des années mon gars… marmonna Teddy. Pour sûr que j'en suis pas fier ! Mais c'est comme ça qu'ça marche ! Fallait bien que j'gagne ma croûte !

—Elle est morte par ta faute ! hurla Morgan d'une voix cinglante en le dévisageant avec une aversion grandissante.

—J'suis désolé qu'la petite soit morte ! Mais c'est pas d'ma faute, j'vous ai toujours bien traités, moi !

Vous aviez à manger, un toit ! Tout ce qu'il vous fallait !

—Il nous a vendus en tant qu'esclaves ! cracha Morgan avec mépris en jetant un regard à la ronde. Annaëlle a été l'esclave du roi Guil et elle en est morte ! se hérissa-t-il. Il n'a rien à faire ici ! Mettez-le dehors ou je m'en charge !

—Assez Morgan ! Calme-toi maintenant ! Je comprends ta colère… Mais c'était il y a quoi ? Huit ans à présent ? Laissons-lui le bénéfice du doute. Les gens changent en huit ans et tu vois bien que c'est un vieux monsieur… Nephertys, le Borgne, approchez. Donnez une chambre à notre hôte, le voyage a dû l'éreinter. Il glissa à l'oreille de Nephertys, *enferme-le veux-tu*. Nous reparlerons de tout cela à tête reposée, en attendant, Teddy, considérez-vous comme notre invité !

—Merci mon Seigneur, c'est dire qu'je suis exténué.

—À la bonne heure, allez-vous reposer ! Nous nous verrons très bientôt.

Teddy s'éclipsa, accompagné de Nephertys et du Borgne.

—Vous autres, la séance est levée !

La foule quitta peu à peu la pièce.

Adamo retint Léonie avant qu'elle ne franchisse le seuil :

—Reste je t'en prie. Nous avons à discuter.

Morgan se précipita vers la sortie avec rage, les mots d'Adamo tambourinaient dans son crâne

« *considérez-vous comme notre invité, Teddy* ». Gabrielle se précipita à sa suite et glissa sa main dans la sienne en signe de soutien. Il n'avait qu'une envie… se rendre en ville et boire tout son soûl…

—Morgan ! Gabrielle ! les interpella Anubis, une jeune métisse au regard perçant, d'un vert profond et aux longs cheveux tressés, qui se chargeait de faire l'école aux enfants.

—Que se passe-t-il ? s'inquiéta Gabrielle. Isaac va bien ?

—Je crois oui… mais il refuse de nous dire ce qu'il a fait à la jeune Cassandre…

—Ce qu'il lui a fait ? répéta Morgan.

—Anubis, tu sais comme nous que cet enfant est doux comme un agneau… Il f'rait pas d'mal à une mouche !

—Oui… Je le pensais moi aussi…

Elle avança vers l'escalier en leur faisant signe de la suivre. Morgan et Gabrielle échangèrent un regard d'incompréhension en lui emboîtant le pas.

La salle de classe était située au troisième l'étage. C'était une pièce vaste et lumineuse, aux immenses fenêtres. Les rideaux de satin bleu, parsemés du sphinx d'or Kersak, étaient ouverts sur le spectacle du jour qui se levait, enveloppant le parc et le labyrinthe d'une douce lumière dorée. Les enfants, attablés à de petits bureaux d'écoliers en bois sombre, en face d'un tableau noir, les saluèrent avec inquiétude. Près de la fenêtre, une petite fille était affalée sur sa table, les yeux fermés. Isaac, assis près de cette dernière, la dévisageait avec anxiété, sans oser la toucher.

Aerys, un autre professeur, d'une trentaine d'années, grande, blonde et efflanquée, était agenouillée aux côtés de la fillette. Elle tentait de la réveiller en lui parlant à l'oreille. Sa demi-sœur, Anubis l'avait appelée en renfort pour veiller sur la classe durant son absence.

—Qu'arrive-t-il à cette petite ! s'inquiéta Gabrielle en approchant, suivie d'un Morgan déconcerté.

—C'est Isaac ! s'empressa de répondre un petit rouquin sans y avoir été invité.

—Quoi Isaac ? grogna Morgan.

—Il a… Il a touché Cassandre et maintenant elle ne veut plus se lever ! rapporta l'enfant en baissant les yeux devant le regard soupçonneux de Morgan.

—Cassandre, tu vas mieux ? s'alarma Anubis, en se penchant à son tour vers l'enfant.

La petite fille finit par ouvrir les yeux. Elle se redressa, tremblante et acquiesça faiblement.

—Que s'est-il passé Isaac, tu lui as fait quelque chose ? demanda Gabrielle

—Non maman… je lui ai juste passé mon encrier. Les yeux de l'enfant se remplirent de larmes.

—Ce n'est rien mon chéri, on te croit ne t'inquiète pas…

Anubis, consciente qu'ils n'en tireraient rien de plus, se releva et les raccompagna vivement vers la porte.

—La petite a dû faire un malaise, rien à voir avec notre fils, marmonna Morgan.

—Merci de nous avoir prévenus… Mais comme le dit mon mari, je doute qu'Isaac ait quelque chose à voir là-dedans. En tout cas, n'hésitez pas à nous faire appeler au moindre problème !

—Je n'y manquerai pas, assura Anubis avec fébrilité.

Aerys les rejoignit, tapota l'épaule de sa soeur et sortit à son tour. Anubis referma doucement la porte derrière eux. L'enseignante avança vers le centre de la salle et questionna la fillette :

—Tu te sens capable de ressayer Cassandre ?

Cette dernière acquiesça d'un hochement de tête et se focalisa à nouveau sur son objectif. Rouge de concentration, elle finit néanmoins par laisser retomber son front sur le bureau d'un air abattu. Malgré tous ses efforts, elle ne parvenait pas à faire apparaître dans la corbeille, le pain qui se trouvait dans les cuisines.

—Ne force pas Cassandre ! Ce n'est rien, repose-toi. Nous réessayerons demain… Tu as mangé ce matin ?

—Oui Madame.

—Isaac… tu es bien sûr que tu n'y es pour rien ?

—Mais oui ! Je n'ai rien fait ! se renfrogna vivement le garçon en tremblant.

- LE ROI GUIL -

Château d'Arka, capitale,

Dans la chambre royale, Guil martelait Judith de coups de boutoir : il était au comble de l'excitation quant à la journée à venir.

C'était le jour de son mariage. Ce jour si particulier à ses yeux, non pour l'amour qu'il portait à Judith - bien qu'elle fût grandement remontée dans son estime en lui offrant un héritier - mais pour ce que représentait cet instant décisif : l'accomplissement du projet d'une vie, la reconnaissance de son pouvoir suprême. C'était son avènement tant attendu, le moment ultime où son nom deviendrait une légende et où il serait vénéré pour ce qu'il était : Un Dieu tout-puissant. En vue de ces instants de gloire historique, il n'avait pas lésiné sur la dépense. Il comptait marquer les esprits à jamais, de telle sorte que ce jour soit empreint de sang, de peur et de spectaculaire. Il afficherait alors sa toute-puissance et commencerait son règne sous les meilleurs auspices : la crainte et l'obéissance sans limite. À dessein et dans le plus grand secret, il avait fait ériger une arène de combat par des esclaves exclusivement missionnés pour cette besogne. Elle se situait en lieu et place d'une ancienne carrière de minerai, au cœur de la forêt d'Élurb, au nord du d'Arka. Les travaux avaient duré sept ans, à la sueur et au sang des esclaves et même parfois au prix de leur misérable vie. Il aimait voir cela comme un signe annonciateur de sa gloire à venir, car il comptait bien façonner cette dernière, au sommet d'un monticule de cadavres du bas peuple. Le projet avait germé dans son esprit plusieurs années auparavant. Car pas un jour ne passait depuis son arrivée au pouvoir dans la peau d'un autre, sans qu'il ne pense au moment décisif où il révèlerait sa véritable nature au peuple, où il gouvernerait sous son propre nom et sa véritable apparence.

Voilà, il y était.

À sa grande satisfaction, l'arène de combat était fin prête à être inaugurée et à voir ses espoirs prendre leur essor dans une mare de sang.

Guil atteignit l'extase sur cette dernière pensée et s'affala sur le côté du lit.

Devait-il voir le sang qui recouvrait le matelas comme un heureux présage ? Sa docile future épouse, si dévouée, n'avait une fois encore pas bronché. Elle n'avait pas pu se dérober à son devoir, ni lui refuser d'assouvir ses pulsions dévorantes. Son excitation était telle, qu'il la prenait sauvagement plusieurs fois par jour. La brave serrait les dents courageusement malgré les séquelles de son accouchement. Elle se sacrifiait si bien pour son plaisir... Oui décidément, Judith était de nouveau dans ses bonnes grâces.

En sortant de ses appartements, le roi hésita un instant. Il lui restait encore un peu de temps avant le début de la cérémonie. Il décida d'en profiter pour vérifier que ses instructions étaient suivies scrupuleusement. Il pensait Magma loyal, mais s'il était toujours en vie, c'était bien parce qu'il était incapable de faire véritablement confiance à qui que ce fût.

Il descendit dans le souterrain tout en se jurant qu'après cette journée tant attendue, plus jamais il ne souillerait ses poumons de cet air vicié par la moisissure et l'humidité, indigne d'un roi.

La veille au soir en revenant de Richebourg, Guil avait tenté d'avoir une conversation avec son supposé bâtard. Il voulait que Noah prenne bien conscience que tant qu'il n'était pas convaincu de sa filiation, tant qu'il n'aurait pas fait ses preuves, il n'aurait droit à aucun traitement de faveur. Jusqu'alors, le garçon resterait la vermine pouilleuse qu'un nain cupide avait traînée à ses pieds. Cependant le gosse tenait à peine sur ses jambes en descendant du chariot qui transportait les esclaves. Le roi avait ordonné qu'on les entasse comme du bétail pour ne pas perdre le moindre espace. Écrasé par les corps suants et suffocants, le gamin avait lutté durant tout le trajet pour respirer. Comprenant qu'il n'en tirerait rien dans cet état d'épuisement, Guil avait commandé à Magma de le placer dans une cellule individuelle et de commencer à le mettre à l'épreuve, dès le lendemain matin à l'aube, afin de percer à jour ses capacités. Aucun châtiment corporel n'était proscrit, seul le résultat rapide comptait : il voulait savoir au plus vite s'il s'agissait véritablement de son bâtard.

Il atteignit le vaste soubassement obscur, aux colonnes de pierres noires et humides, qui leur servait d'espace d'entraînement. À la faible lueur des chandeliers muraux, il distingua une silhouette recroquevillée dans un coin, dominée par un homme massif. Les yeux rougeoyants de Magma brillaient d'une lueur inquiétante dans le clair-obscur. Son fouet s'abattit sur l'enfant qui hurla à pleins poumons.

—Épargne-toi une souffrance inutile ! Dis-moi ce dont tu es capable !

—Assez, commanda Guil en s'approchant.

Magma suspendit le mouvement de son bras qu'il laissa retomber mollement le long de son corps.

—Laisse-nous, Magma.

Au moment où ce dernier passa à sa portée, le roi le félicita d'une tape sur l'épaule :

—Tu as bien travaillé, va préparer les esclaves à présent.

—Mon roi, se courba Magma, avant de s'éloigner d'une démarche traînante.

Guil s'approcha de Noah et s'agenouilla pour être à sa hauteur. Il lui saisit le menton pour le forcer à le regarder dans les yeux :

—Je ne te poserai la question qu'une fois Noah, je suis ton roi et tu me dois la vérité. Mentir à son souverain est un crime terrible, passible de la peine de mort, tu le sais. Dis-moi Noah. Dis-moi ce dont tu es capable et plus jamais tu ne souffriras.

Si tu me donnes une réponse satisfaisante en tout cas, finit-il en son for intérieur.

Noah secoua vivement la tête pour se dégager de son emprise. Le roi resserra sa prise et de son autre main enfonça son pouce dans la lacération de son dos.

—Tu vas parler ! siffla Guil en appuyant profondément sur la plaie. Qu'es-tu capable de faire !

Le garçon hurla dans une plainte sourde :

—Je les ai tués ! Tous ! Tout mon village ! Je les ai tous tués !

Le roi sentit un liquide chaud couler le long de son nez, il relâcha sa prise pour porter la main à son visage et contempla le liquide chaud et poisseux sur ses doigts : du sang, son sang. Guil pressa sa main contre son nez pour stopper l'hémorragie.

—Intéressant Noah…. sourit le roi. Cela suffira pour aujourd'hui. C'est bien, c'est même très bien, susurra-t-il en lui caressant les cheveux de sa main libre, l'air attendri. Disons que tu es à l'essai. Veille donc à ne pas me décevoir et nous pourrons peut-être faire quelque chose de toi.

Il se redressa sur ses jambes et tendit la main à l'enfant :

—Maintenant lève-toi, il est l'heure pour moi de marquer l'histoire.

Guil empoigna la nuque du garçon pour le diriger devant lui. Il le fit sortir du souterrain.

Arrivés dans le hall, ils s'apprêtaient à monter l'escalier quand ils aperçurent une servante.

—Toi-là ! Préviens la gouvernante sur-le-champ, qu'elle donne à ce garçon une chambre dans l'aile royale ! Et qu'elle veille à ce qu'il soit présentable pour la cérémonie ! ordonna Guil.

- ANNABETH -

La marchande des mers,

La troupe de Jason naviguait depuis maintenant plus de trois semaines vers Isidore, avec l'océan pour seul horizon. Icare, l'illuminé Icare, ne tenait plus en place. Il ne cessait de répéter qu'ils gâchaient un temps précieux, que si Jason obtempérait, en un clin d'œil, il pourrait influer sur les vents et poser pied à terre à Isidore. Mais ce dernier restait intraitable.

Ils se trouvaient à bord du navire *La marchande des mers*, qui acheminait des denrées alimentaires vers Isidore et partageaient donc le bateau avec une grande quantité d'hommes. Si Icare utilisait ses facultés, il y avait de grandes chances pour qu'ils soient découverts, alors qu'ils devaient agir dans la plus grande discrétion. Hors de question d'attirer l'attention sur eux, l'emplacement de la résistance devait demeurer secret : ils ne pouvaient se permettre de se faire remarquer. La troupe de résistants au physique atypique attirait déjà assez l'attention.

Les jours semblaient interminables en pleine mer et les nouveaux membres de la résistance ne tenaient plus en place, rechignant à cacher leurs diverses capacités, malgré l'interdiction formelle de Jason. Il était temps - grand temps - qu'ils arrivent à Isidore.

L'humeur d'Annabeth demeurait aussi mauvaise qu'au jour de leur départ. Jamais elle ne pourra se remettre du massacre de sa mère. Cette tragédie avait mis fin aux douces illusions de l'enfance et a à peine huit ans, elle se comportait déjà en adulte aigrie, à qui la vie n'avait rien épargné. Melvyn semblait également assailli par la tristesse, plus d'une fois Annabeth fut tentée de le réconforter avant de se remémorer qu'il était en grande partie responsable de la mort de leur mère par sa lâcheté. Mais ensuite, elle se rappelait que les hommes étaient venus pour *elle. Parce qu'elle avait jeté son cheval sur le fils du fermier. Dans ces conditions, n'était-elle pas tout autant responsable de la mort de cette mère qu'elle aimait tant ?*

Annabeth se tenait sur le ponton, en proie à une culpabilité lancinante. Elle ignorait où se trouvait Melvyn. La plupart du temps, il la fuyait comme la peste pour éviter ses remontrances. Absente, elle restait hypnotisée par l'afflux et le reflux des vagues frappant la proue du navire avec régularité.

Soudain, un vieil homme qui portait des lunettes dorées et une longue barbe blanche, lui posa une main sur l'épaule.

Elle se retourna en sursautant, de toute évidence il lui avait posé une question qu'elle n'avait pas entendue. Aux côtés de ce dernier, se trouvait un jeune garçon au teint hâlé et aux cheveux bruns en bataille, emmailloté dans une couverture, il semblait frigorifié. Elle s'en étonna, elle trouvait ce mois de février clément et le vent fort doux pour cette période de l'année. D'ailleurs, elle ignorait le temps qui les attendait sur l'île où ils débarqueraient bientôt. Elle espérait que cela ne tarderait plus maintenant car ce voyage entretenait sa morosité. Il fallait qu'elle fasse quelque chose. N'importe quoi. Quelque part à travers la brume de son esprit tourmenté, elle sentait que la mission de la rébellion avait un sens, un sens qui lui donnerait une raison de vivre. *Venger sa mère.*

— Ma petite ? répéta le vieux monsieur.

— Oui ? marmonna-t-elle d'une voix lointaine.

— Connais-tu bien Isidore ? Nous devons y retrouver de vieux amis, Adamo et Falco Kersak. Est-ce que tu sais où ils habitent ? demanda-t-il poliment.

Annabeth haussa les épaules et répondit :

— C'est la première fois que nous allons à Isidore mon frère et moi. Je n'ai pas la moindre idée de ce qui nous attend sur place...

Le vieil homme fronça les sourcils :

— Alors pourquoi y allez-vous, si je peux me permettre ? Vous n'avez pas d'ennuis j'espère ? demanda-t-il, d'un ton qu'Annabeth jugea bienveillant.

Elle hésita un instant, quelque chose chez le vieil homme lui donna presque l'envie de se confier à lui. Elle pressentait qu'en en parlant, elle pourrait ainsi apaiser un peu sa peine. À cet instant Melvyn arriva en trombe, il lui fourra vivement dans les mains un bol de ce qui s'apparentait à une sorte de ragoût… sans viande.

—Tout va bien Annabeth ? Allons nous asseoir pour manger ce… délicieux repas.

Elle n'eut pas le temps de protester que déjà il l'emmenait dans son sillage. Elle entendit le jeune garçon frigorifié proposer au vieil homme :

—Julius, je crois que nous n'avons pas demandé à ceux-là…

—Annabeth, j'espère que tu n'allais pas dire à cet étranger où nous allons ! On nous a commandé de ne rien dire ! C'est très sérieux !

Bien sûr qu'elle savait qu'il ne fallait rien dire sur la résistance ! De quel droit lui parlait-il sur ce ton ? Lui, ce traître ? Il avait perdu le droit de la réprimander comme un grand frère le pouvait, depuis qu'elle savait quel couard il était !

Elle lui adressa un regard noir et le planta là, pour aller prendre son repas loin de lui : il lui coupait l'appétit.

Plus la destination se rapprochait, plus le temps se rafraîchissait. Finalement après un long mois en mer, ils posèrent enfin les pieds sur la terre ferme.

Ils découvrirent Isidore, une ville dévastée qui n'avait guère plus que la misère à offrir aux nouveaux arrivants. Le spectacle de la cité en ruines seyait parfaitement à l'humeur massacrante d'Annabeth, tout comme le temps glacial qui figeait la neige au sol.

Jason les guida dans les rues tortueuses, il connaissait les lieux comme personne.

Veillant à se placer le plus en retrait possible de Melvyn, Annabeth manqua plus d'une fois de glisser sur le sol glacé jonché de débris, cachés par la neige. Un bref instant, elle songea que la ville du Gouffre n'était pas si sinistre finalement, les images de Lune, le poney immaculé, l'étang dans la forêt, firent jour dans son esprit avant d'être remplacées par la vision de sa maison en cendres et de sa mère chutant sans fin dans la bouche béante du cratère. Elle regretta aussitôt ses pensées, la ville du gouffre était et resterait à jamais synonyme d'injustice, de mort et de déchéance : un lieu à jamais maudit.

Serrant les dents, elle pressa le pas tout en se jurant de ne jamais y retourner… en tout cas, pas avant d'être en mesure de venger sa pauvre mère.

- LE ROI HECTOR -

Château d'Arka, capitale,

Le roi leva les yeux vers la clef de voûte de la cathédrale d'Arka. Elle était en remarquablement bon état. Avant qu'Hector n'usurpe l'identité du roi Guil, ce dernier avait mis un point d'honneur à la réhabiliter, martelant le petit peuple de taxes qui avaient en grande partie servi à rendre toute sa majestuosité au lieu Saint.

Près de l'autel, le roi Guil ne tenait plus en place, ce cérémonial sentimental et religieux l'agaçait au plus haut au point. Il fallait en venir à bout et vite. Afin de ménager au mieux son effet, il avait décidé que le mariage royal se déroulerait selon les rituels traditionnels inhérents au bas peuple.

L'office infernal l'harassait au plus haut point. Lorsqu'enfin le prêtre les eut déclarés mari et femme et qu'il eut serti d'une couronne le front d'une nouvelle reine Judith en extase, le roi prit la parole pour convier toute l'assistance, ainsi que le prêtre, à un spectacle en l'honneur de son mariage et de son héritier.

En sortant de l'édifice, la foule obéissante se rassembla en cortège derrière l'attelage royal, suivant le mouvement comme un seul homme.

Ils arrivèrent bientôt au pied de l'immense arène de combat, qui paraissait s'élever sans fin vers les cieux.

En l'apercevant, à flanc entre deux carrières, les Arkaïns ne cachèrent pas leur surprise admirative.

L'attelage fut laissé en amont, le roi et la reine ouvrirent la marche, pénétrant les premiers dans les lieux, suivis de près par Mery, la nourrice. Après la mort du vieux mari auquel le roi l'avait donnée en mariage, on l'avait de nouveau assignée au service du château d'Arka. La jeune femme tenait fermement le petit Hercule, tout en gardant un œil sur la princesse Shade et le jeune Noah. Dans leur sillage venait ensuite leur garde rapprochée. Enfin, la foule excitée s'engouffra hâtivement à l'intérieur, elle s'entassa dans les tribunes, tandis que les gardes verrouillaient consciencieusement les lourdes portes derrière eux.

Le roi Guil leva les bras et la clameur de la foule s'essouffla peu à peu, laissant place à une écoute attentive :

— Aujourd'hui est un jour historique ! Il est temps de voir la réalité en face, bas peuple d'Arka. Vous avez été bien inconséquents et mal avisés de traiter vos supérieurs durant toutes ces années comme des parias, des bêtes tout juste bonnes à être entravées, ridiculisées, battues ou brûlées. Cela doit cesser ! Ceux qui ont commis pareille atrocité doivent périr ! Je réclame le prix du sang ! Je réclame que vous posiiez genoux à terre et que vous me suppliiez de vous pardonner vos péchés ! Alors seulement je pourrai me montrer miséricordieux ! Cela fait bien trop longtemps que vous tentez vainement, tous autant que vous êtes, de nous anéantir ! Mais qu'êtes-vous donc si ce n'est des êtres inférieurs, de la vermine, vous êtes le passé quand nous sommes l'avenir. Vous devriez payer ne serait-ce que pour avoir l'honneur de respirer notre air ! Vous appartenez à l'ancien monde, un monde en cendres qui a implosé, qui n'existe plus, alors que nous sommes l'évolution suprême. Égavar est le berceau de notre race ! Voyez !

Le roi Guil entama sa transformation en Hector, son corps s'allongea, dissipant son embonpoint, sa peau blanche devint dorée, son regard se fit plus incisif, les traits de son visage s'aiguisèrent et son crâne dégarni laissa la place à une longue crinière brune.

— Voyez qui je suis en réalité, voyez en moi votre Dieu, avant même d'être votre roi.

Les Arkaïns poussèrent des cris de surprise et de protestation horrifiée, un mouvement de foule s'ensuivit. La population se précipita vers la sortie comme si le diable lui-même les poursuivait. Mais les malheureux se heurtèrent aux portes hermétiquement closes : ils étaient piégés comme des rats.

—Assez ! tonna le roi Hector. Personne ne sortira d'ici avant que je ne l'y autorise ! Faites silence et écoutez bien ce que j'ai à vous dire !

La foule finit par se taire : l'instinct de survie la contraignait à obéir, tout en restant sur le qui-vive, guettant la moindre occasion de fuir.

Sur la tribune, Judith contemplait son mari avec une admiration proche de l'extase.

—Bien. Très bien. Je préfère cela, sourit Hector dans un rictus malsain. Désormais, lorsque vous aurez l'honneur de m'adresser la parole ou ne serait-ce que de prononcer mon nom, vous me nommerez comme il se doit : Roi Hector Divinitatem. À compter de ce jour et jusqu'au dernier de votre misérable existence, dont je déciderai selon mon bon vouloir, vous me devrez une dévotion parfaite et sans faille. Vous doutez encore de ma puissance, de notre puissance supérieure ? Laissons le spectacle vous ouvrir l'esprit une bonne fois pour toutes, sur notre supériorité incontestable et la servitude totale que j'exige de vous ! Obéir ou mourir, à vous de choisir !

Il claqua des mains et la foule à la fois paralysée et horrifiée tourna son regard vers le centre de l'arène où des combattants arrivaient en courant.

D'un côté se trouvait une quinzaine d'hommes, femmes et enfants, identifiés par un tatouage en forme de « I » sur le front. Ils tremblaient dans leurs guenilles, tout en brandissant fébrilement les armes en piteux état dont on les avait munis : épées, haches, lances.

À l'autre extrémité de l'arène, se tenaient trois soldats richement vêtus de heaumes et de cottes de mailles, surmontées de tuniques de velours rouge, brodées d'un caméléon d'or couronné, qui se tenaient fièrement sur un monticule de cadavres démembrés. Les mercenaires ne portaient pas d'armes et l'un d'eux était affublé d'un bandeau sur les yeux.

Deux des soldats restèrent en arrière, tandis qu'un premier s'avançait vers les miséreux qui tremblaient de peur.

Il s'arrêta au milieu de l'arène.

Le soldat en question était une femme, elle jeta son heaume au sol, dévoilant son visage au front tatoué d'un « S » et au cuir chevelu mouvant, semblable à une pieuvre aux tentacules enfiévrés. La foule ne put retenir une exclamation de surprise mêlée de dégoût, qui retomba bien vite en silence angoissé.

La voix du souverain s'éleva :

— Accueillez comme il se doit, la prodigieuse Tental qui nous arrive tout droit de l'île de Niram ! Applaudissez cette merveille de la race supérieure !

De timides applaudissements se firent entendre. Tandis que Tental, tout sourire, faisait la révérence telle une actrice sur une scène de théâtre.

Comme un metteur en scène empressé, le roi Hector frappa à nouveau dans ses mains.

Un carnage s'ensuivit.

Vifs comme l'éclair, les tentacules au sommet du crâne de Tental se tendirent, s'élargissant, ils mesuraient à présent plusieurs mètres de long. Sentant le pire approcher, un homme et une femme se recroquevillèrent au sol, entourant un enfant de leurs bras protecteurs, tandis que deux courageux se dressaient face à l'ennemi, hache et épée en main, prêts à en découdre. Sans attendre, les tentacules frappèrent, se déchaînant simultanément tel un monstre vorace animé d'une vie propre. Ils cinglèrent de plein fouet, visant le cou de leurs victimes et commencèrent à les étouffer. Tental resserrait peu à peu son emprise, prenant plaisir à allonger l'agonie de ses proies, dont les visages se teintaient peu à peu de nuances violacées.

Soudain, l'un des hommes parvint à trancher l'un des tentacules avec sa hache.

Tental hurla de douleur et le lâcha, en rage : elle n'avait plus envie de jouer. Le tentacule se reconstitua. Vengeresse, elle le brandit et l'engouffra sans ménagement dans la bouche de l'homme qui avait osé la mutiler, le ressortant dans une mare de sang au milieu de laquelle sa victime s'affala.

Le silence se fit.

Il n'y avait plus âme qui vive à combattre, alors Tental plaça ses mains sur ses hanches d'un air satisfait.

— Bravo ! applaudit le roi aux anges. C'est ce qui s'appelle du spectacle ! Sa voix se fit glaciale, je ne vous entends pas applaudir vous autres.

De faibles applaudissements s'élevèrent dans le silence pesant, morbide.

Satisfait, Hector reprit :

—Bien ! Accueillons maintenant comme il se doit le féroce Gidéon, qui a fait le déplacement d'Eram spécialement pour nous !

La foule obéissante l'acclama timidement, s'attendant au pire et priant pour sortir vivante de ce carnage.

Le dénommé Gidéon s'avança.

On fit rentrer une autre salve d'esclaves alors qu'il mutait, faisant exploser sa cotte de mailles, seul le bandeau sur ses yeux demeura en place. Il se transforma en une sorte de bête à mi-chemin entre le loup et la hyène. Gidéon s'élança sur ses victimes, se rassasiant de leur chair, badigeonnant le sable de l'arène d'un flot de sang. Après avoir englouti les nouveaux arrivants dans des bruits de déglutition atroces, parsemés de rires de hyène enragée, il s'immobilisa, flairant l'air.

Tout à coup, il dégagea un petit garçon vivant, caché sous les dépouilles sans vie de ses parents. L'assistance retint son souffle, au comble de l'horreur, tandis que la créature dévorait sa jeune victime. Il ne restait aucun survivant dont faire son repas, alors Gidéon, maculé de sang, reprit sa forme humaine dans un dernier ricanement animal et retourna auprès de ses pairs.

Nullement ébranlée par ce spectacle atroce, Shade était assise derrière le roi et la reine, près de sa nourrice, de son jeune frère et de Noah. Son éducation lui avait appris que nulle vie n'était plus précieuse que la sienne et plus largement que l'existence du bas peuple ne valait pas plus que celle d'un insecte. Elle souffla bruyamment, elle ne trouvait pas de plaisir à ce spectacle sanglant, mais n'en éprouvait pas pour autant une once de pitié. Alors, quand elle vit le visage contrit de Noah, elle étouffa un petit rire supérieur, l'espace d'un instant fugace, elle aurait juré voir des larmes perler au coin de ses yeux. *Voilà qu'il devait regretter de s'être présenté comme le fils du roi, de toute évidence, il n'en avait pas l'étoffe et son père ne tarderait pas à le comprendre. Bientôt, ce dernier la considérerait à nouveau comme son unique héritière, elle y veillerait personnellement... Elle n'accepterait pas d'être dédaignée plus longtemps de la sorte. Privé d'héritier mâle, il n'aurait alors pas d'autre choix que de la considérer à sa juste valeur.* Elle était convaincue qu'il finirait par se résigner, après tout, une fille héritière valait mieux que pas d'héritier du tout...

Hector se leva pour applaudir, au comble du plaisir. Il dut menacer la foule de l'envoyer en découdre dans l'arène, pour obtenir des applaudissements.

— Et voici le clou du spectacle, le flamboyant Magma, qui n'est autre que mon fidèle lieutenant, le chef de la garde royale. Il nous vient tout droit des terres volcaniques de Naclav ! Préparez-vous à être ébahis !

Les derniers esclaves rentrèrent dans l'arène. Certains furent secoués de vomissements incontrôlables, à la vue du bain de sang qui s'ouvrait devant eux. Comme ses prédécesseurs, le guerrier Magma se délesta de son heaume. Il était impressionnant avec sa taille gigantesque, son visage brûlé, strié de sillons à vif, ses pupilles rouges dilatées et sa longue queue de cheval rousse, qui descendait jusque dans le bas de son dos musculeux.

Soudain, ses yeux s'embrasèrent et il souffla délicatement en direction de ses victimes. Se forma alors une vague de poussière et de gaz brûlant qui atteignit les malheureux de plein fouet.

Instantanément la vie les quitta, les transformant immuablement en statues de cendre.

—Que dites-vous de ce prodige ? Nous placerons ces splendides œuvres d'art sur nos remparts, que tous puissent voir la puissance du peuple supérieur ! Il est venu pour vous le temps de choisir. Je vous ai montré une infime part de notre puissance. Ployez le genou devant moi. Jurez-moi fidélité et dévotion et vous pourrez sortir d'ici, vivants.

La foule acculée, au comble de l'angoisse, ne se le fit pas dire deux fois. Et tous, telles des marionnettes bien ficelées, s'agenouillèrent et jurèrent dévotion totale au Roi Hector Divinitatem.

- SOLEIL ARDENT -

Isidore,

Soleil Ardent se hâtait à la suite de Julius dans les ruelles escarpées d'Isidore.

Lors de leur voyage en mer, à bord de *La marchande des mers*, le vaste horizon des flots ne l'avait pas dépaysé outre mesure de l'étendue immense de sable qu'il avait toujours connue : il se sentait en sécurité dans l'immensité, quand les paysages encombrés l'oppressaient.

Encore maintenant, Soleil Ardent demeurait sidéré par sa découverte de Richebourg : cette première ville dans laquelle il avait mis les pieds. Naïvement, il pensait qu'Isidore serait à l'image de cette dernière, or il n'en était rien. Richebourg était l'opulence, quand il ne subsistait d'Isidore qu'un champ de ruines. Il portait un regard ébahi sur les décombres enneigés environnants. Partout il ne régnait que désolation. Les bâtiments sales et branlants étaient habités par une population crasseuse et malodorante, qui posait sur eux un regard inquiétant. Le pire demeurait le silence pesant des plus sinistres. Sur les hauteurs près de la mer, dans un contraste saisissant, une magnifique demeure coloniale, d'un blanc immaculé, surplombait le désastre ambiant. D'allure presque irréelle, elle se confondait dans les nuages et s'inscrivait en juge tout-puissant du chaos régnant en contrebas. *Jamais il n'aurait imaginé qu'un tel lieu puisse exister. Ces gens habitaient-ils vraiment ici ? Comment était-ce possible ? Pouvait-on appeler cela « vivre » ?*

La chaleur du Désert manquait affreusement à Soleil Ardent. Le froid ce n'était décidément pas fait pour lui, il était tellement frigorifié qu'il se demandait comment il pouvait encore marcher et suivre le rythme effréné de son vieil ami dans sa détermination à découvrir le siège de la résistance.

— Bon sang ! Où sont-ils tous passés ? s'exclama soudain Julius. Une troupe d'une trentaine d'hommes qui se volatilise comme ça ? C'est à ne plus rien à y comprendre !

Julius n'avait jamais mis les pieds au manoir Kersak, pour sa propre sécurité Adamo et Falco ne lui en avaient jamais révélé l'emplacement exact. Il savait juste qu'il se trouvait à Isidore. N'étant pas parvenu à obtenir plus de renseignements sur sa localisation en interrogeant les passagers du navire, l'instinct avait poussé Julius à suivre la fillette du bateau et le groupe d'individus, pour le moins étrange, qui l'accompagnait.

Tout à coup, Julius s'immobilisa.

Devant eux s'élevait une immense grille de fer forgé. À travers une végétation éparse et enneigée, ils distinguaient à peine le toit hirsute d'une vaste et

173

riche demeure. En contemplant la propriété, Julius se dit que c'était là, tout à fait le genre de lieu dans lequel il imaginait les Kersak. S'il ne se trompait pas, Adamo devait en éprouver une fierté colossale et ne pas s'en cacher, à l'inverse de son frère Falco - bien plus simple et humble - qui souhaitait avant tout être proche de sa famille et prendre soin de sa sœur, Isabo. Julius n'avait jamais rencontré cette dernière, car elle n'accompagnait pas ses frères lors de leurs voyages à Arka.

Le vieil homme posa les yeux sur l'impressionnant labyrinthe qu'il fallait traverser pour se rendre jusqu'au manoir, puis sur la majestueuse statue de marbre qui en marquait l'entrée : elle représentait un lion fièrement posté sur son piédestal. *Oui, cela ressemblait fort bien à Adamo, il lui avait toujours trouvé un air de fauve,* sourit-il au souvenir de l'enfant jovial, mais fier, qu'il avait connu par le passé.

Il aurait mis sa main à couper que le groupe de la fillette était passé par là… La propriété s'étendait sur des milles, ils s'étaient forcément engouffrés dans le labyrinthe.

Julius poussa la grille de fer forgé.

Elle n'était pas verrouillée et s'ouvrit sans protestation. *À cet instant, il se sentit étrangement proche et loin à la fois, de sa tendre Léonie…*

Connaissant Adamo, il savait qu'ils devraient être méfiants, ce dernier n'avait certainement pas facilité aux ennemis potentiels, l'accès au siège de la résistance.

Il entra dans le labyrinthe, suivi de près par Soleil Ardent. Le fauve de marbre les surplombait d'au moins deux mètres de haut les toisait de son regard glacial de saphir.

Soleil Ardent sourit d'aise.

L'immense haie végétale les coupait du vent, leur apportant un simulacre de chaleur. Ils avaient la sensation d'évoluer dans une bulle, coupés du monde extérieur, plus aucun son - pas même le souffle du vent - ne se faisait entendre dans cet environnement cloisonné. Partout où ils posaient les yeux, ils ne voyaient que des couloirs végétaux, identiques aux précédents et au-dessus d'eux un ciel blanc, hypnotique.

Après avoir déambulé durant près de deux heures - bien que le temps en ce lieu parût ne plus avoir d'emprise sur quoi que ce fût – ils arrivèrent devant une deuxième statue. Cette fois, celle-ci représentait un aigle gigantesque aux ailes déployées, aux serres acérées et au regard perçant. Julius y vit là le signe qu'ils se rapprochaient enfin de la sortie de ce dédale végétal.

Les heures s'étirèrent inlassablement.

Quand ils passèrent pour la troisième fois consécutive devant la statue de l'aigle géant, ils comprirent qu'ils étaient perdus pour de bon et commencèrent à désespérer de sortir un jour de ce maudit labyrinthe. La clarté commençait à diminuer dangereusement et la perspective de dormir dans cette prison de cyprès ne les enchantait pas le moins du monde. Soleil Ardent se sentait oppressé par le ciel qui semblait s'obscurcir à seule fin de les piéger dans son étau, les privant ainsi de leur unique horizon.

Ils allaient bien finir par sortir de là ! Il n'en pouvait plus! désespéra l'enfant.

Au détour d'un virage, le jeune garçon aperçut - à son grand désarroi - l'ombre bien connue de la fameuse statue, qu'il espérait bien ne jamais plus revoir... Las, il se laissa tomber au sol. Décidément le désert lui manquait on ne peut plus ! Cette promenade sans fin ne l'amusait pas du tout et il perdait patience ! Tout à coup Julius s'exclama :

—Soleil Ardent ! Je crois que nous sommes sur la bonne voie ! Ce n'est pas l'aigle, regarde !

Le jeune garçon se leva et s'approcha de l'effigie.

Cette fois, elle représentait une femme, dont la longue chevelure cachait la nudité. À l'image des autres représentations, elle donnait l'illusion de les observer avec fierté de son regard pénétrant qui faisait écho à la pierre qu'elle portait autour du cou.

Julius avança, mais Soleil Ardent tardait dans son sillage. Le saphir qui parait le cou de la statue scintillait de mille feux. Le jeune garçon eut alors l'envie irrésistible de l'observer de plus près. Agilement, il escalada le piédestal, s'agrippa au bras de la femme de marbre, pour se placer au niveau de la pierre précieuse.

Il tendit alors le doigt pour la toucher.

Aussitôt un déclic se fit entendre. Le couloir dans lequel Julius s'était engouffré quelques instants plus tôt, se referma derrière lui, l'engloutissant derrière la végétation. Surpris par le mouvement vif de la haie, Soleil Ardent lâcha prise et tomba au sol.

L'enfant se releva douloureusement, le visage maculé de terre. Il examina les alentours, perplexe. Julius et le couloir qu'il avait emprunté précédemment avaient totalement disparu.

Soudain, il vit une silhouette s'avancer dans la pâle lueur du soleil couchant, rompant le silence ambiant :

— Qui es-tu pour oser pénétrer dans ce labyrinthe et espérer en trouver la sortie ? demanda une voix féminine, mélodieuse, à la fois douce et puissante, mais où planait l'ombre d'une menace.

Soleil Ardent se frotta vigoureusement les yeux.

Jamais encore il n'avait vu ce genre d'animal... ou plutôt de créature et malgré sa méconnaissance du monde, il soupçonnait que ce n'était pas une espèce que les habitants d'ici voyaient souvent...

La créature possédait un corps de lion, des ailes d'aigle mais un buste de femme nue. À l'image de la statue qu'il venait d'escalader, elle portait au creux de ses seins un saphir gros comme un poing et avait de longs cheveux bruns. Soleil Ardent opta pour la vérité, *qu'aurait-il bien pu dire d'autre à cet être impressionnant ?*

— Nous sommes à la recherche du manoir Kersak...

— Tiens donc. Et qui est ce « nous » ? questionna le sphinx en fronçant les sourcils.

— Mon compagnon et moi... Il est passé par là, précisa t-il, en désignant la haie devant lui. Mais le passage s'est refermé, est-ce que vous pourriez m'aider à le retrouver ?

La créature sourit avec malice.

—Nous le pouvons. Mais le voulons-nous ? Si tu veux passer petit homme, tu devras d'abord répondre à notre question et répondre juste.

Ce fut au tour de Soleil Ardent de froncer les sourcils. Cela ne lui disait rien qui vaille. Il avait la sensation que la créature s'amusait à ses dépens, comme un chat jouant avec sa proie avant de porter le coup de grâce.

—Une question ? répéta-t-il.

—C'est bien cela. Tu es prêt ? Écoute-nous bien petit homme, car jamais nous ne nous répétons.

Sans attendre la réponse de Soleil Ardent, le sphinx demanda de sa voix suave.

—Qu'est-ce que l'on peut restreindre dans l'espace, qu'il est impossible de saisir dans ses mains ou d'enfermer dans l'esprit ?

Sous le regard mi-amusé, mi-menaçant, de la créature, Soleil Ardent se mit à réfléchir à toute vitesse. Ce n'était pas des menaces en l'air et il comptait bien sortir d'ici vivant et avec Julius. En premier lieu, il voulut répondre : *la pensée... ou même l'imagination ?* Puis il se renfrogna en arrivant à la conclusion, que justement, l'on ne pouvait restreindre ni l'une ni l'autre dans l'espace...

—Une chose que l'on ne peut attraper, ni enchaîner dans l'esprit, aussi bien que dans l'espace... récapitula t-il.

— Est-ce la réponse ? répondit le Sphinx dans un sourire carnassier.

— Non je réfléchis…

Le sphinx fit mine de bâiller et plaça l'une de ses pattes colossales contre sa bouche délicate.

— Dépêche-toi veux-tu, nous n'avons guère toute la nuit.

Soudain, les yeux du jeune garçon se voilèrent et devinrent laiteux.

Il eut alors l'apparition d'une très jolie jeune femme aux yeux d'émeraude, qu'il n'avait encore jamais vue. Recroquevillée dans une cellule sordide, elle se berçait doucement. Malgré l'état de déchéance dans lequel elle se trouvait, ses yeux étaient animés d'un éclat étrange. Ses lèvres sèches esquissèrent même l'ombre d'un sourire.

Il la contempla avec admiration de longues minutes.

La jeune femme parut se rendre compte de sa présence et l'observa en silence.

Alors, tout à coup, il sut.

Elle n'eut pas à prononcer un mot, il lut dans son regard ce qu'elle voulait lui dire : « Il y a une chose, que ni les fers, ni les humiliations, ni les châtiments ne peuvent nous retirer. Cette chose, c'est la liberté Soleil Ardent. La liberté de penser, d'imaginer, d'emmener notre conscience vers des lieux plus hospitaliers, loin du chaos ambiant et ce, même si notre corps physique, lui, est emprisonné. Ce cadeau, invisible, inestimable, est notre bien le plus précieux d'entre tous. Notre conscience, notre nous profond, est et demeure à jamais libre. »

Faisant face au sphinx, le jeune garçon esquissa un sourire.

Il répondit avec assurance, comme il l'aurait fait jadis, au cours de l'une des leçons que lui donnait le Désert Maudit :

— Cette chose, c'est la liberté.

- LÉONIE -

Manoir Kersak, Isidore,

Léonie traversait le hall du manoir Kersak, quand soudain, elle s'immobilisa. Juste en face d'elle se trouvait une silhouette familière.

Il était là, baigné dans la lueur vacillante du jour qui déclinait. Julius.

Était-ce un mirage ? Son esprit lui jouait-il encore un tour, comme du sel sur une plaie à vif ? Elle ne parvenait pas à y croire... Était-ce réel ? Cela se pouvait-il vraiment ?

Elle ferma les yeux, les fronça à s'en faire mal et les rouvrit vivement.

Était-ce seulement possible ? Comment pouvait-elle en être sûre ? Après tant d'espoirs déconvenus, après tant d'échecs. Huit ans ! Cela faisait huit longues années qu'elle le cherchait par monts et par vaux, le distinguant partout et nulle part à la fois.

Elle tendit la main pour toucher cette image, qu'elle pensait impossible à saisir, telle une volute de fumée fugace, comme un rêve insaisissable qui n'existait que dans son esprit.

Sa main entra en contact avec la peau chaude de l'apparition.

181

Devenait-elle folle ?

Elle la fit glisser le long de la barbe blanche et broussailleuse qui mangeait le visage aimé et qui ressemblait si peu à l'image qu'elle avait gardée de son mari. Ses yeux plongèrent dans ceux de l'apparition, un regard d'un bleu profond dans lequel elle aurait pu se noyer pour l'éternité, surmonté de lunettes aux branches dorées. Les yeux de l'amour de sa vie, les yeux de Julius.

Elle plongea ses mains dans les cheveux trop longs, rêches et désordonnés. Elle huma cette odeur qui lui rappelait l'odeur de la paille et de l'herbe fraîche. Celle de son mari. Elle ne pouvait s'y tromper. Ses yeux s'emplirent de larmes tandis que Julius l'enserrait de ses bras, la serrant à l'étouffer puis s'emparait de sa bouche avec l'avidité du désespoir.

Julius lui était revenu.

L'amour de sa vie avait refait surface et le temps pouvait bien battre rageusement contre les murs du manoir Kersak, être aussi noir que l'encre, et la tempête faire rage avec frénésie ; aux yeux de Léonie, le monde n'avait jamais été aussi resplendissant, ni l'air qu'elle respirait aussi pur. Dans les bras de Julius, elle eut la sensation de naître une seconde fois. *Dieu comme elle l'aimait ! Dieu comme elle chérissait la vie de le lui avoir enfin rendu…*

La porte d'entrée s'ouvrit à la volée et la parenthèse enchantée s'ébranla.

Un jeune garçon au teint hâlé entra dans le hall, encadré d'Adamo, Falco et Isabo. Dehors, les éléments se déchaînaient et la porte se referma en claquant rageusement sur ses gonds, faisant trembler les murs.

—Julius mon vieil ami est-ce bien toi ? s'étonna un Falco détrempé, en accourant vers le couple enfin réuni.

Arriva à sa suite Soleil Ardent, ravi de retrouver son ami sain et sauf. Alors, Léonie s'arracha à l'étreinte de Julius avec déception, elle avait besoin de le sentir contre son corps, l'instant était trop précieux et elle avait peur de le quitter des yeux, ne serait-ce qu'une seconde et de se rendre compte qu'il avait de nouveau disparu.

Falco serra le vieil homme dans ses bras, le sourire jusqu'aux oreilles, tandis qu'Adamo s'approchait pour enlacer à son tour le nouveau venu.

—Si j'avais pensé ! s'exclama Adamo. Je dois toutes mes excuses à ta courageuse femme qui n'a jamais cessé de te chercher, elle était convaincue que tu n'étais pas mort.

Léonie ne répondit pas, peu lui importait les excuses d'Adamo : seule la présence de Julius comptait.

—Mais où étais-tu passé durant toutes ces années ? interrogea Adamo sur un ton de reproche, avant de se reprendre. Excuse-moi de te presser ainsi alors que tu retrouves à peine ta femme ! Jamais je n'aurais pensé… Enfin ! Laissons cela pour plus tard ! Allons nous asseoir devant un bon festin ! Le repas venait tout juste d'être servi quand l'alerte nous a été donnée pour nous prévenir de votre présence dans le labyrinthe. Venez, suivez-moi, un bon repas chaud vous fera le plus grand bien ! s'exclama-t-il en constatant la maigreur de Julius. C'est par ici !

Tout en les dirigeant vers la salle de réception, qui se situait au fond du hall, Adamo reprit en observant Soleil Ardent du coin de l'œil :

—En tout cas Julius, je ne sais pas où tu as trouvé ce jeune garçon, il ébouriffa les cheveux de ce dernier, mais en voilà un qui est aussi courageux qu'intelligent. Il a à peine tressailli en voyant le sphinx et a répondu à notre énigme en moins d'une demi-heure. Un record ! Sans lui, vous seriez encore piégés dans le labyrinthe à l'heure qu'il est...

Julius adressa un clin d'œil à Soleil Ardent, avant de tiquer :

—Un sphinx ?

Mais si réponse il y eut, elle se noya dans le bruit ambiant. Ils entrèrent dans la grande salle de festivités, pleine à craquer et bourdonnante de conversations enjouées et de rires.

La table située à l'extrémité de la salle était réservée aux frères et sœurs Kersak et n'attendait plus qu'eux. Ces derniers enjoignirent vivement Léonie, Julius et Soleil Ardent à s'asseoir auprès d'eux.

Julius observa les lieux.

C'était une grande salle aux murs de pierre et aux dalles de marbre.

Derrière eux, sur le pan de mur le plus proche et entourant une magnifique cheminée, de marbre elle aussi, se déployait une tenture bleue, surmontée du sphinx d'or Kersak. Dans chaque coin de la pièce, se trouvait une statue semblable à celles qui jonchaient les allées du labyrinthe : le lion, l'aigle, la femme, mais aussi un sphinx. Des chandelles, fixées aux murs et disséminées sur les tables, donnaient une allure chaleureuse au joyeux brouhaha ambiant. À l'autre extrémité de la pièce, Julius avisa la fillette du bateau et ses étranges compagnons de voyage. *Alors, il avait vu juste…*

Près d'elle, il apercevait une autre cheminée semblable à la première et une magnifique harpe dorée, sertie de saphirs, sur laquelle les reflets du feu se réverbéraient à l'infini, lui octroyant un air enchanteur. Lui qui ne jouait d'aucun instrument, si ce n'était de son vieil harmonica, s'étonna de ressentir l'envie soudaine d'y faire glisser ses doigts.

Soudain un jeune homme apparut dans son champ de vision, rompant le charme. Il dégageait une odeur âcre d'alcool. Tout d'abord il ne le reconnut pas. *Comment l'aurait-il pu ?* Le jeune homme qu'il avait si brièvement connu, était devenu un homme fait, marqué par la tristesse, qui ressemblait si peu à celui qu'il avait jadis connu.

—Julius ! C'est bien vous ! s'exclama Morgan, ébahi. Je n'arrive pas à y croire !

Il se tourna vers Léonie et ne put que constater la joie inqualifiable qui transcendait tout son être, ne laissant la place à aucun doute : *son vieil ami, celui* qui était son « maître », qui l'avait sauvé d'une vie de servitude, était enfin de retour !

Devant l'air d'incompréhension de Julius, il crut bon de préciser :

— Vous ne me reconnaissez pas ! C'est moi, Morgan !

Alors un éclair de compréhension éclaira le visage de Julius, il sourit et ses yeux se mirent à pétiller avec bienveillance derrière ses lunettes :

— Ah ! Mais bien sûr ! Qu'est-ce que tu as grandi ! Où est passé le jeune Morgan ! Je vois que tu as bien pris soin de ma femme ! Comment pourrai-je jamais te remercier d'être resté auprès d'elle toutes ces années ?

Julius coula un regard attendri vers Léonie et éprouva de grandes difficultés à décrocher les yeux de cette dernière. Finalement, au prix d'un effort considérable, il mit fin à sa contemplation avide pour voir entrer deux nouveaux arrivants : une magnifique jeune femme blonde et un petit garçon.

Après avoir assuré Julius qu'il ne lui devait rien, Morgan, tout sourire, lui présenta avec fierté ceux qui n'étaient autres que sa femme et son fils.
Gabrielle en rougit de surprise et de contentement mêlés. Cela faisait tellement longtemps que son mari ne leur avait pas témoigné la moindre marque d'affection. C'était comme si Morgan les voyait enfin, vraiment, alors même qu'elle s'était résignée à son ignorance égoïste.

— Quelle belle famille tu as là Morgan ! le félicita Julius en lui étreignant l'épaule affectueusement.

Une ombre passa sur le visage de Morgan, bien vite dissipée par sa joie de retrouver le vieil homme.

— Installez-vous tous les trois, les exhorta Adamo avec autorité, cela fait bien longtemps que je n'ai pas vu un sourire pareil sur le visage de Morgan, je ne savais même pas que c'était possible ! ironisa le chef de la rébellion.

La soirée s'annonçait merveilleusement bien. Morgan engouffrait voracement son dîner, quand soudain Teddy fit son entrée.

Aussitôt la bonne humeur du jeune homme s'évanouit. Il s'immobilisa, la bouche pleine, pour braquer un regard assassin vers son ennemi. Morgan hésita un instant. Il se tourna vers Julius et Léonie et n'eut alors pas le cœur d'entacher leur soirée de retrouvailles. Il avala vivement sa bouchée, replaça la côte de porc dans son assiette et se leva en souhaitant une bonne soirée à la tablée. En se dirigeant vers la porte, il croisa Teddy sur son chemin. Mais il ne lui fit pas le plaisir de lui adresser l'ombre d'un regard.

Gabrielle qui s'attendait à un esclandre, resta sans voix devant la maîtrise de son mari. *Que lui arrivait-il donc ?* pensa-t-elle en le regardant sortir d'un pas vif.

Quand le repas fut terminé, la belle Isabo se dirigea vers le fond de la salle, d'une démarche altière et légère, de telle sorte que dans l'atmosphère mouvante des bougies, elle semblait flotter bien plus que marcher. Sa beauté déjà resplendissante se trouvait décuplée quand elle jouait, elle devenait envoûtante, irréelle, telle une déesse honorant le commun des mortels de sa magnificence. Les hommes en restaient pantelants et même les femmes demeuraient captives de sa beauté.

Seuls Léonie et Julius ne semblaient pas la remarquer, le regard plongé l'un dans l'autre, ils ne pouvaient plus rompre le contact, semblables aux pièces d'un même tout enfin rassemblées.

Alors, profitant de cette distraction, ils s'éclipsèrent discrètement. L'assistance, absorbée dans sa contemplation d'Isabo, ne leur prêta pas la moindre attention.

Ils avaient tant de temps à rattraper.

- GABRIELLE -

Manoir Kersak, Isidore,

Gabrielle ne reconnaissait plus son mari... Ou plutôt si, justement, c'était comme si elle le retrouvait après l'avoir perdu depuis des années... Instantanément elle s'en voulut de cette pensée idiote. *Comment osait-elle comparer sa situation avec celle de la pauvre Léonie, qui avait été véritablement privée de son mari depuis huit longues années ?* Gabrielle, pourtant si forte, si endurcie et qui exécrait montrer ses larmes en public, avait eu toutes les peines du monde à les contenir, en voyant le vieux couple enfin rassemblé lors du festin. Quel magnifique spectacle, quel bonheur pour son amie Léonie. Elle qui méritait tant d'être heureuse et qui avait toujours su, malgré les épreuves, qu'elle retrouverait un jour son époux. Cette femme était un exemple pour elle, le genre de femme de conviction qu'elle aurait aimé avoir pour mère... Elle était tellement heureuse pour elle ! Depuis le retour de Julius, Morgan se trouvait métamorphosé. Gabrielle n'aurait jamais soupçonné que son mari était autant attaché au vieil homme, lui qui lui avait pourtant raconté ne l'avoir connu que durant

189

quelques mois. Mais Gabrielle percevait en lui un homme spécial, un être bienveillant, auquel on pouvait aisément s'attacher. Après tout, si Léonie nourrissait une telle adoration et une telle admiration pour lui, ce n'était pas pour rien... Au fil des années, la jeune femme s'était souvent demandé à quoi pouvait bien ressembler ce vieux monsieur tant aimé. Elle était ravie de pouvoir enfin mettre un visage sur un nom. Qui plus est, Morgan semblait avoir repris goût à la vie, comme si le retour de Julius lui avait rappelé que les fins heureuses existaient. *Était-il enfin sur le chemin du deuil de sa vieille amie, Annaëlle ?* Gabrielle se demandait si elle devait s'entretenir du comportement de Morgan avec Julius... *Sans doute trouverait-il les mots pour l'apaiser et l'aider à avancer, et qui sait, peut-être même parviendrait-il à lui rappeler son devoir de père...*

L'aube se levait derrière l'immense et unique fenêtre de leurs appartements. Gabrielle préparait le petit déjeuner tandis qu'Isaac, attablé à la petite table de la cuisine, se tenait la tête dans les mains, les yeux fermés. Le réveil avait été difficile.

— Va mettre les assiettes sur la table, Isaac, s'il te plaît.

Isaac n'avait pas beaucoup dormi cette nuit-là, son sommeil avait été peuplé de cauchemars ; le malaise de Cassandre, sa camarade, le travaillait depuis plusieurs jours.

Il bâilla et se mit debout.

Il sursauta quand soudain les assiettes sortirent d'elles-mêmes du placard et se posèrent en douceur sur la table. Dans sa stupéfaction, Gabrielle en fit tomber le plat de gruau qu'elle préparait.

—Isaac mon chéri ! C'est toi qui as fait ça ?

—Non ! se récria-t-il avant de se précipiter à l'extérieur en pleurs.

Morgan sortit de la chambre au même instant, l'air passablement reposé et heureux, ce qui ne lui ressemblait guère. Quand il vit l'expression de sa femme et le plat au sol, il demanda :

—Que se passe-t-il ?

Gabrielle lui raconta ce qui venait de se produire.

—Morgan laisse-le ! Il a juste besoin d'un peu de temps…

Mais Morgan était déjà sorti en claquant la porte derrière lui.

Il trouva Isaac assis sur les marches du perron, faiblement éclairé par la lueur du petit jour. Il n'avait pas pris de manteau, son corps était secoué de tremblements et de petits sanglots entrecoupés. Sa respiration créait de la brume dans l'atmosphère glacée.

Morgan s'approcha discrètement et s'installa à ses côtés. Il lui entoura les épaules de ses bras pour le réchauffer.

—Qu'est-ce qu'il y a mon grand ? Je croyais que tu voulais des facultés comme tes camarades… Tu n'es pas content ?

Isaac secoua la tête.

—J'espère que tu ne te mets pas dans tous tes états à cause de moi ? Tu sais, ce n'est pas parce que je n'en ai pas moi, que je vais t'en vouloir ! Cela peut être une très bonne chose et dans cette vie, c'est une arme presque essentielle pour survivre. Je suis ravi que mon garçon grandisse et puisse se protéger. Les parents de ta mère l'ont toujours dépréciée pour ses dons mais tu sais bien que cela ne sera pas le cas avec nous. Nous t'acceptons comme tu es ! Qui plus est, je sais que tu t'en serviras à bon escient…

Isaac se mit à pleurer de plus belle.

— Non c'est faux ! Tu ne comprends pas !

— Je ne comprends pas quoi ?

— Ce n'est pas un don ! C'est… c'est du vol ! C'est mal !

— Qu'est-ce que tu racontes Isaac ? Comment ça du vol ?

— Cassandre ! C'est le pouvoir de Cassandre maintenant elle ne peut plus l'utiliser ! Je lui ai fait du mal papa ! Je lui ai volé ! Tu comprends pas ? Je suis mauvais ! Sur ses mots, Isaac se leva d'un bond et partit en courant en direction de sa salle de classe.

Au sein de la résistance, la semaine commençait invariablement par un conseil qui se tenait dans l'amphithéâtre. Assise aux côtés de son mari, Gabrielle se demandait bien la teneur de la discussion qu'il avait eue avec leur fils. Il était revenu seul quelques instants après être sorti à sa recherche, le visage fermé et muré dans le silence. Elle n'avait pas osé le questionner, pensant qu'il allait y venir de lui-même. La jeune femme était ravie de son envie soudaine de prendre les choses en main, de discuter de tout cela avec leur fils. Mais elle ne se voilait pas la face, Morgan ne disposait pas de facultés, il était donc mal aisé pour lui de gérer ce genre de crises. Tôt ou tard, il devrait se résoudre à lui parler.

Adamo prit la parole pour féliciter l'équipe de Jason de la réussite de sa mission et des nouvelles recrues qui venaient grossir leurs rangs. Il leur expliqua comment se déroulaient les entraînements et la façon dont s'organisait la vie dans la communauté.

Tout à coup, un homme en sueur entra en fracas dans la salle, l'haleine haletante.

—Que se passe-t-il ? s'alarma Adamo, agacé par cette interruption.

L'homme en question était un espion à la solde de la rébellion. Il cherchait de l'air avec difficulté.

—Parle donc ! s'irrita Adamo qui présageait qu'une telle entrée fracassante ne pouvait apporter que de sombres nouvelles.

—C'est le roi !

D'un geste vif, Adamo le pressa de poursuivre. L'homme se hâta alors d'expliquer :

—Un de mes informateurs à Arka vient de me l'annoncer… Je suis venu dès que j'ai su ! J'ai pensé qu'il fallait que vous sachiez au plus vite ! Alors voilà… Le roi est mort !

Des hoquets de surprise retentirent, se muant bien vite en cris de joie.

—Non attendez... Ce n'est pas tout... Ce n'est pas si simple ! balbutia l'homme, gêné, en se grattant la nuque avec embarras.

—Explique-toi ! réclama Falco sans parvenir à se défaire de son sourire exalté, l'affaire me semble des plus simples, soit il est mort, soit il ne l'est pas !

—Et bien c'est que le roi... le roi Guil est mort depuis bien des années déjà !

—Qu'est-ce à dire ? interrogea Isabo les yeux brillants d'intérêt.

Surpris de cette intervention aux allures divines, le messager eut toutes les peines du monde à se maintenir debout, était-ce vraiment à lui qu'elle s'adressait ? Lui qu'elle regardait ? La tête lui tournait devant tant de beauté...

L'intervention de Melvyn mit fin à la paralysie soudaine du messager :

—Cela m'étonnerait fort ! Nous avons vu le roi il y a de cela tout juste un mois ! Il présentait son héritier au peuple d'Arka...

Alors la voix de Jacob s'éleva en pensée, dans l'esprit de toute l'assemblée, pour confirmer :

—Le gamin dit vrai, pour sûr qu'il était en vie !

Adamo jaugea l'espion avec intensité tout en caressant la tête de lion de sa canne :

—Que voulez-vous nous faire croire ? Vous avez entendu ! Il y a à peine un mois, le roi Guil était tout ce qu'il y a de plus vivant ! Hâtez-vous de vous expliquer !

L'espion pâlit, de toute évidence il ne s'attendait pas à ce que son rapport soit la proie de tant de controverses :

— C'est qu'mon informateur m'a fait savoir que le roi Guil a été assassiné il y a de ça plusieurs années par un usurpateur ! Et qu'depuis tout ce temps il gouverne en son nom et sous son apparence…

Isabo laissa échapper un petit rire cristallin des plus séduisants et prit son frère Falco à partie :

— La belle affaire ! Que l'on me dise comment cela est possible de tuer un roi, d'usurper son trône et son identité sans alerter qui que ce soit ? Cela relève du prodige… Si tel est réellement le cas, un pareil homme gagnerait à être connu...

Adamo, dans son empressement à mettre fin à cette histoire sans queue ni tête, la coupa sans ménagement et commanda :

— Assez ! Explique-nous tout ce que tu sais que l'on en finisse !

L'homme acquiesça fébrilement et s'exécuta :

— Tout ce que je sais, c'est que le roi Guil a changé d'apparence lors de sa cérémonie de mariage. Sa mutation a eu lieu devant des milliers de témoins ! Désormais, il se fait appeler : Roi Hector Divinitatem…

— Hector ? Ce nom me dit quelque chose Adamo… N'avons-nous pas connu un garçon qui se nommait ainsi à Arka ? interrogea Falco.

Pour une raison qui échappa à ce dernier, Adamo le fusilla du regard et s'exclama :

— Laisse-le donc finir Falco !

Ce dernier recula comme sous l'effet d'une gifle, Adamo n'avait pas pour habitude de le rabrouer ainsi et surtout pas en public. Le messager reprit :

— Hector a ordonné la soumission plate et entière de tous les Égavariens qui désiraient survivre à son règne... Puis il a... l'homme déglutit avec difficulté, fait massacrer sans vergogne des esclaves, hommes, femmes et enfants, sans distinction, par des esclaves dotés de facultés impressionnantes... Tout cela a eu lieu dans une arène de combat à l'occasion de son mariage devant toute la population d'Arka. Et puis... il a exposé les statues de cendres des cadavres sur les remparts...

— Cet homme est fou à lier... pire que son prédécesseur... souffla Léonie le cœur serré.

Quant à Adamo, il semblait réfléchir à toute vitesse.

— Et bien ! Je crois que nous savons maintenant où est passé le convoi d'esclaves que nous devions intercepter ! grogna Le Borgne.

— Et si... commença Adamo, comme s'il n'avait pas entendu les paroles de Léonie et du Borgne, et si cette prise de pouvoir n'était finalement pas une si mauvaise nouvelle ? Nous voulions renverser le roi Guil et c'est chose faite grâce à lui... Il semblait penser tout haut. Cela n'en fait-il pas un allié ? C'est l'un des nôtres après tout. Avec lui au pouvoir plus aucun de nos frères et sœurs dotés de facultés ne sera tué ni enchaîné en esclavage...

— Pas une mauvaise nouvelle ? se révolta Gabrielle. Le massacre de tant d'innocents !

—Ne me fais pas dire ce que je n'ai pas dit Gabrielle ! Tu sais bien que je ne peux accepter un tel acte au même titre que toi ! répliqua Adamo qui paraissait reprendre ses esprits, il jeta un regard à la ronde, aucun de nous ne peut accepter de telles abominations ! Nous devons seulement trouver la meilleure façon de faire face à ce renversement de situation !

L'espion reprit la parole :

—Il faut que vous sachiez... Hector veut faire payer les « êtres inférieurs ». Ceux qui ne possèdent pas de facultés particulières. S'ils n'embrassent pas sa cause, il les pourchassera sans répit. Et s'il ne les tue pas, il les traînera en esclavage pour leur rendre la pareille en leur faisant subir ce que « les siens » endurent depuis des années...

Morgan, hors de lui, ne pouvait plus se retenir de prendre la parole :

—Guil, Hector, n'est-ce pas deux noms pour un même fléau ? C'est le moment d'agir ! Nous ne pouvons pas laisser cet Hector massacrer tous ces innocents ! ragea Morgan. Il est impensable qu'Égavar ploie le genou devant ce tyran ! Nous devons nous battre, faire front commun ! C'est le moment de prendre les armes pour un système plus juste, pour l'égalité entre tout le peuple d'Égavar, pour enfin arrêter cette folie ancestrale qu'est l'esclavage !

Morgan fut le premier étonné d'entendre des voix se joindre à la sienne. Le regard d'assentiment et la main que Julius posa sur son épaule, lui réchauffèrent le cœur de fierté.

Adamo leva les mains dans un geste d'apaisement et le silence revient dans la salle :

— Du calme ! Ne nous emballons pas ! La situation a changé. Nous devons analyser tous les scénarios envisageables avant de porter les armes ! Ne faudrait-il pas d'abord nous entretenir avec ce nouveau roi Hector ? Qui nous dit que la situation n'est pas dramatisée ? Peut-être est-ce là notre chance de trouver un accord juste pour toute la population d'Égavar… La séance est levée ! Vous pouvez partir, vous tous. Nous allons prendre le temps de réfléchir et nous en reparlerons à tête reposée !

La salle se vida peu à peu, mais les conversations enfiévrées redoublèrent dans le hall. Au moment de sortir, Gabrielle croisa le regard de Julius, il regardait Adamo avec inquiétude.

Y avait-il une raison de s'inquiéter ? Elle ne voulait pas y croire ! N'était-ce pas le propre d'Adamo de tergiverser avant de se rendre à l'évidence ? Pour elle, pour son mari et certainement de l'avis de la majorité de la communauté, il n'était plus qu'une question de temps avant de partir en guerre. Le roi Guil n'était plus, mais un autre tyran l'avait détrôné. Il prenait plaisir à massacrer des innocents… Ce n'était pas parce que ce dernier possédait des facultés, qu'il détenait une sorte « d'immunité », bien au contraire… Elle ne se voilait pas la face, cela faisait juste de lui un être sanguinaire encore plus dangereux que son prédécesseur…

- LE ROI HECTOR -

Château d'Arka, capitale,

Il était temps.

Le roi Hector dirigea vivement les siens vers les hauteurs du château. Arrivé au dernier étage, il s'installa devant la baie vitrée centrale, celle qui offrait la meilleure vue sur la cour. Il fit asseoir Judith sur ses genoux, avec son jeune fils dans les bras.

En contrebas, la foule exaltée progressait d'un pas décidé vers l'édifice.

Le calme n'avait guère duré longtemps à la capitale. Le bas peuple était plus courageux qu'il le laissait présager. Cela avait commencé par quelques rixes de ci-de-là contre l'armée royale, bien vite matées par les forces du roi Hector, qui eurent tôt fait d'emprisonner et de brûler les responsables... Mais comme il fallait s'en douter, à défaut de faire reculer les opposants, ces condamnations avaient mis le feu aux poudres, envenimant la situation. Dès lors, les violences redoublèrent et Arka subit une mise à sac vertigineuse. Après plus d'une semaine d'échauffourées, voilà que les réfractaires s'étaient mis en tête d'envahir le château royal. Loin d'inquiéter le roi, cette attaque le réjouissait. Il s'enorgueillissait même vivement auprès de qui voulait bien l'entendre : il avait tout prévu, les événements se déroulaient selon un plan préétabli, car c'était lui et lui seul qui tirait les ficelles. En effet, ce qui n'était en réalité qu'un petit « contretemps », plaisait au roi car en moins de temps qu'il en fallait pour le dire, il écraserait cette révolte et l'annonce de sa victoire, si aisée, se répandrait rapidement dans tout Égavar.

Bande de vauriens en guenilles ! songea-t-il, *comment pouvaient-ils seulement penser après le massacre prodigué pour son mariage, qu'il tremblerait devant eux ? Lui, le Roi Hector Divinitatem. Quelle inconscience…*

D'un claquement de doigts, Hector envoya Magma et sa garde rapprochée mettre fin à ce semblant de révolte. Puis, il tourna la tête et ordonna à Shade et Noah de ne pas perdre une miette de ce divertissement fort bienvenu.

— Apprenez, mes enfants, que ce que vous allez voir est digne du grand roi Hector Divinitatem et de ses descendants. Votre vie durant, vous vous rappellerez de ces images et vous n'aurez de cesse de chercher à égaler l'œuvre de votre père, si ce n'est de réussir à la surpasser. N'est-ce pas là le devoir d'une descendance ?

Shade fixa son père qui rivait son regard sanguinaire sur Noah. Cela ne lui plut pas le moins du monde. *Il verrait bien lequel d'entre eux le surpasserait ! Oui… il le verrait bien assez tôt …* se renfrogna t-elle.

Soudain, le roi eut une idée. *Pourquoi n'y avait-il pas pensé plus tôt ?*

—Noah, tu es mon fils n'est-ce pas ?

Tout à coup atterré, le garçon déglutit avec difficulté.

—Oui, je le suis, Père.

Les lèvres du souverain s'étirèrent d'un sourire carnassier. Sa voix, glaciale, sonna comme une sentence :

—C'est le moment de me le prouver.

Manquant de faire chuter Judith de ses genoux, il se releva d'un bond et ouvrit la fenêtre à la volée. Il siffla entre ses doigts.

Une centaine de mètres séparait les deux camps rivaux sur le parvis. En entendant le rappel de leur Maître, Magma et ses hommes s'immobilisèrent docilement, tels une meute de chiens bien dressés.

Les villageois, surpris, levèrent brièvement la tête vers le roi, avant de reprendre farouchement leur progression.

Noah était livide.

—Que fais-tu encore là ? cingla Hector à l'adresse de son supposé bâtard, qui sursauta comme si on lui avait jeté un seau d'eau glacée au visage.

Shade contemplait la scène avec suffisance. *Avec un peu de chance, elle serait débarrassée de cet opportuniste bien plus tôt que prévu…*

Noah détala à toutes jambes pour réapparaître quelques minutes plus tard, à l'extérieur, aux côtés de Magma.

—Hum… Je croyais que tu y tenais, à ce bâtard ? s'étonna Judith, un sourire étrange figé sur ses lèvres violacées.

—Cela va dépendre ma douce. Cela va dépendre… Silence maintenant ! Regardez comme un garçon devient un homme… peut-être même un prince…

Judith fronça les sourcils. *Un prince ? À quoi bon ? Ils avaient déjà un prince et cela était on ne peut plus suffisant…*

Elle contempla son fils endormi dans ses bras, cet être vigoureux qui désirait vivre si ardemment qu'il lui avait déchiré les entrailles pour voir le jour. La souffrance s'était si bien propagée en elle, qu'elle avait senti l'ombre perfide de la mort planer au-dessus d'elle. Elle se rappelait avoir songé qu'un tel avènement méritait bien le sacrifice de sa vie. Mais contre toute attente, elle avait survécu. Cela ne pouvait signifier qu'une chose : il lui restait encore un rôle à jouer pour servir son roi et son fils.

Elle ne doutait pas qu'Hercule serait un roi puissant, d'une force inégalée et qu'il sèmerait la destruction et la terreur sur son passage. Il deviendrait un être d'exception et l'on conterait ses louages bien des années après sa mort ; elle pressentait dans son cœur de mère, le destin grandiose qui l'attendait. *Alors à quoi bon un autre prince ? Le misérable bâtard de cette catin qui pourrissait six pieds sous terre ? Non… Elle ne laisserait rien se mettre en travers de la route de son fils…*

À cette idée, elle laissa échapper un rire nerveux incontrôlable.

Le roi la somma de se taire. Obéissante, elle s'exécuta, gonflant les joues. Son teint devint cramoisi à mesure qu'elle se concentrait pour étouffer son fou rire dément.

À l'extérieur, les hommes du roi Hector firent marche arrière tandis que la foule de rebelles, surprise, s'immobilisait. Il ne restait devant eux, que le jeune Noah, seul et démuni.

Les villageois se questionnaient. *S'agissait-il là d'une ruse ? Pourquoi le roi envoyait-il donc ainsi un enfant en pâture ?* Cet homme était le diable en personne, ils en étaient convaincus ! Sa versatilité ne pouvait présager que du pire… Il leur était impossible de prévoir ses réactions et en cela, il en était d'autant plus dangereux…

Le garçon leva la tête vers la fenêtre où se trouvait le roi, son père, qui l'observait de son regard dur et sans pitié.

—Écarte-toi d'notre c'hemin p'tit ! On n'a rien contre toi mon gars, mais si tu dégages pas d'là tu vas l'regretter ! l'interpella un homme, qui devait être l'un des chefs de la révolte.

—Je vous en prie… Renoncez à cette folie, votre rébellion est vouée à l'échec ! Rentrez chez vous et personne ne sera blessé…

À ces mots, la foule se mit à ricaner grassement.

—Il a bien du bagou l'garnement ! Laisse les grands s'occuper de leurs affaires et retourne te cacher dans les jupes de ta mère !

Sa mère... Noah s'était juré de ne plus jamais faire cela... Il savait sa faculté incontrôlable. *Mais pourtant...* Il désirait tant se faire accepter de son père. Trouver enfin sa place. Après un instant d'hésitation, il se rendit à l'évidence : il n'avait guère le choix. *Cela lui plairait-il ? Était-ce vraiment cela qu'il attendait de lui ? Oui... Il ne pouvait en être autrement, le roi Hector était un être sanguinaire et il en attendait tout autant de son fils...*

Un homme s'avança alors que Noah était plongé dans ses réflexions, il le projeta hors de la trajectoire de la foule, qui put alors se remettre en marche. Noah serra les poings, il ne laisserait pas passer sa chance de faire à nouveau partie d'une famille, sa véritable famille, des gens qui lui ressembleraient, qui l'accepteraient et ne le traiteraient pas comme un monstre...

Alors, petit à petit Noah devint incandescent, une lumière blanche, aveuglante, commença à se répandre jusqu'à ce que l'on ne distingue plus son enveloppe charnelle, noyée dans la lumière.

Magma avisa sa mutation, son expérience en la matière lui fit comprendre qu'il valait mieux ne pas rester dans les parages quand sa capacité arriverait à son apogée. Il commanda à ses hommes de se mettre à l'abri à l'intérieur du château.

La luminosité s'amplifiait, grandissant encore et encore, devenant de plus en plus vive, de plus en plus intense. La foule observait le phénomène, pétrifiée. Quand elle comprit ce qui allait lui arriver, c'était trop tard.

La lumière heurta les villageois de plein fouet.

Une vision d'horreur s'ensuivit : les visages, les corps des assiégeants, entamèrent une mutation sous l'effet des radiations que Noah projetait, ils se déformaient tant, qu'ils eurent tôt fait de ne plus ressembler qu'à des créatures de cauchemar, malformées, terrifiantes. Visage tordu, dos courbé dans des angles improbables, yeux exorbités, dents qui tombaient dans des plaintes de souffrances terrifiantes. Plus la lumière s'intensifiait, plus les mutations s'accéléraient, jusqu'à ce que la peau sur leur visage se distende et devienne flasque. Au final, il ne resta d'eux plus qu'une substance visqueuse qui éclata, en une flaque répugnante, faite d'un amas d'os et de peau liquéfiée, dégoulinant sur le sol. Les rebelles s'étaient littéralement désagrégés. Tous sauf Noah, dont la lumière se tarissait peu à peu, à mesure qu'il reprenait forme humaine. Hector resta stupéfié devant une telle puissante.

Oui ! Il en avait la certitude maintenant !

Ce prodige ne pouvait être que l'œuvre de la progéniture du grand Roi Hector Divinitatem ! Un prince digne de lui était né, au milieu de la marée putride de ce qu'il restait de leurs opposants.

- SOLEIL ARDENT -

Manoir Kersak, Isidore,

Soleil Ardent éprouvait des difficultés à s'adapter à son nouveau mode de vie. Avec Julius dans le désert cela avait été assez aisé, mais ici, au contact d'enfants de son âge, le jeune garçon était bien loin de se sentir à sa place. Cela avait commencé par son nom, qui avait déclenché une salve de moqueries généralisée. Vexé, il tentait à présent de passer inaperçu, tout en se réprimandant intérieurement d'avoir obéi au Désert Maudit. *Ce dernier savait-il les difficultés d'adaptation qu'il subirait en société ? Pour sûr... Le Désert Maudit n'ignorait rien.* Il l'avait jeté en pâture dans un monde auquel il n'appartenait pas, un monde qui - il commençait à le comprendre - ne serait jamais le sien. Il serait toujours différent, toujours incapable de se noyer dans la masse. Il adressa un regard de dégoût à la jeune Annabeth, qui levait la main pour la troisième fois de la matinée. En voilà une qui était parfaitement dans le bain, il lui enviait son aisance et la façon dont elle s'était fait accepter de leurs camarades, mais bien sûr, pour rien au monde il ne l'aurait avoué. Il leur en voulait à tous de sa différence. Seul le jeune Isaac semblait partager son humeur mélancolique. La tête dans les mains, il n'avait pas esquissé un mouvement depuis le début de la classe. Ce ne fut que lorsqu'il eut entendu Cassandre glousser, que ce dernier se décida à lever la tête. Tandis que la professeure écrivait au tableau, un plat d'œufs brouillés se glissa dans l'entrebâillement de la porte de la salle de classe. L'assiette heurta le bureau de Cassandre et se brisa en morceaux, l'institutrice se retourna d'un bond.

—Jeune fille ! Allons donc ! Je vois que vous allez mieux ! Cela ne vous donne pas pour autant le droit de n'en faire qu'à votre tête. Comme vous le savez les cours pratiques auront lieu cet après-midi ! Si tout le monde agissait comme vous, je ferais cours dans un taudis lamentable ! Nettoyez-moi ce désastre ! Et plus vite que cela, mademoiselle Cassandre !

Isaac ne se défaisait plus de son rire niais à présent. Soleil Ardent poussa un profond soupire de déception : lui aussi, finalement, était fait dans le même moule que les autres... Au milieu de ses semblables, voilà que Soleil Ardent se sentait plus seul que jamais.

La journée aurait pu être agréable, s'il ne s'était pas senti si peu à sa place. Une grande partie des enfants disposait d'une faculté qui lui était propre. Le cours qui se déroula l'après-midi, souligna une fois de plus sa différence, puisqu'il considérait ne pas avoir de véritable don. *Se serait-il risqué à parler de son lien avec le Désert Maudit, des paroles qu'il entendait dans sa tête ? Certainement pas !* Il avait bien compris que cela ne pourrait lui apporter que l'opprobre de ses pairs. *Raconter qu'il avait vu certains souvenirs de Julius ? Encore moins !* Il trouvait cela risible quand Érode était capable d'arrêter le temps durant plusieurs minutes, Cassandre de faire léviter des objets qui se situaient hors de sa vue, Thomas de se rendre invisible et Lise de soulever des charges impressionnantes... Néanmoins, il éprouva du réconfort en constatant que certains de ses camarades possédaient des capacités pour le moins inutiles, parfois même au point d'en devenir risibles, comme celles de Matthieu par exemple. Ce dernier parvenait à altérer son anatomie, de telle sorte qu'il pouvait déplacer son oreille au milieu de son front et son nez à la place de son œil. L'institutrice pouvait bien leur répéter que toute faculté trouverait une utilité au sein de la rébellion, Soleil Ardent ne pouvait qu'en douter sérieusement, elles ne se valaient pas toutes, loin de là. Il se demandait ce qu'Annabeth leur réservait... *Qu'était donc capable de faire la petite je-sais-tout ?* Il se tourna pour la dévisager, son tour allait bientôt arriver et ils seraient fixés... Il était certain qu'elle leur révèlerait un don exceptionnel... C'était au tour d'Isaac, un Isaac qui blanchit en marmonnant « *qu'il n'avait aucune faculté* ». Cela donna à Soleil Ardent une nouvelle vision de son camarade, qui se demanda si tout compte fait, ils n'avaient pas plus d'un point en commun tous les deux. Quand Annabeth marmonna, d'un ton glacial, qu'elle n'avait rien à leur montrer, il se détendit. Finalement, il n'était pas seul et cela lui réchauffa un peu le cœur.

Il faisait encore jour dans la cour quand Aerys mit fin à la classe. Les élèves se précipitèrent joyeusement vers l'endroit où s'entraînaient les adultes, le bruit métallique caractéristique d'épées qui s'entrechoquaient résonnait tout autour d'eux. Cela devait être une habitude pour eux, un des rares moments de divertissement de la journée. Certains s'assirent à même le sol glacé en riant, d'autres sur des bancs de pierre, tous partageaient la même exaltation pour les combats. Le soleil se réverbérait sur les lames des épées, c'était une froide et ensoleillée journée d'hiver, sans un nuage à l'horizon. Annabeth observait les combats, une lueur d'envie dans le regard.

Isabo se battait avec frénésie, dans une danse hypnotisante, les cheveux virevoltants tout autour d'elle, avec la vivacité d'une amazone. Elle contrait les attaques puissantes du Borgne avec agilité. Non loin d'eux, Melvyn tenait gauchement son épée, c'était la première fois qu'il en maniait une de toute évidence et la belle Isabo dans son champ de vision le troublait au plus haut point, de telle sorte que malgré son envie grandissante de l'impressionner, il avait toutes les peines du monde à se concentrer sur son adversaire, qui n'était autre que le vigoureux Jason. La lame du Borgne toucha sa cible, écorchant légèrement la clavicule d'Isabo et rompant au passage la fine lanière de sa tunique, une cotte de maille qui retenait sa poitrine généreuse, laissant échapper un sein nu. Cette vision troubla tant Melvyn qu'il s'emmêla les jambes et tomba au sol sans nul besoin d'intervention de son adversaire.

Aucunement gênée par sa nudité, Isabo, qui ressemblait d'autant plus à une amazone ainsi, reconnut sa défaite en riant.

— Tu as eu de la chance cette fois le Borgne, crois-moi, j'aurai ma revanche.

Elle s'apprêtait à tourner les talons en direction du manoir, quand elle avisa Melvyn toujours au sol, rouge pivoine. Elle tendit la main pour l'aider à se lever, un sourire renversant aux lèvres. Il attrapa délicatement la main qu'elle lui offrait, un air niais sur le visage et la bouche légèrement entrouverte. Il n'avait toujours pas quitté son sein nu des yeux. Il se redressa et Jason ricana :

— La moindre des choses serait de dire merci à la dame. À moins, bien sûr, que la vue d'un sein te laisse dans un tel état de pâmoison que tu en sois incapable…

Au même instant, les combats cessèrent et tous joignirent leurs rires à celui de Jason, tant la gêne de Melvyn était visible.

Quant à Isabo, elle échangea une dernière oeillade complice avec Jason, avant de s'éloigner vers le manoir en ondulant des hanches avec volupté.

- MELVYN -

Manoir Kersak, Isidore,

Les semaines passaient mais l'humeur exécrable de Melvyn elle, persistait. Outre le fait qu'il soit incapable de manier une épée, son comportement lors de « l'incident » avec Isabo, avait donné de lui, l'image d'un pauvre garçon n'ayant jamais touché une femme. Ce qui était faux bien sûr… Un jour la fille du fermier l'avait laissé l'embrasser et même glisser sa main dans son corsage… Mais son père les avait interrompus et il n'eut plus jamais l'occasion de la revoir… Il n'était pas un homme fait, loin de là… il n'avait pas connu de femme intimement et voilà que la seule qui l'intéressait et peuplait ses rêves, le prenait pour un gamin idiot, inexpérimenté, perdant tout repère à la vue d'un sein… Cela allait changer ! Le pire dans tout cela était que ses capacités s'en trouvaient altérées, alors même qu'il comptait sur sa faculté à voyager dans l'espace pour impressionner la jeune femme ; la rancœur qui l'animait envers les membres de la rébellion semblait paralyser ses facultés… Il devait agir, prouver qu'il était un homme ! Mais d'abord il faudrait qu'il se le prouve à lui-même…

Le soleil se couchait derrière les arbres, quand la solution à son problème lui sauta aux yeux. Un lieu comblerait tous ses espoirs. Il avait entendu des hommes se vanter de leurs exploits, pas plus tard que ce matin. Il entra dans la salle de réception du manoir Kersak, vide à cette heure avant l'effervescence du dîner. Il se dirigea vers la statue de femme nue, était-ce son imagination ou ses traits ressemblaient à s'y méprendre à ceux de la belle Isabo ? Il secoua vivement la tête pour la chasser de son esprit, puis monta sur le piédestal, pour atteindre les pupilles de saphir de la statue. Laissant reposer son corps contre celui de l'effigie, tout en tentant de disperser ses fantasmes - images sournoises d'Isabo nue, offerte dans ses bras - il libéra ses mains pour appuyer simultanément sur les deux iris de la représentation. Un déclic se fit entendre, il sauta vivement de son perchoir, contourna la représentation et poussa la porte, maintenant déverrouillée, qui était dissimulée dans le marbre. Il se rappelait de sa surprise quand Jason avait fait de même lors de leur arrivée avec la statue du lion, à l'entrée du labyrinthe. Il s'était même demandé s'il ressortirait vivant de ce dédale souterrain. Cette fois, il entra confiant, attrapa la lampe à huile qui attendait sur une marche et descendit dans les profondeurs de la terre. Les créatures de pierre le guidaient. Dans le conduit de droite, on distinguait la représentation de la femme, à gauche celle de l'aigle, tout droit celles du sphinx et du lion. Il avança jusqu'à arriver à un croisement, devant un couloir. Là se trouvaient le sphinx et de l'autre côté le lion. Le fauve semblait le dévisager avec ironie. Il se dirigea vers ce dernier et quelques minutes plus tard, refit surface à l'entrée du labyrinthe, devant l'immense portail de fer forgé de l'enceinte du manoir Kersak.

Melvyn arriva gelé au *Bordel de Mélusine*. Ce dernier se situait à la sortie de la ville. Il ne lui manquait plus qu'une femme pour réchauffer son corps glacé... Il sourit et repoussa ses cheveux gras derrière ses oreilles. *Pour sûr qu'il se trouvait au bon endroit et que d'ici demain il serait un homme fait !*
Jamais encore le jeune Melvyn n'avait pénétré dans ce genre d'établissement. La pièce était bondée d'hommes et de femmes dénudés, enclins à toutes sortes de perversions. L'atmosphère aurait pu être des plus excitantes, si les lieux n'étaient pas si sordides. Le vieil immeuble de pierre se trouvait dans un état lamentable de crasse et de vétusté. Mais cela ne dérangeait en rien les habitués, qui se roulaient sur le sol malpropre, s'adonnant à leurs instincts primitifs. Deux hommes burinaient la même femme, adossés au mur sale, fissuré et ruisselant d'immondices. C'était une vision désoeuvrante que ce refuge, cet antre de l'extase, au beau milieu d'un champ de ruines. Mais finalement, l'endroit ne reflétait-il pas à merveille l'état de déchéance profond de tous ces obsessionnels des plaisirs de la chair ? De leur quête sans fin d'une jouissance fugace, achetée bassement et qui les

213

laisserait, au moment de leur départ, encore plus seuls qu'à leur arrivée ?

Une jeune putain s'approcha de Melvyn, se mouvant avec l'agilité intrépide d'une jeune chatte :

—Tiens, tiens, je t'ai jamais vu par ici toi ! T'es nouveau, pas vrai ?

Sans égaler la beauté d'Isabo, Melvyn songea aussitôt qu'il avait devant lui, un fort beau brin de fille. Le teint et les cheveux noirs comme la nuit, des yeux perçants, en amande, dorés, presque jaunes ; elle était à l'aube de sa féminité. Il lui aurait donné seize ans tout au plus. Il observa sa silhouette menue, sa petite poitrine fort joliment dessinée, bien ronde et ferme, que laissait percevoir sa robe au décolleté provocateur et il jugea qu'elle ferait très bien l'affaire. Elle lui tendit la main :

—Ne fais pas ton timide, sourit-elle. J'vais m'occuper de toi, t'en fais pas. On va s'trouver un endroit plus calme…

Il acquiesça et elle le dirigea vers une petite alcôve, c'était une pièce minuscule où seul trônait un matelas à ressorts éventré, triste relique d'un passé qu'ils n'avaient pas connu. Melvyn dormait depuis toujours sur des matelas fourrés de paille.

Sur une caisse en bois étaient posés une cruche en terre cuite ébréchée et deux verres sales. La jeune ingénue tira le voilage miteux et déchiré sur l'ouverture. *Voilà donc toute l'intimité qu'elle pouvait lui offrir…*

—Un peu de vin ?

—Oui, merci.

Il avait la bouche sèche et les mains moites. *Bon sang Melvyn ! C'est une putain, pas un rendez-vous galant ! En moins de temps qu'il en fallait pour le dire, l'affaire serait faite et il ressortirait d'ici prêt à satisfaire Isabo…*

—Ça n'a pas l'air d'aller ? Dis-moi ce que tu veux et tu l'auras. Si tu préfères, nous pouvons même nous contenter de parler…

Le jeune homme engloutit vivement son verre de vin pour se donner du courage, puis la renversa fébrilement sur le matelas. À vrai dire, vider son sac lui ferait le plus grand bien. Mais d'abord, il devait s'adonner à ce pourquoi il était venu : devenir un homme.

Fin ivre et passablement heureux, Melvyn déambulait sur le chemin du retour. Le petit matin ne tarderait plus maintenant. *La jeune catin… Comment s'appelait-elle déjà ? Ah ! Il avait son nom sur le bout de la langue ! Sa langue !* Il ricana avec perversion… *Ah oui, ça il en avait eu pour son argent !* Il avait épanché toutes ses soifs et ressortait de ce lieu de perdition en homme nouveau : débarrassé de tous les griefs prononcés à son encontre. Il se sentait puissant, fort. *Personne ne pourrait plus lui résister ! Pas même Isabo ! Il était prêt ! Il fallait qu'il lui montre ! Oui, c'est ce qu'il allait faire de ce pas !*

De retour au manoir, il se dirigea vers les appartements d'Isabo. *Elle ne pourrait pas se refuser à lui !* L'alcool lui donnait des ailes.

Melvyn gratta à la porte :

—Isabo, ma belle Isabo…

Pas de réponse, il haussa le ton, tout en trépignant d'impatience :

—Isabo ma tendre ! C'est moi Melvyn ! Tu hantes mes rêves ! Laisse-moi entrer… Laisse-moi te montrer ce dont je suis capable !

Tout à coup la porte s'ouvrit à la volée. Melvyn ne voyait pas bien, tant les effluves d'alcool rendaient sa vision mouvante. Il finit par reconnaître l'homme sur le pas de porte. Il cracha :

—Jason ! Qu'est-ce que…

Isabo se trouvait juste derrière son amant. Tous deux étaient entièrement nus.

—Isabo ! Ma douce, laisse-moi entrer réchauffer ta couche… Tu ne le regretteras pas je t'assure ! Je sais que toi aussi tu me veux…

Jason ricana :

—Tu as entendu ce petit garçon crasseux Isabo ! Toi aussi tu le veux !

Isabo se mit à rire, un rire interminable qui se mua en fou rire incontrôlable, qui lacéra Melvyn plus terriblement que si elle l'eut battu. Quand elle finit par reprendre haleine, elle ne prit pas la peine de lui répondre, c'est à Jason qu'elle s'adressa :

—Voyons Jason ! Ce pauvre garçon est fin ivre ! Qu'il est drôle !

—Va te coucher gamin ! Ici nous faisons des choses d'adultes… Dégage de là et ne t'avise plus de nous déranger ou tu tâteras de celui-là ! le menaça t-il en brandissant son poing. Puis il claqua la porte.

Melvyn resta paralysé quelques instants devant la porte. Quand enfin il rebroussa chemin vers sa chambre, il eut la sensation d'avoir été écrasé par une enclume.

Impitoyablement il entendait le rire d'Isabo résonner encore et encore dans ses oreilles. Ce son n'en finirait plus de le hanter…

- LE ROI HECTOR -

Cathédrale d'Arka, capitale,

Partout des mines lugubres.

Un silence de mort régnait, c'était à peine si les hommes rassemblés dans la cathédrale osaient encore respirer. Une jarre immense avait été installée près de l'autel, remplie à ras bord d'un liquide rougeoyant, gluant, à l'odeur âcre... On ne pouvait s'y méprendre... Elle contenait du sang, du sang humain, celui des rebelles qui, pire que d'être tués, avaient été anéantis, réduits en une flaque de sang dégoulinante par le bâtard du roi. Au-dessus du récipient, attaché solidement à une colonne de pierre, un prêtre était bâillonné la tête en bas.

Le cérémonial infernal commença par une infamie. Le roi Hector, vêtu d'une tunique de satin blanc et d'une écharpe de soie rouge sang, s'avança vers l'homme d'église. Il tenait dans sa main un coutelas. Il le présenta à la foule, puis s'approcha des bancs du premier rang, où étaient rassemblés les fidèles. Il s'arrêta devant Judith et lui demanda de baiser le couteau. Celle-ci y apposa les lèvres avec un petit rire aigu, en se frottant les mains telle une enfant pressée de voir débuter un spectacle des plus excitants. Puis il demanda de faire de même à Shade qui fit la grimace avant d'obéir puis à Noah, pâle comme la mort, qui s'exécuta sans un mot. Enfin, il embrassa lui-même la lame, avant de se diriger vers le malheureux qui était suspendu dans le vide par d'épais cordages.

—Cette lame est bénie par les dieux à présent et ne demande plus qu'à faire son devoir ! Peuple d'Arka, vous avez vécu bien trop d'années dans le mensonge, vénérant corps et âme un faux dieu ! Un dieu crucifié par son peuple peut-il seulement être un dieu ? Peut-on être un dieu alors même que l'on ne peut défendre sa propre vie ?

Un silence angoissant lui répondit et il reprit comme si de rien n'était :

—Il est grand temps de tuer les mécréants, ces adorateurs d'un faux dieu, faible et dénué de toutes facultés propres aux dieux et aux dieux seuls. Si nous sommes rassemblés en ce lieu aujourd'hui, c'est pour baptiser mon fils, Hercule. Judith, apporte-le !

La jeune femme s'approcha avec l'enfant et tendit les bras pour le positionner au-dessus de la jarre, juste en-dessous de l'homme d'église. Alors d'un mouvement vif, Hector trancha la gorge du prisonnier, le sang jaillit, dégoulina et macula le nourrisson qui se mit à hurler de toute la force de ses petits poumons, tandis que la foule serrait les dents pour rester impassible. D'une voix forte couvrant les plaintes d'Hercule, le roi reprit :

—Je te baptise, moi Hector Divinitatem, mon fils tout-puissant, Hercule Divinitatem. Puisses-tu trouver dans le sang impur de tes ennemis, des infidèles, une puissance et une force inégalées. À partir de ce jour et à jamais, tu sauras où est ta place. Leur sang n'est rien sans notre autorisation à accorder la vie. Nous sommes des Dieux tout-puissants et ce que nous donnons, nous sommes seuls à pouvoir le reprendre. Par ce sang, je t'offre la vie des traîtres, pour qu'elle vienne accroître la tienne !

Hector prit l'enfant des mains de Judith et l'immergea tout entier dans la jarre. Hercule disparut dans les profondeurs du récipient, le faisant déborder et répandant des flots de sang sur le sol de pierre. Il le maintint sous la surface quelques minutes, qui semblèrent interminables à la foule et plus encore à Judith, qui enserra sa nuque avec force sous l'effet d'une peur tangible. Ses yeux semblaient sur le point de lui sortir de la tête.

Enfin, le roi fit émerger du récipient l'enfant, immobile et silencieux. Il était totalement recouvert de sang. Judith était proche de l'asphyxie. Hector tapota le dos d'Hercule. Les secondes s'allongèrent, puis tout à coup, le corps du nourrisson se contracta et du sang jaillit de sa petite bouche. Ses pleurs déchirants résonnèrent dans tout l'édifice, se répercutant à l'infini.

—Voilà que ta véritable vie commence, Hercule Divinitatem ! Mon fils !

Hector rendit le nouveau-né à Judith qui affichait à présent un rictus de folie, elle se hâta de le serrer contre elle, faisant fi du sang qui maculait sa robe et le couvrit vivement d'une couverture blanche, qui ne tarda pas à se teinter de nuances rouge vif. Le roi claqua deux fois des mains. Aussitôt, les portes s'ouvrirent dans un grincement sonore sur des esclaves au front marqué d'un « I », ils étaient reliés par de lourdes chaînes métalliques à une structure de bois, qui transportait une statue impressionnante à l'effigie du roi Hector, haute de près de quatre mètres.

Magma au comble de sa gloire, figure hautaine et fière, se tenait debout sur le chariot. Il fendait l'air de coups de fouet, qui venaient mordre cruellement le dos nu des esclaves, traçant des sillons sanglants dans leur chair déjà ruisselante de sueur, sous l'effort colossal qu'ils devaient déployer pour traîner l'imposant ouvrage. Sur l'ordre du capitaine de la garde royale, le chariot s'immobilisa au centre de l'édifice. Alors, Hector s'approcha de la statue qui représentait le Christ crucifié. Il la poussa pour la projeter au sol, elle vacilla légèrement sur son socle, mais ne tomba pas. Un même sourire de triomphe se dessina sur les lèvres du peuple d'Arka, ce qui n'échappa pas à Hector. *Sans doute ces pauvres fous voyaient-ils là une intervention divine de leur faux Dieu.* Il allait leur prouver à quel point ils se leurraient et leur faire payer cet égarement, car jamais il n'accepterait d'être moqué et cela moins encore en ce jour où sa puissance atteignait enfin son paroxysme.

—Judith, ma douce… Veux-tu ?

Elle se leva, haussa les épaules et déclara de sa voix aiguë :

—Vos désirs sont des ordres mon Roi !

Il fronça les sourcils et elle ajouta en pâlissant.

—Mon Roi Hector Divinitatem !

Portant toujours son fils contre son sein, elle leva vivement un bras en direction de la représentation du Christ. Celle-ci chancela et cette fois s'affala sur le sol, se brisant d'un bruit assourdissant qui se répercuta sinistrement dans tout l'édifice. Cela faisait tellement de temps qu'Hector rêvait du moment où il mettrait un point final à cette religion ancestrale, qui était morte avec la chute de l'ancien monde.

Il avait tant envie de Judith à présent, qu'il se demandait comment il pourrait encore attendre la fin de la cérémonie… Il le fallait pourtant. Le peuple d'Arka et bientôt tout Égavar devrait apprendre qui était leur Dieu et commencer sans tarder à le vénérer. Pour cela, il devait ériger des lieux saints, à sa gloire, pour que tous puissent venir le prier.

Les débris furent débarrassés par une salve d'esclaves et l'effigie d'Hector fut installée en lieu et place de celle qui représentait jadis le Christ. Le roi n'était pas peu fier du rendu final de l'œuvre. Il avait ordonné à ce que l'on travaille à sa réalisation jour et nuit depuis près d'un mois. La statue lui renvoyait une image de lui, forte et puissante, il la trouvait on ne peut plus ressemblante, chaque trait de son visage était ancré dans le marbre et son regard glacial, plus incisif que jamais, semblait toiser le commun des mortels avec une dureté sanguinaire, c'était là la représentation d'un Dieu que tout un chacun se devait d'honorer.

L'effigie en place, un silence religieux revint. Les fidèles se tortillaient impatiemment, pensant que le moment de la délivrance ne tarderait plus à présent. Ils auraient bientôt tout loisir de s'échiner au travail, dans le but vain d'éliminer de leur mémoire, la vision d'horreur de l'homme d'église se vidant de son sang, dans la demeure de Dieu, comme un animal. Or le moment ne venait pas et tous commençaient à nourrir la même inquiétude. *Que pouvait bien encore leur réserver ce roi fou ?*

Alors le souverain déclara :

—Vous vous doutez certainement que vous ne mangerez pas le corps du Christ à la fin de cet office. Cette pratique grotesque, tout comme l'adoration d'un faux Dieu, ne sera plus tolérée sous mon règne. Manger le corps du fils de Dieu ? Quelle pratique barbare ! Sommes-nous des sauvages pour agir de la sorte ? Nouveau roi, nouvel air, nouveaux rites ! Avancez donc pour recevoir ma bénédiction et prenez garde à ce que je ne regrette pas cet honneur que je vous fais !

Fébriles, les fidèles se levèrent et se dirigèrent vers l'autel, comme ils en avaient l'habitude depuis tant d'années, pour recevoir l'Ostie avant de quitter les lieux. Le premier homme - un vieux monsieur qui traînait ses vieux os, le dos courbé en s'aidant d'une canne - arriva devant le roi Hector. Il eut un geste de recul et une grimace de dégoût, à l'instant où le roi plongea l'index dans la jarre, puis s'évertua à dessiner un « H » sanglant sur son front.

—Diablerie ! Comment osez-vous… commença l'homme, mais lorsque qu'il croisa le regard menaçant du monarque, il baissa les yeux et tourna les talons aussi vite qu'il le pouvait, pour sortir enfin de cette église profanée, qui n'était plus que l'antre du diable lui-même.

Arrivé à l'extérieur, il s'assura d'être hors de vue et se hâta de frotter son front dégoulinant du sang des malheureux martyrs de la révolte. Tremblant, il fit le signe de croix et pria Dieu de leur venir en aide. Puis il décampa en vitesse.

- MORGAN -

Manoir Kersak, Isidore,

À Isidore le temps était figé dans un hiver mordant et ce depuis de longues années. En ce début de printemps, le temps ne variait nullement. Morgan avait fini par s'y habituer, il trouvait même un certain charme à cette neige éternelle qui habillait d'un habit de sainteté, le gigantesque labyrinthe, parfaitement taillé entourant le manoir Kersak.

Aucune nouvelle de la capitale ne parvenait jusqu'au quartier général de la rébellion. *Était-ce là une volonté d'Adamo de les maintenir ainsi dans l'ignorance ?* Morgan avait toutes les peines du monde à croire que le nouveau roi Hector s'était contenté de rester bien gentiment planté sur son trône, avec tous les opposants que ses agissements terribles durant son mariage lui avaient créés.

Une fois par semaine, les membres de la résistance étaient libres de vaquer comme ils l'entendaient à leurs occupations. Morgan avait décidé de mettre ce temps à profit, à la fois pour se sortir de la tête le roi fou et sanguinaire qui gouvernait Égavar, mais aussi pour oublier son malaise grandissant quant aux allées et venues de Teddy « leur charmant invité », qu'il aurait mieux fallu enfermer dans une geôle ! C'était là l'unique endroit où se trouvait sa place, en attendant l'heure du jugement dernier et l'enfer où il devrait expier ses fautes d'infâme traître.

Aujourd'hui, Morgan désirait se racheter, sortir du long sommeil qui lui engourdissait les sens depuis déjà bien trop d'années... Il savait, bien sûr, qu'une journée n'y suffirait pas. Mais c'était là le début de sa prise de conscience, le début d'un long périple pour obtenir le pardon de ceux qu'il avait si longtemps blessés et dédaignés. Les mots de Julius s'imposaient encore et encore dans son esprit. Cet homme détenait l'art et la manière de s'exprimer comme un sage, un sage dont on ne pouvait ignorer les propos emplis de justesse. C'était comme s'il les avait gravés en lettres de sang dans son esprit...

Quelques jours auparavant, le vieil homme l'avait entraîné dans une promenade nocturne aux abords du parc enneigé. À la fois incisif et compatissant, Julius lui avait murmuré, d'un ton calme et posé, une vérité qu'il était bien en mal de continuer à se cacher à présent :

Morgan... Crois-tu que c'est ce que ton amie Annaëlle aurait voulu ? Que tu te laisses aller ainsi ? Que tu ne vives plus que dans l'ombre de sa mort ? Tu dois t'autoriser à vivre de nouveau mon garçon ! Tu as une femme et un fils qui t'aiment. Te lamenter ne la ramènera pas. Penses-tu que de là où elle est, elle serait fière de toi ?

Toi qui es en vie quand elle en a été si injustement privée ? Voyons Morgan ! Tu ne la trahiras pas en souriant à la vie ! Mais tu le fais en te noyant dans l'alcool et la déchéance. Tu ne fais pas justice à la vie dont elle a été privée. Le plus beau cadeau que tu pourrais lui faire pour honorer sa mémoire, serait d'agir en homme juste et responsable ! En homme qui assume ses responsabilités et la chance qu'il a d'être vivant et d'avoir une famille en vie et en bonne santé ! Bon sang Morgan, il est temps d'ouvrir les yeux ! Tu as une femme et un fils magnifiques ! Ce petit Isaac qui porte le nom d'un homme des plus courageux. Mais qui, lui, n'a rien demandé de tout cela ! Il ne désire rien d'autre que d'être aimé de son père. Ne lui dois-tu pas un minimum d'attention et de prévenance ?

Secouant la tête pour chasser la culpabilité que son vieil ami avait éveillée en lui, Morgan entraîna vivement sa femme et son fils en direction des écuries. Ils le fixèrent d'un même air déconcerté qui lui serra le cœur.

—Où va-t-on Morgan ? questionna Gabrielle perplexe.

Morgan posa doucement le doigt sur la bouche délicate de sa femme, avant de murmurer d'un air mystérieux.

—Vous le saurez bientôt.

Leurs pas crissaient dans la neige et ce bruit le ramena à ses souvenirs d'enfance, à sa joie à la vue des premières neiges.

Il sella un cheval couleur crème pour Gabrielle et lui, et un poney robuste, noir comme la nuit, pour Isaac.

Ils quittèrent le manoir sous les premiers rayons du soleil, faisant fi du froid auquel la petite famille était accoutumée depuis longtemps. Morgan les dirigea vers l'immense forêt qui s'étendait sur des milles et des milles et séparait les royaumes d'Isidore et de Néosard. Isaac n'avait d'ailleurs jamais connu de température supérieure à zéro degré depuis sa naissance, il était donc parfaitement acclimaté et rechigna à se couvrir pour sortir dans le froid mordant. *Les enfants s'accoutument si bien à leur environnement...* songea Morgan.

Lorsque le soleil fut à son zénith, ils arrivèrent enfin au cœur de la forêt d'Isinéos. Morgan ne connaissait pas l'emplacement exact de leur destination, mais il savait ce qu'il cherchait. Il se rappelait du jour où - alors qu'il buvait tout son soûl dans sa taverne habituelle - il avait entendu l'un des rares marchands ambulants à traverser cette forêt pour affaires, se vanter haut et fort de connaître un lieu hors du temps, un paradis terrestre, que seuls les plus courageux pouvaient espérer apercevoir. L'homme parlait d'un lieu où l'été et l'hiver coexistaient, séparés par une fine fissure dans le sol, qui matérialisait d'un côté le froid glacial de l'hiver et de l'autre l'été aride. Morgan ignorait si un tel lieu existait réellement ou si l'homme avait inventé cette histoire sous l'effet de l'alcool, agrémenté d'une envie subite de faire l'important. Mais s'il existait bel et bien, il le trouverait ! Il avait on ne peut plus besoin d'offrir à sa famille un moment au paradis...

Soudain, Morgan sentit une piqûre dans son cou. *Maudit moustique !* pesta-t-il intérieurement, avant de s'immobiliser. *Des moustiques en plein hiver ?* Il se tourna pour regarder Gabrielle à l'arrière du cheval :

— Je crois que nous y sommes presque !

— Où ça Morgan ? Nous tournons en rond depuis des heures ! Où nous emmènes-tu ? Allez dis-le ! Tu es très étrange en ce moment ! Tu es sûr que tu vas bien ?

Il sourit allègrement et Gabrielle ne put que lui rendre son sourire, surprise. *Se pouvait-il que le retour de Julius lui ait enfin rendu son mari ? Mais si c'était juste une passade ? Pouvait-elle y croire vraiment ?*

Morgan se replaça droit sur leur monture et s'inquiéta :

— Où est Isaac ?

— Il était devant nous il y a un instant !

— Isaac ! Je lui avais bien dit de ne pas s'éloigner !

Un silence inquiétant lui répondit.

Et puis finalement, la voix de l'enfant leur parvint derrière la végétation enneigée.

— Maman ! Papa ! Vite ! Venez voir ça !

Morgan pressa la bête en avant.

Ils restèrent ébahis devant tant de beauté. L'homme n'avait pas menti, au contraire, il était bien loin d'avoir rendu grâce à toute la beauté de l'endroit. Une fine fissure dans le sol séparait les deux saisons, telle la frontière entre deux mondes, elle était visible car exempte de végétation. Une distinction que seule une cascade traversait majestueusement, elle coulait vivement en été, brillant de mille feux, puis soudain, ses flots gelés, tels des diamants à l'état brut, se tarissaient en hiver. C'en était saisissant. Dans la surface glacée, un magnifique saule pleureur se réverbérait à l'infini. D'un côté, des pins enneigés par centaines, du gui aux couleurs rougeoyantes, des rochers et des monticules de neige. À l'autre extrémité de la démarcation, se trouvaient des arbres fruitiers luxuriants, des fleurs sauvages de toutes les couleurs et puis un champ de tournesols, immenses, avoisinant les deux mètres de haut, semblables à des milliers de soleils.

Morgan se pencha pour murmurer à l'oreille de sa femme :

— Je voulais vous offrir un morceau de paradis...

Elle le contempla, des larmes dans les yeux, sans voix. Il reprit.

—Pardonne-moi Gabrielle, je t'en prie. Pardonne-moi pour toutes ces années où je t'ai laissée seule, tout assumer. Sache qu'à présent je suis là et plus jamais je ne t'abandonnerai. Tu veux bien me laisser une dernière chance mon amour ? Je t'aime, je t'aime tellement...

Elle se blottit dans ses bras en pleurant.

Morgan savoura la joie intense qu'il ressentit à la serrer ainsi contre son cœur.

Enfin, quand elle eut desserré son étreinte, Morgan s'esclaffa au comble de la joie :

—Alors dites-moi, où voulez-vous camper ? En hiver ou en été ?

Isaac qui n'avait rien connu d'autre que l'hiver n'en croyait pas ses yeux.

—Quelle question papa ! En été, bien sûr !

Ils préparèrent le campement, tendirent les deux tentes entre deux pommiers, puis Morgan cueillit quelques fruits pour le dessert et commença à distribuer les provisions qu'il avait emportées.

Isaac ne tenait plus en place, il avala son repas d'une bouchée.

—Dis papa, on peut aller se baigner ? Allez, dis oui !

—J'avais une autre idée en tête… qui devrait te plaire plus encore.

—Ah oui ? s'étonna Isaac sceptique.

Une meilleure idée que de se baigner dans une cascade en plein été ? Isaac en doutait.

—Oui… Je me disais qu'il était grand temps que tu apprennes à manier l'épée, tu es presque un homme maintenant. Il attrapa deux épées en bois et en jeta une à Isaac. Le garçon la fixa avec étonnement, mais au lieu d'atterrir dans sa main, cette dernière s'immobilisa dans les airs.

—Comment… commença Isaac perplexe.

Gabrielle applaudit avec fierté :

—Bravo mon chéri ! Tu deviens doué, même très doué à ce que je vois !

— Mais je ne comprends pas… Je pensais que je lui avais rendu ! Cassandre a récupéré son pouvoir pourtant !

— Comment ça, rendu ? demanda Gabrielle.

— Le pouvoir de Cassandre…

— Bon, trêve de bavardage ! le coupa vivement Morgan. Nous en discuterons plus tard ! J'ai un soldat à former moi ! En garde jeune homme !

Morgan fit un clin d'œil à Gabrielle et sourit devant l'air solennel de son fils.

Pendant près d'une heure, elle observa le père et le fils dans cette nouvelle complicité. Cela l'emplissait de bonheur de les voir ainsi, enfin. Isaac resplendissait de joie et prenait l'entraînement très au sérieux.

Quand enfin le jeune garçon déclara forfait, ils se précipitèrent dans l'eau au pied de la cascade, où Isaac reçut sa première leçon de natation. Il s'avéra fort doué. Au moment de sortir pour prendre un dîner léger, Morgan lui promit qu'il reviendrait très bientôt et que d'ici peu il saurait nager comme un poisson dans l'eau.

Durant le repas, ils discutèrent des facultés d'Isaac et le rassurèrent en supposant qu'il avait sans doute le pouvoir de copier momentanément le pouvoir des autres, mais qu'il n'était en rien un voleur, puisque la petite Cassandre avait retrouvé ses pouvoirs finalement. Bien qu'encore inquiet à propos de sa camarade, Isaac accepta rapidement d'aller se coucher, toute l'activité physique de la journée l'avait exténué.

Enfin seul avec sa femme, Morgan la guida parmi les tournesols. Au-dessus d'eux, les étoiles brillaient de mille feux. C'était une nuit magique entre deux mondes, ils se sentaient privilégiés, et pour sûr ils l'étaient. Morgan allongea sa magnifique femme au milieu des tournesols, dont la couleur faisait écho à celle de sa ravissante chevelure ondulée, baignée dans le clair de lune.

Cette nuit-là, ils s'aimèrent comme jamais auparavant, sans se quitter des yeux un seul instant. Dans les bras l'un de l'autre, ne faisant plus qu'un, les années sombres qu'ils avaient traversées s'effacèrent peu à peu, pour enfin laisser entrer la lumière.

Le lendemain matin, au moment de partir, Gabrielle coula un dernier regard à leur paradis d'un jour avant de se tourner vers Morgan. Ce fut un moment d'éternité, les retrouvailles de deux âmes égarées, les mots étaient inutiles tant ils étaient liés, intimement liés. Néanmoins elle murmura :

— Je te pardonne Morgan.

Elle ressentait l'importance de prononcer ces mots ici et maintenant, telle une incantation, un serment inviolable d'autant plus qu'elle les scellait dans ce lieu hors du temps. Puis, comme si cela ne suffisait pas, elle ajouta :

— Je t'aime.

Les mots de Gabrielle résonnèrent longtemps dans le silence paisible. Morgan savoura ses paroles, elles coulaient en lui, dans ses veines, comme un souffle de vie salvateur, chaud et réconfortant, auquel il répondit à son tour avec ferveur. Il contempla longuement sa femme avant de battre les rênes de sa monture.

Il était persuadé que devant eux se dessinait enfin la vie qu'ils méritaient et que ce moment resterait ancré dans sa mémoire à jamais.

- ANNABETH -

Manoir Kersak, Isidore,

Annabeth se sentait désoeuvrée. Toutes ses illusions concernant la résistance avaient volé en éclats. Quand elle voyait ce que les autres élèves étaient capables de faire, elle comprenait au combien elle était inutile. Elle ne pouvait même pas pratiquer « son don ». *Comment l'aurait-elle pu ? Prendre le contrôle d'un pigeon ? Quel exploit cela aurait été... d'un misérable mammifère peut-être ?* Si elle agissait ainsi, elle serait la risée de la classe avant la fin de la journée. Elle qui pensait qu'on lui apprendrait à se battre, à manier une épée, qu'elle pourrait bientôt venger la mort de sa pauvre mère...

Mais voilà qu'elle se retrouvait face à la réalité, elle n'avait pas « l'âge requis ». Cet état de fait la clouait au sol, impuissante, alors même que seule l'action pouvait l'aider à sortir de sa torpeur. À contrario, son incapable et misérable traître de frère, lui, le pouvait... Et dire qu'il était la seule famille qui lui restait... Elle s'était bercée d'illusions, des illusions qui avaient eu l'avantage de la maintenir en vie jusqu'ici. *Mais maintenant ? À quoi bon se lever chaque matin ?*

Le mois de juin approchait à grands pas et il marquerait le début d'un nouveau cycle. L'enthousiasme de sa professeure lui donnait envie de vomir. Pendant la fête de la renaissance, les élèves seraient répartis dans les classes en fonction de leurs capacités. Aerys leur avait expliqué que les plus jeunes élèves - dont elle faisait partie - seraient séparés en quatre catégories. En première place, venaient les Sphinx, qui rassemblaient les enfants possédant des capacités à la fois psychiques et physiques, puis les Aquila, ceux qui étaient dotés uniquement de facultés psychiques hors normes et qui pouvaient - entre autres - déplacer des objets, ou lire dans les pensées. Quant à la classe des Leo, elle rassemblait les élèves aux dons physiques spectaculaires, qui parvenaient par exemple à soulever des objets pesant trois fois leur poids. Et puisqu'il fallait bien une étiquette pour « les bons à rien » : « les Excepto », comme ils les appelaient. Annabeth trouvait que le nom convenait parfaitement à tous ceux qui n'avaient encore révélé aucun potentiel particulier.

La jeune fille se sentait on ne peut moins concernée par l'effervescence de ses camarades, pressés de quitter cette classe préparatoire pour enfin être répartis selon leur capacité. Elle pressentait qu'elle finirait avec « les Excepto »… *Où pouvait-on la mettre d'autre ? Comment pouvait-elle espérer venger sa mère en étant si médiocre…*

Le ciel s'était assombri et l'orage menaçait. Dimanche était assurément le pire jour de la semaine pour Annabeth, car rien ne parvenait à la détourner de ses pensées moroses.

Elle s'ennuyait ferme.

Elle se dirigea vers le parc. Pluie ou non, elle était bien décidée à escalader un arbre pour se réfugier dans les hauteurs, au moins là-haut, personne ne la tourmenterait, elle serait seule et pourrait tenter de se faire oublier… d'elle-même. Arrivée dans le parc, elle jeta son dévolu sur un immense pin. Alors qu'elle s'apprêtait à grimper, elle avisa une silhouette accroupie au sol. Curieuse, elle s'approcha silencieusement.

—… car toute chose est faite pour vivre puis pour mourir, comme le fruit mûrit dans l'arbre et finit par flétrir. Nous venons de la terre et retournons à la terre, lorsque vient notre heure. Puisse ton âme trouver le repos éternel et emprunter un autre chemin vers la vie…

—Qu'est-ce que tu racontes ? C'est quoi dans tes bras ? demanda Annabeth.

Soleil Ardent se retourna, surpris. Il répondit d'une voix paisible :

—Un renard… la vie l'a quitté. Il devait être malade, je ne vois pas de blessure. Ou bien il était trop vieux. Qui sait ? Il était temps pour lui de quitter cette vie.

Annabeth se révolta, sans qu'elle ne sache pourquoi, elle savait qu'il avait tort et cela la mettait en colère.

—Laisse-moi voir !

—Annabeth c'est trop tard, il faut laisser partir ce qui s'en va…

— Pousse-toi jt'ai dit ! grogna-t-elle avec aigreur.

Soleil Ardent se leva d'un bond. *Pourquoi était-elle tant en colère d'un seul coup ?*

Il la regarda s'asseoir près de la bête affalée au sol. Il fut étonné de ressentir la colère monter en lui, comme s'il partageait l'émotion éprouvée par sa camarade.

Annabeth caressa délicatement le pelage de l'animal. Plusieurs minutes passèrent ainsi, sans que Soleil Ardent n'osât esquisser un mouvement ; il observa la jeune fille câliner sereinement le petit corps inerte. Sans crier garde, le renard se remit sur ses pattes. Il fit quelques bonds en avant, se retourna dans la direction d'Annabeth, comme s'il cherchait son assentiment, qu'elle lui accorda d'un petit acquiescement de tête. Alors il s'élança et disparut de leur champ de vision.

—Tu vois qu'il n'était pas mort ! s'écria Annabeth.

—Mais si, il était mort ! Il ne respirait plus !

— Ne sois pas ridicule ! Même toi tu sais que c'est impossible.

Tout à coup Melvyn, sorti de nulle part, s'approcha en chancelant, en proie aux affres de l'ivresse :

—Bah dis donc p'tite sœur ! C'est pas joli joli de se promener toute seule dans les bois avec un garçon !

—Qu'est-ce que tu racontes Melvyn ? T'as pas de leçons à me donner ! Sur rien ! Tu te prends pour qui ?

—Ton frère qui veille sur toi, petite souillon ! Allez viens par là, j'ai quelqu'un à t'présenter. Et qui sait, elle te fera peut-être même découvrir ta vocation avant l'heure ! Tu vois bien qu'on n'a rien à faire ici nous deux ! Allez viens, on s'en va !

Melvyn attrapa le bras d'Annabeth et la tira vers lui sans ménagement pour qu'elle le suive. Bien décidée à ne pas bouger d'un pouce, la jeune fille tomba dans l'herbe, déséquilibrée. Alors il se mit à la traîner au sol de sa démarche incertaine. Annabeth, déjà couverte de boue, se débattait rageusement. Soleil Ardent s'interposa :

—Tu ne vois pas que tu lui fais mal ?

—Ça ne te regarde pas, sale sauvage ! Dégage de là, retourne pourrir dans ton désert ! T'as rien à faire ici ! C'est entre ma sœur et moi !

Melvyn lâcha le bras d'Annabeth, pour repousser Soleil Ardent. À ce contact, les deux garçons s'immobilisèrent. Leurs yeux devinrent laiteux. Annabeth ne comprit pas ce qui était en train de se produire. Elle gifla son frère, le secoua pour le faire revenir à lui, mais rien n'y fit. Quant à Soleil Ardent, il était dans le même état que son frère.

Au moment où elle s'apprêtait à partir pour chercher de l'aide, ils revinrent à eux simultanément.

Soleil Ardent, désarçonné, demanda à Melvyn :

—Qui était-ce ?

Melvyn paraissait parfaitement sobre à présent.

Il gardait la bouche à demi ouverte, comme s'il voulait parler, mais que les mots restaient bloqués dans sa gorge.

Il adressa un regard hébété à Soleil Ardent, puis à Annabeth, avant de se précipiter en courant vers le labyrinthe, comme s'il avait le diable aux trousses.

- TEDDY -

Taverne de la Toison d'Or, Isidore,

Dans la taverne de « *La Toison d'Or* », accoudé au comptoir, Teddy cherchait du réconfort au fond de son verre. Mais plus il buvait et plus la mélancolie le gagnait. *Non, il n'aimait pas ça, non ça ne lui plaisait pas du tout !* La désagréable impression qu'on lui faisait la charité ne le quittait plus, alors même qu'on le traitait comme un pestiféré. *Bon sang ! Pourquoi lui permettaient-ils de rester, alors ?* Ses pauvres nerfs n'en supporteraient pas plus, il fallait qu'il parte ! Il ne supportait plus tous ces regards hostiles posés sur lui. *Allons donc ! Le morveux Morgan, l'avait fichu dans d'sales draps en mettant tout sur son dos, avec ces vieilles histoires ! L'misérable ingrat ! Qui est-ce qui les nourrissait hein, ces rejetons ? Ça, il l'avait bien vite oublié ! Et puis cette histoire avec la gamine, c'était du passé et il était pas responsable de sa mort !* D'une secousse de la tête, il fit taire la petite voix coupable qui sifflait à ses oreilles. *Bah quoi encore ! Pas question de culpabiliser, il avait fait ce qu'il devait à l'époque pour survivre ! Bah, la gamine était morte ! Mais c'est pas lui qui avait donné le coup d'grâce, ça non ! Il l'avait vendue rien de plus ! Et d'puis l'temps,*

241

il s'était racheté une conscience ! Qui avait protégé le p'tit Érode, hein ? Aucune reconnaissance, voilà ce qu'il récoltait pour s'être occupé de lui et l'avoir livré sain et sauf à la résistance ! Foutrement rien ! Qui plus est, il agissait de manière totalement désintéressée… Bon c'est vrai que le gosse pouvait figer le temps et qu'il lui était arrivé de songer à en tirer profit… Mais que nenni !

Quand il repensait à tout cet or gâché, il en éprouvait des vertiges…. À cette l'heure, il devrait passer ses vieux jours à l'abri du besoin, au chaud. Certes, il n'aurait pas eu de quoi s'acheter un palace tout de même, mais une maison confortable ça oui ! Il avait tout prévu à l'époque, il devait s'installer à Richebourg, Fargue ou même Syldre. Acheter une petite bicoque confortable, avec vue sur la mer, où il aurait pu attendre la mort avec quiétude… Mais Octave l'avait doublé. Il restait convaincu de sa duperie. *Qui d'autre aurait su sa bourse pleine ? Qui aurait agressé un vieux bougre comme lui ? Ça s'voyait comme le nez au milieu d'la figure qu'il possédait pas un sou en poche ! Pourtant, aussitôt acquis, on l'avait cruellement dépouillé de son gain !*

Ce jour-là, lorsqu'il était arrivé à la hauteur de sa caravane, bien décidé à commencer une nouvelle vie en emportant le strict minimum dans son paquetage, des hommes l'attendaient de pied ferme. En moins de deux, il s'était retrouvé sans connaissance, à même le pavé. En refaisant surface, il était plus pauvre que jamais, on lui avait volé tout ce qu'il possédait. Il ne lui restait plus rien : pas même la moindre marchandise à revendre. Il retrouva la caravane pillée de fond en comble, au même titre que son or. Oh ! Tout de suite il suspecta l'abject nain ! Sous ses dehors mielleux, il l'avait trahi avec une facilité déconcertante. En retournant sur la grande place, il ne trouva aucune trace de la grande tente ni des esclaves. Le lendemain, après s'être renseigné en alpaguant sans relâche les passants qui croisaient son chemin, il assista impuissant, au départ de la galère qui emportait à l'horizon, sa précieuse bourse garnie d'or et les deux esclaves desquels il avait su tirer un si bon prix.

Alors pour survivre, il s'abaissa à mendier de-ci de-là et à se nourrir dans les poubelles. Il souffrit du froid, se fit voler, battre et injurier, jusqu'au jour où on lui vanta les merveilles d'une petite communauté qui vivait en paix et lui assurerait subsistance en échange de quelques menus travaux. Alors il embarqua pour l'île voisine et se retrouva piégé dans la secte de Néosard. Oh ce n'était pas si terrible que ça, quand on y regardait bien… Au moins, il dormait au chaud et était nourri… À cette pensée, il eut un haut le cœur… Nourri, entres autre, de chair humaine, même pour lui, cela restait une atrocité sans nom… *Et maintenant qu'allait-il faire ? Commercer ! Bon sang de bonsoir ! Voilà ce qu'il allait faire ! Cette fois il ne se laisserait pas avoir comme un sombre idiot !* Ce n'était pas avec les quelques babioles qu'il avait subtilisées dans le manoir Kersak, qu'il parviendrait à vivre à l'abri du besoin ! De l'argent de poche, c'est tout ce qu'il avait obtenu pour le moment. L'image d'une petite maison en bord de mer lui traversa l'esprit. *Non, tant qu'il ne serait pas six pieds sous terre, il ne s'avouerait pas vaincu ! Il aurait sa retraite dorée !* Il détenait la solution à portée de main... une véritable aubaine ! Et cette fois, aucun nain mal attentionné ne viendrait lui subtiliser son gain ! Mais pour y arriver, il devrait être rusé, jouer la comédie et prendre son mal en patience encore quelque temps... Et dieu seul savait combien ce sacrifice lui coûtait...

Son compère s'approcha enfin du bar, d'un pas pesant. *Pas trop tôt !* songea Teddy avec mauvaise humeur, *la ponctualité ce n'était pas son fort !* Massive silhouette obscure, emmaillotée dans une longue cape, les traits dissimulés par un capuchon : identique à la première fois qu'ils s'étaient rencontrés. Teddy exécrait faire affaire avec un homme dont il ne connaissait pas le visage, mais l'homme en noir d'Isidore avait la réputation d'être l'un des meilleurs escrocs de la ville, or personne ne connaissait son apparence. Ce qu'il envisageait de faire, il ne pourrait le faire seul, il avait besoin de bras et l'homme en noir en possédait à foison. Lorsqu'ils seraient prêts, il leur faudrait agir vite, au moment propice et dans le plus grand secret. La première fois qu'ils s'étaient rencontrés, l'inconnu, intraitable, voulait la moitié des gains. Mais Teddy restait sur ses positions : c'était lui qui avait flairé le gros lot et il ne lui en accorderait pas plus du quart !

— Bonsoir partenaire ! susurra l'homme en noir à l'attention de Teddy.

—Partenaire ? Alors t'es r'venu à la raison. T'acceptes mon offre ?

L'homme fit un bruit de succion désagréable avec sa bouche.

—Partenaires c'est ainsi que l'on nomme deux hommes faisant affaire. Et c'est bien ce que nous sommes, n'est-ce pas ? Nous savons tous les deux que sans mon aide, tu n'y arriveras pas. Moi et mes hommes, on va faire la moitié du travail. La moitié Teddy…

Teddy se renfrogna :

—Tiens donc ! Sans moi y aurait pas d'affaire du tout pour toi ! T'as aucune idée d'où, ni comment…

D'un geste vif, l'homme en noir sortit un couteau de sa manche et le plaça sous la jugulaire de Teddy.

—Teddy tu sais bien qu'un homme comme moi ne s'embarrasse pas de tous ces détails. L'unique question que tu devrais te poser c'est, sommes-nous partenaires ou sommes-nous des ennemis ?

L'homme accentua sa prise et du sang commença à perler au bout de sa lame.

—Tu es bien silencieux Teddy tout à coup. J'attends ! Avons-nous un accord ?

—Oui… grogna Teddy

L'homme renforça sa pression sur le couteau. Du sang se déversa lentement.

— Tu dis ? Qu'est-ce que nous sommes ? Parle plus fort, je n'entends rien !

— Oui ! On est partenaires ! capitula Teddy avec colère.

L'homme en noir tapota le dos de Teddy dans un geste d'apaisement, tout en faisant disparaître son couteau.

— Bien, très bien ! Ah… tu vois, je savais que nous trouverions un terrain d'entente, qui nous rapporterait à tous les deux ! Bon, allons fêter ça l'ami ! Que dirais-tu d'une putain ?

- SHADE -

Château d'Arka, Capitale,

—Dors petit insecte insignifiant, profite, savoure d'être ici et d'être le prince héritier, car bientôt, tu ne seras plus qu'un petit corps sans vie…

Pas un bruit aux alentours.

Shade déambulait dans la chambre d'Hercule, son petit frère. Elle ne pensait pas faire cela ce soir, seulement le mettre en garde que sa petite vie ne tenait plus qu'à un fil. *Mais finalement n'était-ce pas le moment idéal ? Ne valait-il pas mieux s'en débarrasser au plus tôt ? Ainsi personne n'aurait le temps de s'y attacher et tous l'oublieraient vite… Oh, ils auraient bien un peu de chagrin… mais cela leur passerait vite ! Et puis que lui importait leur peine ? Après tout, personne ne saurait que c'était elle qui l'avait tué ! Ils penseraient qu'il n'était pas assez fort pour ce monde et que la mort l'avait appelé, voilà tout ! Son père serait-il triste ? Elle n'avait jamais envisagé de le voir perdre ses moyens, se recroqueviller dans la peine et encore moins, se montrer faible. Certainement ne montrerait-il rien, il se contenterait de voiler sa tristesse derrière une colère ravageuse et elle aurait tout intérêt à ne pas se trouver sur son passage à ce moment-là….*

247

Elle ne percevait en ce « petit frère » qu'une créature insignifiante, geignarde et embarrassante. Mais en grandissant, il deviendrait dangereux. Trop dangereux... *Oui... Elle devait saisir sa chance !* Elle se trouvait seule, personne ne la cherchait... L'occasion rêvée. Bientôt elle serait la seule en ligne de succession. Et le bâtard ne perdait rien pour attendre ! Elle avait déjà commencé à semer le trouble dans son esprit.

Depuis qu'elle savait parler, elle s'était découvert des aptitudes impressionnantes pour éliminer tout espoir dans le cœur de sa victime. Elle était ainsi une manipulatrice hors pair. *Était-ce là une faculté, comme aimait l'appeler son père, les capacités spéciales des êtres de la race supérieure ? Elle l'ignorait, mais elle jouait avec ses semblables avec un tel naturel, qu'elle doutait que ce soit là un don supérieur. Non décidément, ça ne l'était certainement pas... Un jour, elle découvrirait son véritable potentiel et avec la mère et le père qu'elle avait, elle ne doutait pas qu'il serait impressionnant.* Elle attrapa l'oreiller en velours posé sur le rocking-chair, près du berceau, et commença à l'appuyer contre le petit visage innocent d'Hercule. Il disparut bientôt totalement sous l'étoffe.

Le coin des lèvres de Shade s'étira en un sourire fiévreux, tandis qu'elle imaginait son père la présenter à tout le peuple d'Égavar comme sa digne héritière...

Soudain la porte s'ouvrit.

Elle lâcha la pression qu'elle exerçait sur le coussin, libérant les pleurs d'Hercule, qui fusèrent dans la pièce. Mery, la nourrice accourut en dévisageant la jeune fille avec horreur. Elle s'empara vivement de l'enfant d'un geste protecteur :

—Mais mon Dieu Mademoiselle Shade ! Qu'étiez-vous en train de faire ?

Shade prit son air le plus menaçant :

—Une sœur dévouée ne peut-elle pas mettre un oreiller derrière la nuque de son petit frère adoré, sans être inquiétée de la sorte ? Qu'osez-vous prétendre ?

—Vous… Vous n'oseriez pas… Mademoiselle Shade ce n'est qu'un bébé ! C'est votre frère…

—Et bien ? J'attends ! Qu'insinuez-vous de si terrible ?

—Je… Je vais devoir le dire au roi votre père… Vous n'avez rien à faire ici à cette heure Mademoiselle Shade !

La jeune fille s'approcha de la gouvernante avec assurance, droite et fière, elle assura en détacha chaque syllabe :

—Vous ne direz rien. Rien du tout. Ou j'aurai votre tête très chère nourrice. Et n'y voyez point là des paroles en l'air, j'y veillerai, je vous le promets. Et vous savez bien comment j'aime tenir mes promesses…

La pauvre nourrice recula comme si la fillette l'avait giflée, elle fit alors le lien entre la dernière « promesse » de Shade et les événements qu'elle avait subis quelque temps après… *Était-il seulement possible qu'une si petite fille puisse être l'instigatrice de ce vol sournois ?* Quelque temps auparavant, Shade lui avait assuré que si elle ne cessait pas de la réveiller avant les premières lueurs du jour, elle le regretterait amèrement. Suite à cela, sa chambre avait été saccagée et les quelques bijoux de famille auxquels elle tenait tellement avaient été volés…

Shade s'arrêta sur le pas de la porte au moment de sortir :

— Je sais comme vous êtes intelligente ma nourrice. Alors vous ne ferez rien de fâcheux ! Bonne nuit mon tendre petit frère, nous nous reverrons bientôt…

Le lendemain matin, Shade entra de sa démarche fière et assurée dans la salle à manger pour prendre son petit-déjeuner.

En voyant son père de bien belle humeur, elle comprit qu'elle avait bien raison de ne pas s'alarmer, la nourrice n'était pas idiote, elle ne la dénoncerait pas. Le roi était installé à l'extrémité de la grande et longue table de chêne massif, sa mère à sa droite et Noah à sa gauche. *Allons donc ! Qu'il profite de lui avoir volé la place qui lui revenait de droit, cela ne durerait pas …* Un sourire arrogant aux lèvres, elle s'installa à côté du bâtard, sans omettre de lui décocher un coup de coude retentissant au passage. Il ne broncha pas. *Il savait qu'il ne ferait pas long feu. Ici, c'était chez elle.*

Le roi lisait une missive dont le contenu le ravissait à tel point qu'il en délaissait son petit déjeuner. Cela ne lui ressemblait guère, lui toujours d'un appétit ravageur. La curiosité de Shade fut piquée, tandis qu'une servante lui servait une portion généreuse d'œufs brouillés, elle demanda :

— Mon cher Papa, est-ce là une bonne nouvelle ?

Un instant passa sans qu'Hector ne lève les yeux. Lorsqu'il finit par décrocher son regard de la lettre, ceux-ci brillaient d'excitation. Lorsqu'il prenait cet air, il avait l'allure d'une charogne prête à bondir sur des restes encore chauds.

— Les nouvelles ne sont pas bonnes ma fille… Elles sont excellentes !

Shade était consciente que seule la perspective de verser le sang pouvait le mettre dans cet état, il lui tardait de voir son père à l'œuvre. *Bientôt, très bien bientôt, elle serait pour lui le fils idéal qu'il désirait tant avoir…*

- ISABO -

Manoir Kersak, Isidore,

Isabo ne se lassait pas de la vigueur insatiable de son amant. Elle qui connaissait si bien les hommes, avait pleinement conscience de la valeur de ce dernier. Le doux Jason, si docile en apparence, se métamorphosait quand il passait le seuil de sa chambre.

Depuis qu'il était rentré de mission, après plusieurs mois d'absence, sa faim d'elle s'en trouvait savoureusement décuplée. Cela faisait plus d'une heure qu'il s'évertuait en elle, se retenant de l'abandon qui mettrait fin à cette danse intime et sensuelle, qu'il aurait voulu ne jamais voir s'arrêter. Tous deux se perdaient dans ce corps à corps voluptueux, aux allures de combat, de conquête endiablée, furieuse et désespérée. Il avait enroulé sauvagement les longs cheveux bruns de la jeune femme autour de son poignet et la maintenait solidement tout en la besognant avec vigueur. Il ne cessait de répéter, d'un ton qu'il voulait confiant, mais où, elle qui le connaissait si bien, décelait une note d'incertitude :

—Tu es à moi, grognait-il à son oreille, en lui maintenant la nuque de sa main libre.

Son ton se voulait assuré, mais sonnait aux oreilles d'Isabo comme une prière désespérée. Le paradoxe de cet homme et aussi ce qui faisait toute sa beauté, tenait en cette facilité avec laquelle il passait de l'image d'un doux et jeune garçon à celle d'un homme viril et puissant, à qui rien ne pouvait résister. Elle savait qu'il désirait ardemment qu'elle lui appartienne, entièrement et sans demi-mesure, à lui et à lui seul, comme il aimait à le lui répéter. Peut-être nourrissait-il l'illusion folle et erronée, qu'à force de prononcer ces mots, il parviendrait à altérer la réalité, pour faire de son fantasme une réalité palpable. Isabo aimait cette rage désespérée avec laquelle il la prenait. Pourtant, au fond de lui, Jason avait conscience qu'elle ne serait jamais à lui, en tout cas, pas au sens où il l'entendait, jamais elle ne serait à lui corps et âme. Elle n'était pas femme à appartenir à qui que ce soit. Sa nature profonde était insaisissable comme le vent, ses désirs insatiables et sa quête de plaisir interminable, à jamais libre comme l'air de se laisser voguer au gré de ses pulsions, aux allures de caprices. Elle était l'eau qui glissait entre les doigts, mais aussi le feu qui jamais ne se tarissait. Elle le soupçonnait de l'aimer d'autant plus pour cela, lui le conquérant avide de terres à assouvir. À ses yeux, comme à ceux de beaucoup de ses amants, sa beauté était un phénomène rare, qui les impressionnait et les envoûtait tant, qu'ils auraient fait n'importe quoi pour l'enfermer sous cloche et en demeurer seuls dépositaires.

Au comble du désir, après plus d'une heure de lutte acharnée pour faire durer ces instants d'extase, il explosa finalement en elle. À contrecœur, il se retira, la quittant comme la mer quitte le rivage et désirant déjà ardemment retrouver la jouissance inqualifiable qu'il éprouvait quand elle lui appartenait. Isabo se hâta de quitter l'étreinte de son amant, avant qu'il ne renouvelle ses assauts insatiables. Elle sauta du lit à baldaquin et atterrit avec souplesse sur le tapis somptueux de sa chambre à coucher. Prestement, elle attrapa sa robe qui traînait sur le sol. Jason l'en avait dévêtue sauvagement, lorsqu'il était arrivé par surprise la veille au soir. Elle s'éloigna pour la passer hors de portée de son amant. Il s'agissait d'une pièce unique, rescapée d'un autre temps. Comme chaque année, à l'occasion de la fête de la renaissance, Adamo avait descendu des greniers, les vieilles malles contenant les trésors qui auraient tout aussi bien pu appartenir à un autre monde. *Quoi de mieux que de se vêtir des atours du passé à l'occasion de cette journée du souvenir ?* Les enfants, ravis, avaient découvert avec exaltation les jeans, t-shirts, salopettes, robes et joggings, d'un monde qu'ils n'avait pas connu. Isabo adorait fouiller parmi ces reliques, c'était comme ouvrir la porte à des décennies de modes oubliées. Elle avait finalement porté son dévolu sur une magnifique robe des années 1930.

Elle fut soulagée de constater que l'étoffe ne gardait aucun stigmate de la rudesse avec laquelle Jason la lui avait ôtée. Cet instant d'inattention lui fut fatal. Ce dernier pouvait être d'une discrétion impressionnante pour sa stature. Avant qu'Isabo n'eût le temps de protester, elle se retrouva à califourchon sur le lit. Il entra en elle avec force, guidé par une passion, qu'il était bien en mal de contrôler. Il entoura son cou de ses mains, tout en s'activant avec la force du désespoir. *Non, décidément... Elle n'était pas prête de se lasser de la fougue de cet homme.* Discrètement, elle jeta un œil à la pendule sur la table de chevet. Elle était en retard, elle essuierait les reproches de ses frères. La fête de la renaissance avait commencé depuis plusieurs heures déjà, elle était étonnée que personne ne soit venu tambouriner à sa porte. On ne se détournait pas si aisément des traditions dans la famille Kersak et la fête de la renaissance était l'événement le plus important de l'année. Elle chassa ces pensées parasites de son esprit pour s'accorder, dans une symbiose parfaite, aux mouvements des hanches de son partenaire. *En retard pour en retard... Elle trouverait bien une excuse pour amadouer ses frères...*

Dans le parc du manoir Kersak, à la sortie du labyrinthe, encadrée par deux statues de sphinx, avait été installée une immense scène de bois.

Les jambes flageolantes, les cheveux en bataille Isabo fut ravie de constater que le discours d'initiation de la journée n'avait pas encore eu lieu.

Elle se précipita pour s'asseoir sur l'un des rares bancs de bois encore libres qui avaient été installés pour l'occasion. Cette fois elle serait donc préservée des foudres de ses frères. Le temps était clément en ce jour de fête, qui marquait la renaissance de la terre d'Égavar. Le soleil faisait fondre un peu de la neige alentour et l'on voyait de ci-de-là réapparaître la verdure du parc. Une brume épaisse, caractéristique d'une belle et froide journée d'hiver, bloquait la portée de son regard, donnant au parc Kersak une allure plus intimiste, presque chaleureuse.

Elle n'avait prêté qu'une oreille discrète aux paroles tenues par Adamo la veille au soir, sur le programme de la journée. De toute évidence, il avait choisi de placer les enfants à l'honneur, en leur laissant ouvrir les festivités. Elle trouvait cette idée de reconstitution des plus poétiques, à l'évidence il s'agissait là d'une idée de Falco. Dans chaque élément de décor de la scène, elle décelait un peu de la sensibilité artistique de ce dernier.

Sa déception d'avoir raté le début du spectacle fut bien vite balayée par les souvenirs de ses activités matinales et de la vague de plaisir qui l'avait submergée. Cette représentation, aussi réussie serait-elle, serait bien en mal de lui provoquer pareille extase... Tout à coup, elle se sentit dévisagée. Elle tourna la tête. *Quelle sotte !* Elle avisa le jeune Melvyn quelques sièges derrière elle. *Ce garçon ridicule aux cheveux gras lui faisait de la peine. Comment avait-il pu ne serait-ce qu'envisager qu'il avait une chance de la séduire ?* Elle se retourna vivement, les enfants arrivaient sur scène et la vision de Melvyn l'incommodait, autant qu'elle lui faisait pitié.

Féérique. Magique. Époustouflant. Elle ne parvenait pas à choisir le mot juste pour décrire ce qui s'ensuivit. Les enfants qui participaient au spectacle faisaient partie des plus âgés et aussi des plus doués, parmi les jeunes prodiges de la résistance.

Une bulle d'eau de plus de trois mètres de haut se forma sur scène, lévitant dans les airs et tournoyant sur elle-même à l'image de la terre. Le cœur d'Isabo se serra quand elle explosa en milliers de gouttes d'eau, grosses comme des poings, se liquéfiant dans un savant mélange d'eau et de flammes. Une boule de feu incandescente la remplaça, aussitôt gelée dans sa combustion par un élève particulièrement doué. La sphère tomba au sol dans un bruit sonore et éclata, répandant sur toute la surface du décor, des morceaux de glace sombres, semblables à un tas de débris fumants. S'ouvrit alors devant les yeux des spectateurs, une scène saisissante retraçant l'horreur du « jour d'après » : parfaite image triste et désolée, d'un monde en ruines, désœuvré et appauvri.

Une vingtaine d'enfants fit son entrée. Vêtus de loques et de barbes, ils déambulaient parmi les ruines, certains rampant sur le sol, tandis que d'autres, parfaitement immobiles, semblaient avoir succombé. Puis de petites silhouettes portant des cottes de maille, arrivèrent à leur tour, l'une parée d'une couronne. Les « soldats » séparèrent les rescapés en deux camps pour leur apposer sur le front : un « S » ou un « I » rouge vif. Les « S », remplacés discrètement par des poupées de paille, furent jetés au feu sans ménagement. Jusqu'à ce que le roi lève les bras, mettant fin au massacre. Alors le feu disparut comme par enchantement et les « S » furent enchaînés.

Durant tout ce temps, un épais nuage s'était formé au-dessus de la scène, voilant par saccades le soleil, tournant parfois à l'orage, représentant à merveille les caprices détraqués du temps.

La suite était une fin heureuse, une utopie qui plut beaucoup à Isabo et aux autres spectateurs.

Sans bouger de sa place, Gabrielle, assise parmi le public, fit apparaître des arbres sur la scène. De leurs longues branches, ils chassèrent les nuages, ôtèrent la couronne du roi, avant de le projeter hors de vue, derrière la scène. Enfin, les bras végétaux, rompirent les chaînes des esclaves. À cet instant précis, des fleurs de toutes les couleurs se mirent à pousser de part et d'autre de la scène, entourant les esclaves « S » et « I ». Ces derniers, ivres de joie, se serraient dans les bras les uns des autres.

— C'est ainsi que la vie, la nature reprit ses droits, et que le peuple d'Égavar vécut en paix et en harmonie jusqu'à la fin des temps, conclut la voix sans âge du petit Érode.

Quelle fin poétique... Mais insensée, songea Isabo. L'apocalypse lui avait donné la certitude qu'il ne fallait pas compter sur mère Nature... En un claquement de doigts tout pouvait être détruit. *L'inverse était-il possible ? En un claquement de doigts tout pouvait-il être arrangé ? Elle en doutait sérieusement… Le chaos, la destruction, cela pouvait arriver en une fraction de seconde, mais la vie, la création, cela demandait du temps.* Depuis bien longtemps elle n'était plus une enfant pleine d'optimisme et de rêves merveilleux. À dire vrai, elle n'avait été une enfant que très peu de temps, très tôt on lui avait volé son innocence. Pour le meilleur ou pour le pire, elle ne croyait plus aux contes de fées…

- SOLEIL ARDENT -

Isidore, Manoir Kersak,

Soleil Ardent était assis sur un banc dans le parc du manoir Kersak, près de Julius, Léonie, Gabrielle, Isaac et Érode. Juste derrière eux, se tenaient Annabeth et Melvyn.

Le spectacle avait chassé sa morosité. Cela avait été réalisé avec tant de poésie qu'il en restait sans voix. La façon dont le monde d'avant avait été représenté : ces personnages courant en tous sens, vêtus de beaux vêtements ternes et identiques, le visage fermé et dénué d'expression, dans un monde fait de tours immenses et de machines métalliques, était inimaginable pour qui était né après la chute de la Terre. Soleil Ardent éprouvait des difficultés à croire que ce monde avait bel et bien existé.

L'élève qui avait donné vie à ce décor se faisait appeler Utopia. Elle pouvait faire naître n'importe quelle illusion, telle l'oasis au milieu du désert. Soleil Ardent aurait tant aimé posséder cette faculté, il aurait alors pu rendre réels - même si cela ne durerait que quelques brefs instants - les lieux qu'il aimait tant. En un claquement de doigts, il aurait alors pu se ressourcer, revoir sa cahute au bord de la petite oasis si familière et l'horizon de sable qu'il connaissait si bien : son chez lui, à l'abri du jugement de ses pairs. Lui qui aimait tant la nature et avait été élevé dans son respect profond, ne pouvait que croire en la fin heureuse de cette histoire. Il posait un regard rêveur sur le plateau déserté par les enfants, mais où demeuraient le magnifique arbre et les fleurs odorantes aux couleurs chatoyantes. Il n'avait connu que le désert aride et l'hiver mordant, alors cet aperçu des beautés d'une nature qu'il ne connaissait pas encore, le ravissait.

Une harpe fut installée sur scène et aussitôt Isabo s'y installa pour jouer, les reflets dorés du soleil l'illuminaient. Ses cheveux en pagaille lui donnaient un petit air canaille, qui lui seyait à merveille. Elle tentait de réprimer un sourire, mais cela s'avérait hors de son contrôle, tout son être resplendissait de plénitude.

Adamo et Falco montèrent sur scène.

Accompagné par le morceau de harpe d'Isabo, le chef de la rébellion se racla la gorge et déclara solennellement, en caressant la tête de lion dorée de sa canne :

— Merci à tous d'être présents pour la traditionnelle fête de la Renaissance. En ce jour si particulier du 6 juin 2089, quarante-deux ans après la catastrophe qui a ravagé la Terre. Beaucoup d'entre vous sont maintenant trop jeunes pour avoir connu le monde avant sa dévastation. Nous avons un devoir de mémoire et de transmission aux futures générations encore plus important, pour que jamais l'on ne puisse oublier tous ces hommes, femmes et enfants qui ont péri dans d'atroces souffrances. N'oublions pas que c'est la cupidité qui nous a menés à cette tragédie, la quête perpétuelle d'encore et toujours plus de confort, qui nous a poussés à développer des trésors de technologie qui se sont finalement retournés contre nous, contre nos prédécesseurs. Enfin, soyons reconnaissants, pour nos pères, nos mères, nos aïeux survivants, qui sont parvenus par leur courage et leur obstination à fonder Égavar sur un champ de ruines, donnant ainsi une seconde chance à l'humanité. Oui, c'est grâce à eux que nous sommes là, bien vivants. Je vous demande donc de faire une minute de silence, comme le veut la coutume. Une minute de silence durant laquelle nous nous souviendrons de tous ceux qui ont perdu la vie et de notre chance d'avoir survécu.

Durant cet instant solennel, cette sorte de communion où chacun fit silence dans un profond respect, Soleil Ardent eut pour la première fois depuis son arrivée, la sensation de faire partie d'un grand tout, d'une communauté soudée.

Le temps du recueillement passé, Adamo reprit la parole brièvement pour annoncer qu'il était temps de procéder à la répartition des élèves dans les différences classes, pour l'année à venir. Durant ce temps, Gabrielle se pencha à l'oreille de Léonie et s'étonna :

—Nous n'avons pas eu le droit à son habituelle tirade sur les motivations de la rébellion et la nécessité de mettre à bas le roi... C'est étrange non ?

—Il espère faire une alliance je crois... une alliance avec le diable ! rétorqua sa compagne.

—Allons donc ! Ne vous inquiétez pas ainsi ! intervient Julius, en tentant de les rassurer. Adamo est un homme intelligent, il étudie toutes les options. Il comprendra bien vite que cet usurpateur n'en est pas une.

Le petit Isaac s'immisça dans la conversation :

—Maman où est papa ? Il va tout rater !

—Oh ne t'inquiète pas mon chéri, il avait une affaire urgente à régler, mais il devrait plus tarder maintenant...

Elle ajouta dans un murmure tendu à l'attention de Léonie et de Julius :

—Une affaire nommée Teddy... Il nourrit une telle obsession pour c'vieux charlatan ! Elle fronça les sourcils et siffla entre ses dents. Il m'avait pourtant assuré qu'il serait rentré avant la répartition.

Léonie plaça une main apaisante sur son épaule, tandis que Julius la jaugeait en silence, de son regard profond.

—... Jacob, Nephertys, Falco, Aerys et Anubis – avancez, je vous prie - ont très gentiment accepté d'être vos professeurs pour l'année à venir, déclarait Adamo. Jacob se chargera d'instruire les audacieux

Aquila, c'est-à-dire ceux d'entre vous dotés de capacités psychiques. Nephertys aura la lourde tâche d'enseigner et de réfréner la ferveur des Leo et de leurs capacités physiques hors normes. J'ai le plaisir de vous annoncer que mon frère Falco, en plus de sa charge de conseiller auprès de moi, a bien volontiers accepté de former et d'encadrer les Sphinx, hardis chanceux, que nous n'avons pu placer ni parmi les Aquila, ni parmi les Leo pour la simple et bonne raison qu'ils allient à eux seuls des capacités exceptionnelles à la fois psychiques et physiques. Quant à Aerys et Anubis, elles se sont montrées volontaires pour continuer, pour la cinquième année consécutive, à former et à aider à révéler les capacités encore dormantes des Excepto.

Adamo fit une pause pour dévisager l'assistance, avant d'assurer de son ton paternaliste :

—Je tiens à préciser qu'aucun de nos élèves ne doit se sentir lésé et encore moins puni d'appartenir à cette classe. Je suis certain qu'avec l'appui et toute la volonté qu'Aerys et Anubis mettent à l'œuvre pour accompagner nos jeunes élèves, chacun d'entre vous révèlera très bientôt l'étendue de son potentiel.

Sur ces mots Annabeth et Soleil Ardent échangèrent une œillade de connivence : ils savaient à coup sûr que c'était là qu'ils finiraient. Chacun d'eux était persuadé que les Excepto n'étaient rien d'autre que les « rebus » de la rébellion et que la classe d'Aerys et d'Anubis ne constituait qu'une sorte de garderie pour les enfants sans intérêt.

Adamo fit un signe de tête à Isabo.

Elle quitta sa harpe et saisit d'une main le parchemin que Falco lui tendait et de l'autre une pile de masques dorés, ainsi qu'un écrin étincelant.

Elle déroula le parchemin et commença à appeler les élèves, classe par classe, de sa voix mélodieuse.

Tour à tour, chacun d'eux monta sur la scène pour recevoir son dû : un médaillon et un masque scintillant, aux couleurs de la classe à laquelle il appartenait à présent. Ce dernier avait été spécialement conçu pour marquer ce jour de fête. Isaac s'inquiéta auprès de sa mère de devoir à présent aller en classe masqué, celle-ci rit de bon cœur de la naïveté de son fils, avant de lui assurer que cela ne serait assurément pas nécessaire. Comme il fallait s'y attendre, il y eut très peu de Sphinx, Soleil Ardent était loin de connaître tous les enfants de la rébellion, mais il reconnut parmi ces derniers : Cassandre, Érode, Utopia. Puis Isaac... *Non ? Isaac ! Il cachait bien son jeu ! Quelle capacité exceptionnelle pouvait-il bien dissimuler derrière sa timidité maladive ?* Ce dernier s'avança penaud, tandis que sa mère l'encourageait d'un sourire confiant. Ensuite vint le tour de trois garçons qu'il ne connaissait pas. De toute évidence ils étaient frères. Ils se ressemblaient beaucoup, à une différence près... Il manquait une jambe à Lucas, Greg n'avait qu'un bras tandis que Jake... Soleil Ardent se frotta les yeux. *C'était bien cela...* Jake avait trois bras et trois jambes ! Il s'étonna de ne jamais les avoir remarqués dans l'enceinte de la propriété, s'il les avait croisés, il aurait été bien en peine de l'oublier.

Lorsqu'Isabo appela les derniers membres des Sphinx, le garçon tomba des nues :

— Annabeth.

Quoi ? Annabeth un Sphinx ? Comment ? Pourquoi ?

Cette dernière semblait tout autant étonnée que son voisin. Elle avança hébétée et accepta sans comprendre, le médaillon doré, gravé d'un sphinx et le masque au bec d'aigle, crinière de lion, à la bouche de femme, qu'Isabo lui fourrait dans les mains. Melvyn observait sa sœur l'air contrit, tendu, il ne cessait de tripoter nerveusement ses cheveux gras et d'essuyer ses mains moites sur sa tunique.

Une trentaine d'élèves fut appelée pour rejoindre les rangs des Leo, dont Matthieu, le garçon à l'anatomie mouvante et Thomas, doté de la capacité de se rendre invisible. Soleil Ardent dévisageait les autres avec curiosité, il se demandait de quoi ils étaient capables.

Les Aquila furent un peu moins nombreux, une petite vingtaine, tout au plus. Soleil Ardent observait à présent les silhouettes masquées d'Annabeth et Isaac, rassemblées sur la scène. Il envisageait les facultés de l'un et de l'autre. Pour Annabeth cela avait sans doute à voir avec la « résurrection » du renard. *C'était donc cela son don ? Soigner les plaies et les maux par la force de son esprit ? Anubis et Aerys l'avaient donc placée chez les Sphinx parce que son pouvoir découlait d'une capacité mentale vers une conséquence physique « palpable » ? Mais comment avaient-elles pu savoir ? Jamais son don n'avait été mis à contribution en classe…*

— Soleil Ardent.

Hein ? Isabo était passée aux Excepto sans qu'il n'y prête attention ? Il se leva et se dirigea vers la scène, la jeune femme lui adressa un sourire chaleureux en lui donnant son masque : un masque d'aigle, qu'il contempla avec surprise.

Mais comment ? Alors ils savaient qu'il voyait des choses ? Des choses qui s'étaient déroulées dans le passé ? réfléchissait-il. *Seul Julius connaissait son secret. En avait-il parlé ? Lui-même percevait avec honte sa misérable capacité et ne s'était confié à personne. Et Melvyn ? Depuis cette fameuse nuit, des flashs de sa vision lui revenaient à l'esprit et l'agaçaient au plus haut point, pour la simple et bonne raison qu'il ne comprenait pas ce qu'il voyait. Il n'avait jamais vu ces personnes et les scènes étaient d'une rare violence. Il s'agissait d'images qu'un garçon de son âge n'aurait jamais dû se voir imposer… « Son don » ressemblait plus à une malédiction.*

Isabo désignait les Excepto à présent. Ils furent nombreux, une quarantaine au moins. Mais Soleil Ardent n'y prêtait qu'une attention relative. *Julius était certainement animé de maintes bonnes attentions. Mais comment réagirait Jacob, quand il se rendrait compte qu'il ne méritait pas d'appartenir à sa classe ? Il ne contrôlait rien ! L'image de l'agression s'imposa à nouveau à son esprit. Mis à part lui provoquer des cauchemars, à quoi cela pouvait-il servir ? En quoi sa faculté pouvait-elle aider la rébellion ? À rien ! Rien du tout ! Il se trouvait totalement inutile !*

Les élèves regagnèrent leur place dans un tonnerre d'applaudissements de l'assistance. Adamo les informa que le déjeuner était servi dans la salle de réception et que les festivités se poursuivraient après le repas, avec un tournoi magistral qui mêlerait à la fois le maniement d'armes et des facultés hors normes. Le gagnant se verrait offrir un séjour dans l'utopie de son choix... Bien entendu, seuls les adultes qui maîtrisaient le maniement d'une arme pouvaient concourir. Soleil Ardent se renfrogna. *Lui aussi il voulait apprendre ! Il avait si bien commencé son apprentissage avec Julius...* Julius qui l'attendait de pied ferme à sa place :

— Je sais ce que tu te dis Soleil Ardent...

— Non, vous ne savez pas ! Vous ne savez rien du tout ! Vous n'auriez rien dû dire !

Après avoir fait un petit signe de tête à Léonie, Julius dirigea le garçon à l'abri des oreilles indiscrètes tandis que le reste de leur groupe se rendait au festin.

— Soleil Ardent, tu vas parvenir à contrôler ta faculté. N'en doute pas une seconde ! Tu es un garçon très intelligent. J'ai eu l'occasion de m'en rendre compte dans le désert tu sais.

— Ah oui ? Et pourquoi faire ? Vous savez aussi bien que moi que c'est totalement inutile !

Julius baissa d'un ton et eut son air rieur qui faisait briller ses yeux bleus derrière ses lunettes dorées :

— Je ne sais pas... À redonner la mémoire à un vieil homme peut-être ? À lui permettre de retrouver son identité, sa vie, la femme qu'il aime ? Ose encore me dire que ta capacité ne vaut rien !

Soleil Ardent baissa peu à peu les armes. Il se gratta la nuque, gêné :

—Oui… mais en quoi cela pourra-t-il servir la rébellion ? Je n'ai pas ma place ici ! Je suis fait pour vivre seul, comme je l'ai toujours été ! Le désert me manque… Je n'ai pas de force surhumaine, je n'arrête pas le temps… Je ne suis bon à rien ici ! Et ils ne veulent même pas nous entraîner à l'épée !

—Pour le maniement de l'épée, tu seras bientôt en âge de recevoir des cours, ici l'entraînement commence à partir de dix ans… Mais s'il te plaît Soleil Ardent, cesse de te comparer aux autres et à ce qu'ils peuvent faire. Tu as besoin d'un temps d'adaptation, c'est tout ! L'être humain n'est pas fait pour vivre seul. Tu es un garçon bon et généreux et je suis sûr qu'avec de la pratique, ton aptitude pourra nous être très utile en temps voulu. Tiens… Imagine que nous interrogions un ennemi qui refuse de nous révéler ses plans, tu seras le seul à pouvoir le percer à jour…

Soleil Ardent leva les yeux au ciel et grommela :

—Encore faudrait-il que je comprenne ce que je vois !

Julius fronça les sourcils :

—Tu es encore préoccupé ? Je croyais que la discussion que nous avions eue dans le désert t'avait éclairé…

—Non il ne s'agit pas de vous ! C'est le frère d'Annabeth… Melvyn. Lorsque je l'ai touché, j'ai eu une vision… Une vision qui me hante ! Et que je ne comprends pas ! Vous voyez comme je suis inutile !

—Qu'as-tu vu Soleil Ardent ? Tu en as discuté avec Melvyn au moins, avant de te mettre dans tous tes états ?

—Il était ivre ! Il est parti en courant ! J'ai vu… J'ai vu un homme qui faisait du mal à une femme, j'ai vu la femme hurler de douleur et puis un bébé est arrivé. Ensuite j'ai vu un petit garçon qui pleurait dans un lieu obscur… une cave peut-être… Qu'est-ce que ça veut dire ? Je n'ai pas vu Melvyn ! Ni personne que je connaisse.

Julius blêmit, tout cela ne lui disait rien qui vaille.

—À quoi ressemblait l'homme qui faisait du mal à la femme ?

—Lequel ?

—Comment ça lequel ? Tu as parlé d'un seul homme.

—Il n'y en avait qu'un… Mais il avait deux visages.

—Deux visages ?

Soleil Ardent haussa les épaules :

—Quand il faisait du mal à la dame il était assez âgé, avec des cheveux roux. Mais quand il est sorti de la maison, il avait changé, il était plus jeune, plus gros et ses cheveux étaient noirs…

—Tu es sûr de ce que tu dis Soleil Ardent ?

—Oui ! Et ah… il portait une sorte de chapeau brillant sur la tête aussi, ajouta-t-il songeur.

—Un chapeau billant ? sa voix se fêla, tu veux dire… une couronne ? souffla Julius du bout des lèvres.

Le garçon haussa les épaules :

—Je ne sais pas… Qu'est-ce que c'est ?

Le silence pesant de Julius lui répondit.

—Dites-moi ! Qu'est-ce que ça veut dire ? insista le jeune Soleil Ardent, au comble de la perplexité.

Décidément il ne comprenait rien à rien et personne ne voulait lui répondre !

- MORGAN -

Taverne de La Toison d'Or, Isidore,

Morgan culpabilisait de rater la fête de la renaissance, mais lorsqu'il avait vu Teddy sortir furtivement, il n'avait pas pu résister à l'envie obsessionnelle de le suivre : il était sûr qu'il préparait un mauvais coup. *Où partait-il encore traîner ses guêtres ? Un tel homme ne devrait pas être libre d'aller et venir sans surveillance, c'était de l'inconscience pure et simple ! Il tramait quelque chose ! Un traître serait toujours un traître !* Morgan était convaincu qu'il attendait juste le meilleur moment pour les poignarder lâchement.

Il avait promis à Gabrielle d'être à l'heure pour la répartition des élèves et lui-même tenait à y assister. Il désirait voir la joie se teinter sur le petit visage de son fils quand il serait appelé dans la classe des Sphinx. Puisqu'après leur escapade dans la forêt, Gabrielle et lui étaient allés voir Aerys pour l'entretenir des facultés de leur fils... Néanmoins l'heure tournait dangereusement et il ne se résignait pas à rentrer. *Il voulait savoir de quoi il retournait ! Il ne pouvait pas partir comme ça !*

Tapi dans un coin sombre de la taverne de « *La Toison d'Or* », le jeune homme surveillait Teddy à distance. Depuis plus d'une heure déjà, ce dernier demeurait seul. Mais Morgan nourrissait la conviction que cela ne durerait pas. Le vieil homme affichait cet air à fleur de peau de celui qui prépare un sale coup. Qui plus est, Teddy ne touchait pas à la pinte de bière apportée par le tenancier. Il se bornait à pianoter sur la table avec nervosité de ses doigts malpropres. Dès que quelqu'un s'approchait, il sursautait, puis lançait des regards anxieux en direction de la porte d'entrée. *Pourquoi ne buvait-il pas ? Avait-il l'estomac trop noué pour avaler quoi que ce soit ? Voulait-il garder les idées claires ?* À force de l'observer, lui et sa bière, Morgan commençait à avoir une furieuse envie de boire. *Hors de question ! Il ne replongerait pas ! Plus une goutte d'alcool ! Il l'avait promis à Gabrielle… mais surtout, il se l'était promis à lui-même. Il n'était plus l'ivrogne qu'il avait été ! Il ne voulait plus l'être !* Il se sentait coupable ne serait-ce que d'y songer. *Comment pouvait-il penser à boire dans un moment aussi critique ? L'envie se faisait de plus en plus forte. S'il avait nourri un doute quant à sa dépendance à la boisson, il en était à présent convaincu.* Il secoua la tête pour se ressaisir et raffermir sa résolution, se forçant à rester assis bien tranquillement sur sa chaise et à focaliser son attention sur la raison de sa présence : Teddy. *De toute façon, il ne pouvait pas commander… Il devait faire profil bas. Depuis l'incident avec le barde, il n'était plus le bienvenu dans l'établissement…* Il ferma les yeux et revit l'air boudeur de sa femme, lorsqu'il l'avait quittée quelques heures plus tôt, pour suivre Teddy parmi les ombres mouvantes du souterrain : il rechignait à la laisser ainsi en ce jour si particulier. Il avait eu toutes les peines du monde à s'arracher à son étreinte. Pourtant il s'y était finalement résolu, pour la sécurité de sa famille et de toute la rébellion. Mettre à jour les manœuvres de Teddy Drasah était primordial. Sa relation avec sa femme s'était considérablement améliorée au fil des semaines. *Non… ce terme ne reflétait pas l'ampleur du chemin parcouru. Mais comment décrire la symbiose hors du commun qui les liait à présent ?* Depuis cette fameuse journée au paradis, ils vivaient une véritable lune de miel. Leurs corps en fusion s'attiraient et se confondaient comme des aimants. L'amour et le désir qu'éprouvait Morgan pour Gabrielle s'en trouvaient décuplés. Alors le jeune homme savourait ce renouveau, comme un mendiant affamé ayant enfin trouvé de quoi se substanter. Il ressentait une peur terrible à l'idée de voir voler en éclats leur merveilleuse complicité. Alors chaque nuit, depuis plus d'un mois, ils dormaient entrelacés : Morgan s'accrochait à Gabrielle comme à une bouée de sauvetage. La nuit durant, ils mêlaient leurs corps nus, dans une étreinte puissante, qu'ils ne relâchaient qu'à regret au petit matin, lorsqu'ils devaient se séparer pour vaquer à leurs occupations. Elle et lui ne faisaient plus qu'un et il ferait tout ce qui était en son pouvoir pour que cela perdure à jamais.

Soudain, un homme au visage dissimulé par un capuchon entra dans la taverne. Sur son passage, tous firent silence, pour ne reprendre leurs conversations animées, que lorsqu'il les eut dépassés et qu'ils furent assurés de ne pas être l'objet de sa venue.

L'homme salua Teddy d'une claque derrière la nuque, avant de tirer une chaise dans un grincement sinistre. Il se colla à son compagnon pour lui parler d'un murmure inintelligible. *Nous y voilà !* songea Morgan, en avançant prestement sa chaise, oubliant toute discrétion dans sa hâte d'entendre ce qu'ils manigançaient.

—Tout est prêt ? demanda l'inconnu.

La concentration de Morgan s'aiguisa.

—Comment ça tout est prêt ? C'est moi qui devrais poser cette question ! Comme j'te l'ai dit cent fois, suffit d'être patient, d'agir au bon moment et le coup est joué !

L'homme en noir grinça désagréablement des dents.

—Mon brave Teddy... J'ai l'impression que tu as bien vite oublié notre dernière discussion. As-tu besoin que je te rafraîchisse la mémoire ?

—Ça s'ra pas nécessaire, se renfrogna Teddy, j'ai encore une bonne mémoire. Partenaire. Mais c'que je dis, c'est que...

—Teddy, c'est là tout le problème : « tu dis ». C'est moi qui vais te dire comment les choses vont se passer. Mes hommes sont fin prêts à agir. Il ne

275

nous manque plus que le lieu et c'est comme si c'était fait.

—Il faut attendre qu'il fasse nuit ! Sinon on n'a aucune chance ! Ils traînent tous dans le parc ! On doit agir quand y s'ront tous à l'intérieur... Le mieux, ça s'rait d'attendre qu'ils soient couchés, alors on pourra même s'occuper d'la salle de festin !

—Que je récapitule... Tu crois que j'ai du temps à perdre Teddy ? Mon temps, c'est de l'argent. Et tu veux que je te dise ? Quand je le perds, ça me met de mauvaise, mais alors, de très mauvaise humeur, mon vieux. Tu as envie de me voir de très mauvaise humeur ?

Teddy se hâta de démentir d'un signe vif de la tête.

—Donc si je comprends bien ton plan de génie, on devrait se terrer comme des couards pendant le festin, pour s'occuper du parc, et après, attendre que tout ce beau monde soit parti rejoindre les bras de Morphée pour agir dans la salle de banquet ? C'est bien ça ?

Teddy acquiesça vivement.

—C'est le plan, si on veut pas être repéré...

L'homme laissa échapper un bruit de succion infecte.

—C'est que ça m'arrange pas Teddy, mais alors pas du tout... C'est pas ce qu'on s'était dit. Tu peux me dire, grand benêt, comment être à deux endroits à la fois, toi ?

—Pourquoi deux endroits à la fois ? Je...

—Quel ignorant… même toi tu as dû remarquer que c'était un jour spécial aujourd'hui…

—Pour qui tu m'prends ? J'sais bien qu'c'est la foutue fête de la Renaissance ! Bon dieu, c'est pas pour rien que j'ai choisi cette date ! Ils s'attendront jamais à…

—C'est ça ton problème Teddy. Avec toi, tout tourne autour de ta petite personne. Une vieille canaille comme toi a dû repérer la jolie demeure blanche, en front de mer ? En fait, je te parle là de la seule baraque en bon état de la côte et pas n'importe laquelle ! C'est là que crèchent le gouverneur et sa jolie femme. Et bah, figure-toi, qu'aujourd'hui, c'est journée portes ouvertes. Je compte bien en profiter pour rafler la mise à la tombée de la nuit. Là y a vraiment du lourd à grapiller…

—Mais…

—Mais, mais… l'imita grossièrement l'homme en noir. Il n'y a pas de mais, Teddy ! C'est pas quelques nobliaux prétentieux qui vont m'faire peur. On est habitué à bien pire ici. Trêve de piailleries effarouchées. C'est maintenant ou jamais. Tu vas nous y conduire. Les gars attendent dehors. Il leva l'index. Et méfie-toi, t'as pas intérêt à essayer de…

Happé par la conversation des deux hommes et tentant de comprendre ce qu'ils prévoyaient de faire, Morgan ne vit pas le tenancier s'approcher.

Ce dernier l'attrapa par le haut de sa tunique et l'obligea à se mettre sur ses jambes :

—Tiens, tiens, qu'avons-nous là ! Mes yeux m'jouent un tour ou c'est l'polchtron d'Morgan !

277

J'tavais pas interdit l'entrée à toi par hasard mon gars ? T'es demeuré ou tu cherches les problèmes ?

À l'évocation du prénom de Morgan, Teddy fit un quart de tour sur lui-même pour regarder dans leur direction.

—Toi ! cracha Teddy rouge de colère. Tu pouvais pas t'empêcher d'vnir mettre ton nez dans mes affaires hein, morveux ?

La silhouette encapuchonnée se retourna et demanda d'une voix froide :

—Qui est-ce ?

—Un sale fouineur qui f'rait mieux de s'occuper de c'qui l'regarde. Y va t'arriver des bricoles mon gars et cette fois tu l'auras bien cherché ! menaça Teddy. Il a tout entendu ! Faut le faire taire avant qu'il aille tout rapporter à ses maîtres, comme le bon chien-chien qu'ils ont fait de lui !

La rage enflamma les prunelles de Morgan :

—Tu croyais que j'allais te laisser nous trahir, encore une fois sans réagir ? C'est de cette façon que tu nous remercies de t'avoir sauvé et offert l'hospitalité ! Ils n'ont pas voulu m'écouter, ça n'aurait tenu qu'à moi tu serais en train de pourrir dans une geôle ! Je savais qu'ils récolteraient la seule chose dont un traître de ton espèce est capable : un couteau dans le dos !

—C'est pas qu'votre p'tite causerie m'ennuie, intervint le tenancier de sa voix grave, mais ce maudit ivrogne n'a rien à faire ici ! Réglez vos pt'ites affaires hors de mon établissement ! Allez bas les pattes ! Dehors !

Teddy ricana, ignorant le gérant, il adressa son plus beau sourire édenté à Morgan :

—Qu'est-ce qui t'fait dire qu'ils vont écouter la parole d'un ivrogne comme toi, cette fois ? D'jà, faudrait qu'ils aient l'occasion de revoir ta sale tête de morveux et ça tu vois, c'est loin d'être gagné.

Morgan se jeta sur Teddy, le projetant sur l'une des représentations de femmes nues qui tomba au sol dans un bruit lancinant à réveiller les morts. Ceux des habitués qui n'avaient pas encore les yeux rivés sur la scène, s'interrompirent brusquement pour les dévisager.

Le tenancier considéra les dégâts avec rancune. La colère lui monta au nez. Hors de lui, Roger attrapa Morgan et Teddy, ses muscles saillants se contractèrent, alors qu'il les expulsait de la taverne avec force et fracas. Puis il retourna à grandes enjambées derrière son bar. La silhouette encapuchonnée n'esquissa pas un geste dans sa direction. Il fut même soulagé, quand il constata que ce dernier se dirigeait vers la sortie avec un calme déconcertant. Car comme tout citoyen avisé d'Isidore - aussi fort fût-il - il savait que se mettre en travers du chemin de l'homme en noir, équivalait à signer son arrêt de mort.

À même le sol, dans le caniveau, là où les avait projetés le tenancier en colère, Teddy et Morgan continuaient de se battre rageusement.

Autour d'eux se trouvait une vingtaine d'hommes qui observaient la bagarre d'un air railleur.

Morgan, avantagé par sa jeunesse, avait l'ascendant sur le vieil homme. Dans son état second, il ne répondait plus de rien. Tout son corps réclamait vengeance pour Annaëlle, toute sa colère et sa tristesse mêlées se dirigeaient entièrement vers son ennemi. Son âge n'avait aucune importance ! Il devait payer pour ses crimes. Il assena au vieillard un coup de poing qui lui cassa le nez dans un craquement sinistre.

Sortant tranquillement de l'établissement, l'homme en noir ordonna aux hommes postés devant la taverne de se saisir de Morgan. Comme un seul homme, ils s'exécutèrent sur le champ.

Tout s'enchaîna à une vitesse vertigineuse. Morgan se sentit comme un spectateur passif, assistant impuissant à sa propre chute. La scène qui s'ensuivit lui rappela un film qui l'avait marqué quand il était enfant. *Un film, quelle drôle d'idée... La civilisation et la technologie étaient tellement loin de ce monde. Toujours étant que celui-ci l'avait marqué. Il ne se rappelait plus de son nom... c'était tellement loin, cela remontait à une autre vie. C'était l'histoire d'un homme qui cherchait vengeance pour sa fille, ou son fils ? Peu importe ! Un homme battu à mort dans un lieu obscur et déserté... Un lieu comme celui-ci. Il ne savait plus si l'homme s'en sortait à la fin. Il doutait que l'on puisse survivre à un tel déchaînement de violence et de rage.*

Ils l'entrainèrent dans une petite ruelle attenante, sous un pont obscur. Il s'affala contre les dalles de pierre glacées, dans une flaque d'eau nauséabonde. Cela empestait l'urine de chat et le rance.

Dès lors, ils s'en donnèrent à cœur joie, tous autant qu'ils étaient. Évidemment Teddy était de la partie. Ils le rouèrent de coups pendant ce qui lui sembla durer des heures. Aucune partie de son corps ne fut épargnée par ce déferlement de violence. Ils le martelaient de coups de pied, encore et encore.

Il sentit ses côtes se fêler et son nez se briser... *C'était de bonne guerre.*

Le visage fripé de Teddy se muait de son éternel sourire édenté, qui lui donnait une allure d'illuminé, avec son nez cassé et le sang séché sur ses joues râpeuses.

Ils le frappaient dans un même élan de sauvagerie sans borne, le rouant de coups, encore et toujours plus fort. Ils semblaient ne jamais vouloir s'arrêter.

Pas tant qu'il respirerait encore.

Il eut l'impression que sa boîte crânienne allait exploser. *Pouvait-on survivre à cela ? Il souffrait le martyr et en venait à espérer la mort. Qu'ils en finissent ! Puis il se rappela qu'il avait une femme. Un fils. Il se devait de survivre. Pour eux, il endurerait tous les tourments...*

La dernière vision de Morgan avant de sombrer dans le néant, fut le visage grotesque de l'homme en noir, à quelques centimètres du sien, un visage qui n'avait rien d'humain. Il en aurait ri, d'un rire sonore, nerveux et angoissé, s'il n'avait pas tant souffert. C'était un faciès difforme, un front boursouflé, des yeux noirs exorbités, gros comme des poings, un nez plat et distendu mais le pire était sans conteste sa bouche flasque, hideuse, surmontée d'un bec de lièvre. Son agresseur lui adressa un sourire béat, grotesque, découvrant ses petites dents jaunâtres et pointues, celles d'un animal, pas celles d'un homme.

— J'espère que tu apprécies ce que tu vois. C'est un honneur que j'offre uniquement à ceux qui emporteront mon secret dans la tombe…

Les images de Gabrielle, puis d'Isaac s'imposèrent à l'esprit de Morgan. Il remercia le ciel que la créature ne soit pas la dernière chose qu'il verrait avant de fermer les yeux.

Morgan sombra.

La bande de brigands le laissa là, pour mort, à même le pavé. Alors Teddy, les épaules hautes, enhardi par cette victoire brutale et sans conteste, prit la tête de la petite troupe en direction du manoir Kersak.

- JULIUS -

Manoir Kersak, Isidore,

Les festivités battaient leur plein dans la salle de réception, baignée de lumière, en ce début d'après-midi. Des quatre coins de la pièce, les yeux des statues scintillaient de mille feux et semblaient observer les convives avec amusement.

Julius, assis près de Léonie, ne savait plus quoi penser après sa discussion avec Soleil Ardent. *Il devait éclaircir cette histoire !* Ce n'était peut-être rien de grave, après tout, il ne fallait pas se monter la tête inutilement. Mais plus tôt il saurait de quoi il retournait et mieux cela vaudrait pour tout le monde.

Il dévisagea le jeune Melvyn.

Le moment était on ne peut plus mal choisi pour l'interroger. Julius pensa avec ironie que maintenant que Morgan avait cessé de boire à tort et à travers, c'était au tour du frère d'Annabeth de s'abreuver à cette source d'oubli et d'euphorie dévorante.

Avec un pincement au cœur, il se demanda une nouvelle fois ce que pouvait bien fabriquer Morgan. Il espérait qu'il n'avait pas renoué avec cette fâcheuse addiction.

Melvyn ne tenait pas en place.

Fin ivre, il déambulait en chancelant le long des rangées de tables en prononçant des phrases incohérentes, la main crispée sur un verre de vin rouge rempli à ras bord, comme s'il craignait qu'on le lui vole. La jeune Annabeth ne savait plus où se mettre, tant il lui faisait honte, elle, si enjouée quelques instants auparavant. Après la répartition, elle s'était installée à une table avec ses nouveaux camarades Sphinx, mais Melvyn était venu troubler son bonheur naissant. Elle fulminait littéralement en fixant son assiette vide. Aucun n'ignorait qu'il était son frère, il avait veillé à ne laisser aucun doute subsister, avec ce « soeurette », qu'il ne cessait de marteler.

Déversant de-çi de-là des gouttes de son précieux breuvage, les pas mal assurés, Melvyn arriva devant la table des Kersak. Sans préambule, il déversa sa morgue sur Isabo :

—Ahh vl'à la belle Isabo ! Ahh qu'est'c'qu'elle peut faire la belle ! L'ingénue ! Attention m'dame ou ah… Princesse j'devrais dire ? Ouais c'est ça, princesse. Attention ohhh… Qu'est-ce que j'fais pas là ! Sa majesté du sein nu n'adresse pas la parole aux gueux comme moi !

Jason, assis à côté de cette dernière, s'apprêtait à répliquer, mais Isabo lui saisit le poignet pour l'en dissuader :

—Tu vois bien qu'il a trop bu Jason, ne t'en mêle pas, veux-tu ? Ignorons-le, il va se calmer.

Mais Adamo, installé au centre de la table, ne l'entendait pas de cette oreille. Les ivrognes le répugnaient au plus haut point. Inlassablement, ce vice le ramenait à l'image de son père, le fameux soir où il l'avait retrouvé mort, dans cette même salle, étouffé dans son propre vomi. Cela remontait à bien des années, bien avant que le manoir ne devienne le siège de la résistance, mais cette image resterait ancrée dans son esprit à jamais. *Comment un homme pouvait-il tomber si bas ?* Il n'était même pas deux heures de l'après-midi, que Melvyn était fin ivre. *À ce train-là, il ne verrait pas la fin de la journée.*

—Sors de ma vue ! Tu empestes et ton état fait peine à voir ! Tu me déçois beaucoup... Melvyn, c'est bien ton nom ? Il se tourna vers Isabo et elle acquiesça. Quel exemple donnes-tu à ta jeune sœur ? C'est un jour de fête, mais aussi de respect pour ceux qui sont morts pour nous ! Je ne tolèrerai pas qu'il soit considéré comme un jour de dépravation. Je te demanderai de ne plus t'adresser à ma sœur avec cette sorte de mépris dorénavant ! Encore moins en ma présence !

—Oh mille pardons ! Je ne voulais pas incommoder sa Majesté des mouches... Il se pencha vivement au-dessus de la table et répandit le contenu de son verre sur Isabo, qui poussa un petit cri aigu, en sautant de sa chaise.

—Oups... ricana-t-il, avant de reprendre d'un air des plus sérieux, sur le ton de la confidence :

—Écoute-moi bien, Isabo. C'est ta dernière chance ma belle. Viens avec moi et peut-être que j'accepterai de t'pardonner !

—De me pardonner ? rugit Isabo en contemplant les dégâts sur sa robe avec horreur, la patience mise à rude épreuve.

Il était grand temps d'être clair avec lui. Pour se débarrasser de ce genre d'individus pitoyables, il fallait parfois être dur et ferme. Elle pouvait l'être aussi. Sans ménagement, elle répondit avec un mépris non dissimulé :

—Ta simple vision m'exècre ! Tu devrais t'excuser ne serait-ce que de m'imposer ta présence !

Sonné par l'amertume des paroles de sa belle, Melvyn chercha ses mots, prisonnier des vapeurs d'alcool qui lui brouillaient l'esprit, il ouvrit la bouche pour répondre et la referma bêtement, tel un poisson hors de l'eau.

—Cela suffit ! tonna Adamo, couvrant la réponse de Melvyn.

Il se leva en prenant appui sur sa canne d'or. Il ressemblait à un lion prêt à bondir sur sa proie.

—Hors de ma vue ! Avant que ce ne soit moi qui me charge de te faire sortir d'ici !

Melvyn ravala le peu de fierté qui lui restait.

Il exécuta une courbette ridicule, destinée à sauver les apparences, inconscient qu'aucun subterfuge n'y parviendrait.

Avant de franchir le seuil de la pièce, il ricana :

—Comme il plaît à ses Majestés des cendres !
Vous le regretterez ! Oh oui ! Vous l'regretterez …
Bien plus tôt qu'vous l'pensez !

À la table d'Annabeth, tous les regards étaient
braqués sur elle, dans une sorte d'amusement teinté
de pitié. Cassandre et Utopia se murmuraient à
l'oreille en ricanant, tout en la dévisageant
grossièrement. Isaac et Érode ne savaient plus où se
mettre et se contentaient de rester silencieux et de
regarder ailleurs. Ce fut Greg, le plus âgé, il devait
avoir une quinzaine d'années, qui brisa le silence en
s'adressant à ses frères désarticulés, Lucas et Jake :
—Avec un frère cinglé comme ça, j'imagine pas
quel genre de tarée est dans notre classe ! On a
intérêt à se méfier les gars…
N'y tenant plus, Annabeth se leva d'un bond en
tentant de réprimer le flot de larmes qui la
submergeait. Elle se précipita en courant hors de la
salle. Depuis la table voisine, Soleil Ardent n'avait
rien raté de la scène désolante. Il se hâta à sa suite.
—Pauvre petite… se désola Julius, à l'attention
de Léonie et de Gabrielle. Si jeune et déjà si seule.
Perdre sa mère si tôt et être sous la responsabilité de
ce garnement, autant dire qu'elle n'a personne.
—Ne sois pas si dur mon chéri, cela ne te
ressemble pas. Ce garçon souffre. Sa mère est morte.
Et regarde comme Morgan s'en est sorti. Espérons
qu'il trouve, lui aussi, la force d'endurer son deuil…
plaida Léonie, en serrant la main de Julius dans la
sienne.

Ce contact était tellement agréable, tellement apaisant. Il était conscient de l'étendue de sa chance de l'avoir retrouvée après tant d'années. Si bien qu'il lui arrivait encore de ne pas y croire. Fréquemment, il se réveillait dans la nuit, trempé et angoissé. Il la cherchait dans le lit en proie à une panique terrible. Il devait la toucher pour s'assurer qu'elle était bien réelle, qu'elle était bien là et qu'il ne rêvait pas. Mais quand il ne la trouvait pas, une peur panique s'emparait de lui, lui enserrant la gorge jusqu'à ce qu'il la retrouve enfin, installée à la table du petit déjeuner, ou assise dans le rocking-chair, près de la cheminée un livre à la main. Alors seulement sa respiration et les battements affolés de son cœur s'apaisaient. Léonie endurait fréquemment des insomnies. Le corps gardait des stigmates, comme autant de cicatrices invisibles, ancrées dans la chair : il restait marqué par la souffrance endurée des années durant. Il ne guérissait pas si vite des tourments causés par l'absence de l'être aimé. Il fallait du temps, au corps comme à l'esprit, pour croire au bonheur et cesser de craindre qu'il ne s'évanouisse soudain, comme neige au soleil.

— Morgan ? intervint Gabrielle, sortant Julius de ses pensées. J'veux plus entendre ce prénom ! se récria t-elle, il vaudrait mieux pour lui qu'il ait une bonne excuse quand y reviendra ! Si j'sens, ne serait-ce qu'un lointain relent d'alcool dans son sillage, quand il daignera nous faire l'honneur d'sa présence... Je... Ah ! Y va le regretter ! Ça, vous pouvez m'croire ! J'pensais qu'il avait changé...

— Ne tire pas de conclusions hâtives Gabrielle, il a... Léonie échangea un regard attristé avec Julius, il a sans doute une excellente raison d'être en retard...

Repus par l'abondance des mets servis à foison durant ce festin d'exception, les résidents du manoir Kersak se rassemblèrent à l'extérieur, sur l'herbe mouvante. Ils se dirigèrent vers la prochaine animation du jour : le grand tournoi.

Chacun y allait de son commentaire sur le magnifique spectacle auquel ils avaient assisté ce matin-même, le discours d'Adamo et la répartition des enfants, mais ce qui animait le plus les discussions enfiévrées était la conduite lamentable du jeune Melvyn. Dans d'autres circonstances, sans doute aurait-il nourri une grande fierté « d'être enfin celui dont tout le monde parlait ».

Julius le cherchait dans la masse grouillante des convives, mais ne trouva nul signe de lui, il brillait par son absence, tout comme Annabeth et Soleil Ardent.

Durant le repas, les bancs disposés en face de la scène - où s'était déroulée la répartition - avaient été réquisitionnés. Ils se trouvaient à présent sur un vaste terrain vierge, situé à quelques mètres de là. Des lices étaient matérialisées par une clôture de bois branlante, entourées de sapins qui paraissaient faire une haie d'honneur aux participants. La brume du matin s'était levée et la neige fondue faisait briller d'une lueur mystique le labyrinthe en contrebas.

Le tournoi commença sur des chapeaux de roue. Saisissant. Les participants étaient doués, c'en était prodigieux, jamais encore Julius n'avait assisté à pareilles joutes. Il ne s'agissait pas d'une représentation sanglante, comme on aurait pu s'y attendre durant ce genre d'événement, mais plutôt d'une démonstration d'agilité, de maîtrise et de fair-play. Même le turbulent Icare se prêta au jeu avec flegme et habileté.

Les jeux étaient mixtes et débutèrent en opposant le Borgne et Nephertys, tel David contre Goliath. Personne ne donnait cher de la petite silhouette menue de Nephertys, face au massif Borgne. Pour sûr qu'à l'épée, il la surpassait en puissance, mais elle était l'agilité même. Elle parvint pendant quelque temps à le maintenir à distance, évitant avec aisance la force de ses attaques, en se mouvant avec adresse, dans une danse unique, dont elle seule maîtrisait les rudiments à la perfection. Mais elle commençait à fatiguer, d'un coup puissant, il la désarma. Loin de se laisser abattre par sa soudaine vulnérabilité, Nephertys montra les crocs au sens propre comme au figuré et muta en une panthère noire, rutilante, aux muscles saillants. Le Borgne jeta son épée et écarta les bras en regardant le ciel. Des nuages se formèrent et commencèrent à se charger en électricité. Nephertys évita les décharges électriques avec une aisance remarquable. Elle bondit et projeta son adversaire au sol, collant sa gueule aux canines affûtées à quelques centimètres du visage du Borgne. Les nuages se dispersèrent et ce dernier déclara forfait.

Les combats se succédèrent à toute vitesse et Nephertys demeura victorieuse. Le tempétueux Icare lui donna du fil à retordre avec la violence de ses vents déchaînés. La vivacité des végétaux de Gabrielle la mit à rude épreuve.

Finalement, le dernier combat arriva.

Ceux qui ignoraient encore la faculté d'Adamo, Falco et Isabo, huèrent l'arrivée de ces trois adversaires simultanés, contre la panthère noire, seule et essoufflée.

Les triplés Kersak se prirent les mains d'un même geste. Il y eut des hoquets de surprise alors qu'ils se métamorphosaient en une seule et même entité : un sphinx. Un sphinx, fait de chair et de sang, identique aux statues de marbre, se pavanait là, bien réel, devant leurs yeux ébahis. Cette même créature à qui Soleil Ardent et certains autres d'entre eux, avaient déjà eu affaire. Massif et impressionnant, le sphinx au buste et à la tête d'Isabo, partit dans une course folle en direction de la panthère. Ses pattes de lion foulaient l'herbe à une telle vitesse qu'il semblait voler. Ses ailes d'aigle immenses se déployèrent et soudain l'illusion n'en fut plus une : il prit son essor, fendit les airs et gagna de l'altitude. Alors il plongea sur Nephertys et planta ses griffes dans sa chair. Il emporta sa proie à vive allure vers les cieux, avant de redescendre en piqué pour la lâcher à deux mètres au-dessus du sol. Elle retomba sur ses pattes, sonnée.

Elle déclara forfait dans un souffle : elle ne faisait pas le poids contre cette créature prodigieuse.

Le sphinx était d'une beauté mystique, impressionnante, mais aussi terrible. À l'image des frères et sœurs Kersak, il forçait l'admiration de ceux qui le contemplaient. Ils reprirent forme humaine et tous les participants vinrent saluer la foule, qui les acclama avec ferveur.

Le jour déclinait doucement derrière les arbres, quand Julius se décida à quitter Gabrielle et Isaac, pour entraîner Léonie à l'écart. Au gré de ses balades, il avait découvert dans un coin égaré du parc, un petit étang des plus charmants. Ils s'y rendirent, main dans la main, tout en savourant l'un de leur silence complice. Parfois, la parole elle-même est de trop. Dans la quiétude, ils aimaient laisser leur âme s'étreindre paisiblement, ainsi l'instant présent leur semblait presque palpable.

Arrivé en vue de l'étendue d'eau, Julius finit par rompre le silence à contrecœur. Il ne savait pas comment Léonie allait réagir à sa proposition, mais il espérait trouver les mots justes pour la convaincre :

—J'y ai longuement réfléchi Léonie, nous avons tous deux consacré bien trop d'années à la rébellion. C'est une belle cause, je ne regrette rien... Non ! Je ne peux pas te mentir, pas à toi... Bien sûr que je regrette. Tu le sais. Comment pourrais-je ne pas regretter d'avoir été privé de toi durant huit longues années ! Mais ce qui est fait est fait, nous ne pourrons pas rattraper le temps perdu, mais nous pouvons profiter du temps qui nous reste. Nous avons agi pour le mieux. Nous nous sommes engagés pour un monde meilleur. Mais à présent ma douce, je pense qu'il est temps pour nous de laisser la place aux jeunes et de nous retirer…

—Julius je…

—Attends laisse-moi terminer ! Je sais qu'ils nous manqueront, ils nous manqueront même beaucoup, mais…

Une boule se forma dans sa gorge tandis que les souvenirs se succédaient dans son esprit.

Soleil Ardent qui maniait l'épée sous le soleil vorace du Désert Maudit, la jeune Annabeth errant comme une âme en peine sur le pont du navire. Il l'avait vue s'ouvrir peu à peu depuis son arrivée au manoir. Et surtout, il visualisa le bonheur des enfants, ce matin même, au moment de la réparation. Puis il songea à son vieil ami Adamo et à leurs parties d'échecs hebdomadaires, à la mauvaise foi légendaire dont il faisait preuve quand il le battait – ce qui arrivait bien trop souvent au goût du maître des lieux. Les leçons d'escrime auxquelles il assistait et les démonstrations qu'il donnait parfois avec Falco. Le brave Falco… Et les regards de tous ces enfants qui les admiraient pendant les entraînements, déjà bien trop mâtures et pressés de délaisser l'enfance pour l'âge adulte : le jeune Érode avec son regard sans âge, le timide Isaac et puis bien sûr Gabrielle et Morgan. Il était si heureux de les avoir aidés à remonter la pente. Morgan avait même repris les sessions d'exercices depuis quelques semaines.

—… je pense qu'ils sont tous sur la bonne voie. Pour ce qui est de Morgan… il doit avoir une bonne excuse pour son absence et en ce qui concerne la petite Annabeth, je compte bien trouver Melvyn et lui expliquer ma façon de penser ! La fougue de toute cette jeunesse autour de nous nous manquera, mais, je crois, nous les laisserons entre de bonnes mains, Morgan et Gabrielle prendront soin d'eux… Falco aussi et même Adamo, malgré ses dehors rustres et les latences de ses prises de décisions, nous savons tous deux que ce n'est pas un mauvais bougre.

Le silence retomba.

Durant leur discussion l'astre solaire avait entamé sa descente, leur offrant un magnifique coucher de soleil qui devait sceller ce moment si particulier.

Léonie s'arrêta dans leur promenade autour de l'étang pour contempler le ciel d'un air rêveur. Puis elle se tourna vers Julius, des larmes aux coins des yeux. Elle attira la main de ce dernier sur sa joue et l'embrassa avec ferveur.

—Je te comprends Julius. Comment peux-tu douter de ma réponse ? J'y pense depuis que tu m'es revenu… J'espérais tellement que tu me le proposes ! Oh comme nous l'avons mérité mon chéri ! Non, il est hors de question de voir cela comme une désertion. Nous avons fait notre devoir. Et maintenant que notre temps est compté plus que jamais, il nous faut tourner la dernière page de notre histoire. Alors oui, cent fois oui !

Ils s'embrassèrent tendrement alors que le jour mourait autour d'eux.

Une nouvelle vie s'offrait à eux : elle présageait d'un repos salvateur, pour leur corps et leur esprit fatigués par les années et les épreuves, la perspective d'une retraite dorée loin des turbulences de ce monde dévasté, une fin de vie main dans la main. Ils savaient qu'ensemble, ils accueilleraient la vieillesse, puis la mort, avec sérénité.

Le repas allait bientôt être servi dans la grande salle et Julius se demanda qui donc pouvait encore avoir faim après le festin du midi.

Soudain un ricanement mauvais se fit entendre. Le couple relâcha vivement son étreinte pour fouiller des yeux les environs. Mais ils ne virent personne. Le ricanement cessa, remplacé par une voix acide :

— Quelle déclaration touchante !

L'inconnu, toujours hors de vue, ponctua son intervention d'une salve d'acclamations ironiques.

—Mais y a comme qui dirait… un hic. Vous devriez pas rester là, les pt'its vieux…

- TEDDY -

Manoir Kersak, Isidore,

Il l'avait tué... C'était pas comme la dernière fois pour la p'tite Annaëlle, cette fois il l'avait tué lui-même ! Il fallait qu'il pense à autre chose, il fallait qu'il se concentre, il était hors de question qu'il se fasse prendre. Si ça tournait mal, comment réagirait Adamo ? Se contenterait-il de le chasser ? De lui couper une main, peut-être ? Demanderait-il justice auprès du gouverneur, qui le condamnerait alors à la potence ? Non... On ne tuait pas un homme pour un menu larcin comme ce qu'il s'apprêtait à faire... Mais pour un meurtre, par contre, ça changeait la donne ! Il n'avait pas eu le choix ! C'était ce dément d'homme en noir qui les avait poussés à s'acharner sur lui ! Personne ne devait se mettre en travers du chemin de cet illuminé, sinon voilà comment il finissait...

Il se trouvait dans le souterrain obscur. Et ça sentait fichtrement mauvais. Une odeur de bête se dégageait des hommes alentour : le relent de transpiration et de sang mêlés d'une meute rassasiée, après un déferlement de violence. *Morgan... Il avait tué le gamin ! Comment ça avait pu aussi mal tourner, hein ? Il était pas un tueur, lui ! Il faisait juste ses petites magouilles. Pourquoi il avait fallu que le morveux s'en mêle aussi ! C'était sa faute après tout ! Y s'attendait à quoi ? Voilà comment finissaient les petits fouineurs dans son genre…*

Bon maintenant, il fallait vraiment qu'il se concentre. Il ne devait pas se louper sur ce coup là. Il prévoyait de faire perdre le plus de temps possible à l'homme en noir, pour que le champ soit libre d'ici à ce qu'ils arrivent à la salle de festin. Il était venu voler, pas mourir dans une mare de sang, ça non ! Quant à son « partenaire » d'un jour, l'homme en noir, il avait bien démontré ce soir que verser le sang ne le dérangeait nullement… Ah ça non l'vieux Teddy était un voleur, il en convenait volontiers, mais pas un bagarreur ! Si ça tournait au vinaigre, il voulait pas y perdre la tête… *Arf, il aurait dû s'en douter, qu'il cherchait les problèmes celui-là ! Une vingtaine d'hommes pour voler une poignée de saphirs quand quatre seulement auraient suffi pour agir simultanément ? Allons, allons, il devait garder la tête froide. S'il restait sur ses gardes, tout se passerait au mieux…* tenta-t-il de se rassurer, tandis que la sueur perlait sur son front dégarni, malgré la fraîcheur ambiante.

Au beau milieu du labyrinthe, un homme massif faisait la courte échelle à Teddy. Ce dernier s'empara des yeux de saphir de la représentation d'aigle, avec une facilité déconcertante. Cela avait été presque trop facile ! Le reste de la troupe l'observait de l'intérieur du souterrain. La statue aux orbites vides semblait les observer avec colère.

Soudain, le mécanisme de fermeture s'actionna.

Les parois de pierre se rapprochèrent. Aussitôt, deux gros gaillards se précipitèrent pour empêcher le passage de se refermer. Les muscles mis à rude épreuve, les deux colosses commencèrent à trembler et à suer à grosses gouttes. Paniqués, Teddy et son compagnon s'engouffrèrent de justesse dans l'ouverture, au moment où les deux mastodontes relâchaient leur prise et battaient en retraite vers l'intérieur.

Dans sa précipitation, Teddy heurta une callosité au sol et s'affala de tout son long. Les saphirs roulèrent hors de sa poche, pour arrêter leur course aux pieds d'un homme, qu'il n'avait encore jamais vu. La voix de l'inconnu était froide et cruelle. Elle résonna dans le souterrain :

— Tiens, tiens… Nous avons de la compagnie ! Regardez-moi ça ! Les brigands de bas étage sont de sortie.

Teddy se précipita pour récupérer les pierres précieuses, mais l'homme écrasa sa main de sa botte.

— Non, non. Qu'est-ce que tu crois faire, vieux fou ? Pose ça tout de suite ! Je vais te montrer comment on traite les voleurs dans ton genre… Surtout quand ils s'amusent avec notre porte d'accès…

- MELVYN -

Melvyn, un brin d'herbe dans la bouche, s'était échoué à même le sol glacé dans un recoin excentré du parc Kersak. Dissimulé derrière un buisson épineux, les mains croisées derrière la tête, dans une fausse posture décontractée, il observait le ciel qui s'obscurcissait.

Il n'avait pas absorbé une goutte d'alcool depuis le midi et commençait à avoir les idées un peu plus claires. De fait, il aurait été bien en mal de s'en procurer, car comme il fallait s'en douter, il n'était plus le bienvenu dans la salle de banquet... Pas après le fâcheux épisode avec Adamo... Et il ne pouvait pas se permettre de quitter les lieux pour se procurer le précieux breuvage à la taverne la plus proche... Il devait être présent quand tout commencerait.

Cela le désolait.

L'alcool était un refuge sûr où s'engourdir les sens et il se plaisait dans l'état d'euphorie, de toute puissance, dans lequel il le plongeait : il en avait grandement besoin pour avoir le courage de poursuivre ce à quoi il s'était engagé...

À dire vrai, il avait déjà fait le plus gros du travail. Cela s'était révélé d'une facilité déconcertante : il avait agi sous l'impulsion d'une colère farouche, qui l'avait doté d'une audace, qu'il était bien loin de posséder.

Maintenant les cartes étaient jouées.

Il ne lui restait plus qu'à rester là, bien tranquille dans son coin et « à ne pas se faire remarquer », comme le lui avait conseillé la putain. Il laissa échapper un rire nerveux, en imaginant le petit visage désapprobateur de la jeune femme, après son esclandre de ce midi. Il s'en voulait de s'être une fois de plus abaissé à quémander l'attention d'Isabo, d'avoir voulu la sauver. Cette garce sans cœur ne le méritait pas. Sa belle putain, elle, elle le voyait vraiment.

Quand il était venu se perdre dans ses bras, ce soir-là, après la vision provoquée par Soleil Ardent, elle s'était révélée une épaule des plus réconfortantes. Alors, il s'était blotti au creux de sa poitrine comme un enfant, s'abandonnant à son étreinte charnelle chaude et apaisante. Avec la fougue d'un nouveau-né affamé, il avait laissé libre cours à sa pulsion subite et dévorante de téter les mamelons offerts, durs et dressés, qui couronnaient de la plus exquise des façons, les seins bien ronds et fermes de la voluptueuse jeune femme. Quand enfin il avait été rassasié, il s'était confié à elle, comme jamais il ne l'avait fait auparavant. Il lui avait tout raconté, sans ombrage, tout ce qu'il fallait savoir sur la réalité de sa triste existence. Elle l'avait écouté jusqu'à la fin, sans broncher, son regard perçant de jeune chatte dardé sur lui. Quand il eut enfin fini de s'épancher sur ses malheurs, il fut surpris de déceler quelque chose de nouveau dans les prunelles acérées de la catin : une sorte d'admiration. Jamais personne ne l'avait considéré de la sorte. Alors à son tour, elle s'était confiée à lui. Preuve somme toute, de la considération qu'elle lui portait, elle lui avait enfin révélé son prénom. Un magnifique prénom qui ne cessait de lui brûler les lèvres à présent. Il ne se lassait pas de le murmurer à son oreille, le savourant encore et encore dans sa bouche, tel un mets interdit et particulièrement délectable : Anita. Contre toute attente elle s'était révélée être la clé d'accès aux réponses auxquelles il aspirait ardemment. Elle avait trouvé le *comment* et grâce à elle il ne tarderait pas à obtenir le *pourquoi*. Elle avait tout arrangé, tout orchestré pour lui et en moins de temps qu'il en fallait pour le dire, leur plan était né. Il était rentré dans la cour des grands et serait bientôt reconnu pour ce qu'il était vraiment, ou plutôt devrait-il dire : pour qui *Il* était. Il avait encore des difficultés à réaliser ce qui lui arrivait.

Mais aurait-il les épaules pour assumer ses actes ? Serait-il à la hauteur de ce qu'Il attendait de lui maintenant ? Allons ! À quoi bon se torturer ? se fustigea-t-il, en tentant de se raisonner. *C'était trop tard ! Ils le méritaient tous autant qu'ils étaient ! Ils l'avaient pris pour une bête de foire, moqué, humilié !* Oh il était bien conscient que son physique n'avait rien d'avantageux, avec son corps maigrichon, presque

301

maladif, ses muscles cruellement inexistants – et ce malgré l'entraînement - son teint blafard, pâle comme la mort et ses longs cheveux gras, qu'il avait beau frotter encore et encore et qui le demeuraient pourtant, tels des sangsues visqueuses ayant élu domicile au sommet de son crâne. *Mais cela pouvait-il excuser leurs comportements détestables au-delà du supportable ? Qui étaient-ils donc, pour le juger ainsi sur son apparence ? Il valait bien mieux que cela !* Il possédait une capacité sans pareil et par leur dévalorisation quotidienne, ils étaient parvenus à l'en priver. *Faute de confiance en lui, il se trouvait cruellement démuni et ne parvenait plus à se servir de ses aptitudes ! Lui qui pourtant, jouait avec l'espace, avec une aisance déconcertante depuis son plus jeune âge ! Ils avaient fait de lui une épave... Ils en payeraient le prix fort !* Soudain il pensa à sa sœur et ses belles convictions s'ébranlèrent. *Comprendrait-elle, après la scène qu'il lui avait infligée ce midi même devant ses camarades ? Bah ! Il espérait que cela lui servirait de leçon ! Elle avait vu le vrai visage de ceux qu'elle pensait être ses amis ! Que ferait-il, si elle décidait de ne pas le suivre ?* À cette idée, il haussa les épaules. *Après tout, qu'est-ce que cela changerait pour lui ?* Puis il se ravisa... contre toute raison, il dut bien s'avouer qu'il tenait à elle... C'était sa petite sœur, le seul lien avec sa défunte mère. Il était en mesure de lui offrir une vie meilleure, loin de cette communauté de prétentieux gangrenés, qui ne les verraient jamais que comme des orphelins inutiles...

Il avait passé le reste de la journée à renouer avec ses anciennes habitudes de petit fouineur des souterrains d'Arka. Il avait commencé par épier discrètement les jérémiades de sa sœur et la sollicitude exaspérante de Soleil Ardent, qui soit dit en passant, lui avait donné la nausée. Comme il fallait s'y attendre, elle s'était épanchée sur les malheurs - que lui, son raté de frère - lui faisait endurer… *Bah elle ne tarderait pas à voir les choses différemment ! Elle devrait faire un choix bien plus tôt qu'elle ne le pensait !*

Puis il avait assisté à une partie du tournoi, qui l'avait bien vite lassé, le jugeant sans intérêt, car exempt de violence sanglante. *Comment pouvaient-ils appeler cela : tournoi ? Ce n'était rien d'autre qu'un simulacre pour une bande de lopettes apeurées…*

À présent, à l'abri des regards, il observait, médusé, la déclaration d'amour écœurante des deux ancêtres : Léonie et Julius. Quand ils eurent enfin fini leurs mièvreries, il ne put résister à l'envie d'interrompre leur étreinte, de les ramener sur terre, à la réalité. *Pourquoi serait-il le seul à souffrir ? Le vieil homme voulait discuter avec lui… Alors autant crever l'abcès sans attendre !*

— Quel témoignage touchant, déclara-t-il, avant d'applaudir avec emphase. Mais y a comme qui dirait un hic… Vous devriez pas rester là, les pt'its vieux…

—Qui êtes-vous ? gronda Julius.

Puisque la réponse ne venait pas, il somma l'inconnu avec force :

303

— Ayez au moins le courage de vous montrer.

Après de longues minutes, Melvyn sortit d'un bond de l'obscurité. Comme un comédien entrant en scène et désirant surprendre son public.

— Oh Melvyn ! C'est bien toi ? À quoi joues-tu, bon sang ?

— Tu ne t'es pas assez tourné en ridicule ce midi ? Tu n'as rien de mieux à faire que de nous épier dans le noir ? questionna Léonie, avec amertume.

Comme s'il ne les avait pas entendus, Melvyn déclara :

— La bonne nouvelle, c'est que vous vous êtes déjà fait vos adieux…Allez ! Vite ! Dépêchez-vous d'aller au festin ! Ou vous allez rater le plus beau de la fête !

— Pas si vite mon garçon ! Viens par là ! Je vais t'aider à décuver plus vite que tu ne le crois !

Avec une rapidité impressionnante, compte tenu de son âge, Julius attrapa Melvyn avant qu'il ne puisse filer en direction du manoir et le plaqua contre l'arbre le plus proche.

— Qu'est-ce que tu racontes ?

— Si on peut même plus rigoler ! protesta Melvyn en souriant.

Sourire qui se dissipa devant l'air sérieux du vieil homme. Il y avait en Julius, ce petit quelque chose qui forçait le respect, même avec toute la volonté du monde, il était difficile de se dérober à son regard de fer.

—Nous n'irons pas au festin tant que tu ne te seras pas expliqué.

Julius le tenait fermement et une fois de plus Melvyn fut étonné de la force qui émanait du vieillard. Melvyn haussa les épaules

—Rien du tout ! J'voulais juste vous surprendre ! Si on peut plus s'amuser un jour comme celui-ci !

Julius le dévisagea sans cacher sa réprobation.

—Melvyn tu n'es plus un gamin, tu dois te reprendre. Tu ne peux pas agir de la sorte sans t'attirer de graves problèmes. Je sais que ta sœur et toi vous avez vécu une épreuve terrible… À ces mots, le visage de Julius se décontracta et il relâcha sa prise.

Melvyn y lut une sorte de pitié, qui lui donna envie de l'étrangler à main nue. *Patience… Patience… Son heure viendrait bien assez tôt. Il fallait qu'il le laisse dire. Bientôt il regretterait d'avoir cherché à lui faire la leçon et d'avoir eu… pitié de lui. Après tout, ne serait-ce pas lui, qui demanderait bientôt pitié ?*

—Je sais que ce n'est pas facile pour toi, continuait Julius, mais imagine un peu comme c'est dur pour ta sœur ? Tu as des responsabilités, que tu le veuilles ou non. Mais nous sommes une communauté soudée Melvyn, celui qui désire être secouru, trouvera toujours une épaule charitable…

—Ahahah ! ricana Melvyn, l'air mauvais. C'est vous qui dites ça, alors que vous ne pensez qu'à nous abandonner ! Vous voulez m'aider ? Nous aider ? Laissez-moi rire !

—Comme tu as pu l'entendre à nos dépens, nous avons nos raisons de vouloir prendre notre retraite… Nous avons donné bien plus que nous le devions à la rébellion. Mais nombreux sont ceux qui pourront vous soutenir ici, Melvyn. Tu dois abolir cette rage en toi et regarder vers l'avenir ! Quel avenir veux-tu pour ta sœur ? Ton comportement ne vous mènera nulle part ! Ou en bien mauvaise posture…

Le temps tournait.

Il devait abréger la conversation au plus vite. Melvyn décida d'acquiescer pour se débarrasser de ce vieux donneur de leçons : il était attendu ailleurs… Quelle sottise l'avait pris de les alpaguer à cette heure-ci, alors qu'il devrait déjà être installé dans la salle de festin !

—Vous avez raison. Je vais y réfléchir…

Julius se détendit et lui tapota l'épaule :

—Bien mon garçon, bien… Je préfère cela.

—Bon allons-y maintenant ! Nous allons rater le repas !

—J'espère que tu n'as pas prévu un nouvel esclandre Melvyn ! Adamo ne le tolérera pas ! Tu devrais laisser l'alcool de côté, au moins pour ce soir…

—Ne craignez rien. J'ai bien retenu le message…

Melvyn fit quelques pas en direction du manoir, quand la voix de Julius retentit à nouveau dans le silence ambiant :

—Ah Melvyn ! Attends un peu ! J'ai une dernière question avant d'y aller. La vision que tu as partagée avec Soleil Ardent... De quoi s'agissait-il ?

De quoi se mêlait encore ce vieux moralisateur ? N'en avait-il pas fini de le harceler ? Que pouvait-il répondre ? Soleil Ardent n'avait certainement rien compris. Comment l'aurait-il pu ? C'était son histoire à lui. Lui seul pouvait remettre les pièces du puzzle dans l'ordre. Il lança d'une voix sourde, feignant la colère :

— Ça vous fait plaisir de m'torturer hein, c'est ça ? J'suis sûr que c'gamin l'a fait exprès ! Sous ses airs innocents, c'est rien que d'la carne, comme les autres ! Quoi ? Vous voulez qu'j'vous raconte comment mon père était un homme mauvais ? Que j'vous parle de comment j'ai été conçu dans la violence ?

—Loin de moi l'envie de remuer le passé mon garçon... Mais Soleil Ardent m'a parlé d'un homme qui avait deux visages... et qui portait une couronne ?

Melvyn explosa de rire.

— Ahahaha ! Voilà que j'me demande qui de nous deux était ivre ce soir-là ! Bah si y a qu'ça pour vous faire plaisir ! Qu'tout l'monde m'appelle prince à présent, tiens ! Ça m'irait comme un gant ! Melvyn dévisagea Julius avec mépris. La seule couronne qu'ait jamais portée mon paternel, c'est un fichu casque d'chantier. L'vieux a passé sa vie à suer comme un porc pour un roi, à extraire des joyaux, dont un seul nous aurait assuré une vie digne jusqu'à la fin de nos jours ! Tout c'qu'il y a gagné, c'est une vie d'chien et la furieuse envie de se venger en cognant sur ma mère ! Et comment on l'a remercié pour toutes ces années d'labeur, hein ? J'vous l'demande ? Bah figurez-vous que quand il a fini par choper la lèpre, comme c'était à prévoir à force de suer dans l'humidité et d'se coller aux autres gueux comme un rat dans des galeries sordides, y ont rien trouvé de mieux qu'l'envoyer croupir sur l'île des lépreux ! Bon qu'à bosser et à crever comme une bête, voilà comment on l'a traité !

Julius resta sans voix face à cette tirade.

Melvyn se remit en mouvement et déclara sur un ton radouci, presque aimable.

—Bon, on peut aller au festin maintenant ? J'croyais qu'c'était une journée de fête ! Pas un jour pour pleurer sur les morts…

- ANNABETH -

De son côté, Annabeth laissait libre cours à ses anciennes habitudes de petite sauvageonne. Mais même cela ne parvenait pas à lui mettre du baume au cœur. Elle tentait, sans grand résultat, d'oublier le comportement grotesque de son frère.

Suspendue à la branche d'un gros arbre, la tête en bas, elle contemplait le monde à l'envers. Étrangement, ainsi, l'univers lui semblait bien plus ordonné, les choses, la nature ambiante, lui paraissaient enfin à leur place. Si elle se laissait tomber, elle chuterait dans les étoiles. Elle sourit à cette idée. Parmi les étoiles scintillantes, elle avait la certitude que toute sa souffrance, son ressentiment, se dissiperaient enfin, comme par magie, pour ne laisser place qu'à la beauté totale et infinie. *Pourquoi fallait-il que l'être humain subisse de si lourdes pertes ? Pourquoi était-elle née de chair et de sang et non pas de poussières d'étoiles ?* Elle n'aurait dès lors, plus eu besoin de peindre la beauté... Elle aurait été la toile elle-même et d'autres auraient tenté de rendre hommage à son éclat, sans jamais parvenir à capter l'insaisissable.

Elle n'avait pas touché un pinceau, pas même un crayon, depuis la mort de sa mère. Et soudain ce soir, l'envie de créer lui tenaillait les entrailles, comme si sa peine trop longtemps contenue cherchait un moyen de s'exprimer, de se déverser enfin. *Ne serait-elle jamais capable de peindre à nouveau la beauté ?* Elle savait que si elle laissait son art s'exprimer ce soir, c'était une laideur terrible qu'elle retranscrirait, avec un acharnement vorace, jusqu'à en avoir mal aux doigts à force de frotter le parchemin encore et encore. Sans doute y laisserait-elle des traces de sang, qui teinteraient son œuvre de toute la profondeur de son désespoir…

Sans qu'elle ne puisse se l'expliquer, la présence silencieuse à ses côtés de Soleil Ardent l'apaisait. Pourtant au premier regard, elle avait tout de suite compris qu'il était le jour, quand elle était la nuit. C'était un sauvage sorti du désert, quand elle était une âme en peine en plein naufrage. Il l'avait prise pour une petite peste arrogante, quand elle l'avait jugé comme un benêt opportuniste… Et pourtant, au milieu de leurs différences, une force inconnue les unissait. Un peu comme deux aimants luttant pour rester hors de vue, mais qui seraient inébranlablement poussés l'un vers l'autre. Depuis quelque temps ils s'étaient rapprochés. *Étaient-ils amis ? Non, elle n'aurait pas dit cela. Était-elle seulement en état de se faire des amis ? Retranchée dans un monde de désolation intérieure, elle avait bien du mal à s'ouvrir à l'extérieur. Tout ce qu'elle savait, c'est qu'en sa présence elle se sentait un peu mieux, moins seule. Alors même qu'en présence de son propre frère, Melvyn, ce sentiment de solitude s'accentuait.*

Soleil Ardent observait lui aussi les cieux d'un air songeur, juché sur une branche, non loin d'Annabeth, il se tenait bien droit, le dos contre le tronc massif. Il laissait son regard se perdre dans la nuit d'encre, éclairée par les étoiles et par un croissant de lune envoûtant. Lorsqu'il s'en persuadait assez fort, il parvenait à s'imaginer dans le familier Désert Maudit, à l'abri des hommes et de leurs folies. Le ciel, lui, demeurait le même et le réconfortait. Lorsqu'il le contemplait, il nourrissait l'illusion d'être chez lui. Il envisagea un instant de parler à son amie de la vision qu'il avait partagée avec Melvyn. Peut-être pourrait-elle l'aider à y voir plus clair. Il étudia un instant son visage et y décela toute l'ampleur de sa tristesse, si bien qu'il ne put se résoudre à ajouter à sa peine les images qui hantaient sa mémoire. Au fond de lui il savait qu'il s'agissait de la mère défunte d'Annabeth et Melvyn. *Alors comment aurait-il pu se résoudre à remuer ainsi le couteau dans la plaie ?*

—Voyons le bon côté des choses Annabeth…

—Il y en a un ? rétorqua-t-elle.

—Bah… Nous ne sommes pas des Excepto !

—Ahaha… Quelle mascarade. Tu ne crois pas ?

Il haussa les épaules et ils se replongèrent dans le silence.

Tout à coup, Soleil Ardent s'exclama :

—Tiens ! Voilà ton frère…

Annabeth regarda au loin, en direction du perron, juste à temps pour voir Melvyn entrer à grandes enjambées dans le hall. Puis quelques minutes plus tard, Léonie et Julius, pénétrèrent à leur tour dans l'entrée.

À présent un calme religieux régnait dans le parc. Annabeth et Soleil Ardent devaient être les derniers retardataires, les convives se trouvaient tous à l'intérieur.

—J'espère que Melvyn ne compte pas remettre ça… soupira lentement Annabeth.

—Dis-toi qu'il serait bien en peine de faire pire que ce midi ! Si Adamo le laisse entrer, il faudra qu'il garde ses commentaires déplacés ou je suis sûr qu'il le jettera lui-même dehors… J'aurais juré voir de la fumée sortir de ses oreilles ce midi, ironisa Soleil Ardent, pour détendre l'atmosphère.

Annabeth le gratifia d'un regard noir.

—Bon d'accord ce n'était pas drôle… s'excusa Soleil Ardent, mais quand même la tête qu'il faisait ! Tu crois que…

Annabeth l'interrompit brusquement :

—Qu'est-ce que c'est que ça ?

—Quoi ?

La fillette se redressa sur sa branche pour mieux voir. Elle pointa du doigt un point au loin dans les feuillages. Mais Soleil Ardent ne distinguait rien de plus que la végétation ambiante :

—Derrière les buissons ! Tu ne vois pas ?

Soleil Ardent scruta les environs avant d'assurer :

—Non… Il n'y a rien du tout Annabeth.

— Ça a bougé je te dis !

Le garçon haussa les épaules :

—C'était sûrement le vent… Bon, tu n'as pas faim ? On devrait…

—C'est un chat ! s'exclama Annabeth.

Soleil Ardent l'aperçut au même instant. Il regarda la bête en levant un sourcil interrogateur.

—Il n'y a jamais de chat qui traîne par ici… Ça sent le danger ces bêtes-là, avec un sphinx dans les parages ils préfèrent se faire discrets… d'habitude en tout cas.

—Qu'est-ce qu'il peut bien fabriquer par ici ?

Annabeth ne quittait pas le chat des yeux. Noir comme la nuit, le regard luisant, on le distinguait à peine dans l'obscurité ambiante. Il se faufilait de son allure souple et fière parmi les ombres des arbres qui s'étiraient sur le sol.

—Bon allons manger avant qu'il n'y ait plus rien…

—Vraiment c'est étrange !

—Annabeth ce n'est qu'un chat… Cela ne t'a pas réussi de rester la tête en bas si longtemps !

Quelque chose clochait avec cette bête… La sensibilité particulière qu'Annabeth ressentait habituellement en présence de l'espèce animale brillait par son absence.

Elle ne percevait rien et en restait déconcertée. *Que lui arrivait-il ?*

Soudain, une silhouette émergea du labyrinthe.

Ils reconnurent Teddy qui se hâtait vers le manoir. En l'apercevant, le chat gambada à toute allure dans sa direction. Il se glissa de justesse entre ses jambes au moment où il franchissait la porte, disparaissant à l'intérieur.

Annabeth et Soleil Ardent échangèrent un regard interrogateur et se précipitèrent à leur suite.

- TEDDY -

Teddy pénétra dans la grande salle de festin sans prêter attention au chat qui le suivait comme son ombre. Il s'arrêta sur le pas de la porte pour observer les lieux, tout en se caressant la lèvre d'un air songeur. La fête battait son plein. L'alcool coulait à flots. Adamo avait enfin lâché du lest pour s'abandonner à la joie ambiante.

Le chat se dirigea à pas chaloupés vers le groupe d'enfants surexcités. Ces derniers avaient rapproché les tables, pour se rassembler, toutes classes confondues. Leur petit visage masqué étincelait à la lueur des feux ronflant dans les âtres des cheminées alentour, ce qui leur octroyait un air irréel, presque mystique. Cassandre faisait virevolter une carafe d'eau en riant. Thomas s'amusait à disparaître pour réapparaître quelques mètres plus loin. Même Isaac souriait bêtement, il ne cessait de tripoter son nouveau médaillon, orné d'un sphinx. Utopia, d'humeur allègre, faisait voleter au-dessus de leur tête, une nuée d'angelots lumineux dotés d'ailes immaculées et duveteuses. Des acclamations enjouées accueillirent l'arrivée du félin parmi eux. Le chat sauta avec souplesse sur les genoux d'Isaac et entreprit de passer de jambe en jambe, en se frottant et en ronronnant.

Annabeth et Soleil Ardent entrèrent à leur tour. Après un instant d'hésitation, ils se dirigèrent vers la table des élèves. La jeune fille gardait le regard dardé sur l'animal. Soleil Ardent, assis près d'elle, voulut lui adresser la parole, mais comprit bien vite qu'elle n'y prêterait aucune attention, tant elle était obnubilée par son observation du chat. Il haussa les sourcils et secoua la tête d'un air déconcerté, avant de se tourner par dépit vers son voisin de droite, Isaac, pour engager la conversation.

Après avoir examiné la pièce de fond en comble, Teddy, tout sourire, repéra une chaise libre près d'un visage qu'il connaissait bien. Il s'installa aux côtés de Julius, à la table centrale qu'il partageait avec Léonie, Adamo, Falco, Isabo, Jason, Gabrielle, Nephertys et Jacob, non loin de celle des enfants.

Julius murmurait à l'oreille de Léonie. Teddy dressa l'oreille :

— … rien ne presse Léonie, j'organiserai notre départ demain avec Adamo. Il préférera que je lui annonce en privé. Évitons de gâcher la fête…

— Julius, c'est bien toi ? le coupa Teddy, le sourire jusqu'aux oreilles, dévoilant sa bouche édentée.

Julius s'interrompit et demanda sans comprendre :

— Ça ne va pas Teddy ? Tu as bu ?

— Qu'est-ce que tu caches à Adamo, dis-moi ?

—C'est entre Léonie et moi, Teddy... Pourquoi tu... ?

—Entre vous et Adamo plutôt, coupa sèchement Teddy. C'est excitant ! Allez ! J'adore les secrets !

Il baissa encore d'un ton et déclara lentement, l'œil sournois, en appuyant particulièrement sur certains mots, comme s'il s'en délectait :

—Julius, sois *sympa.* C'est jour de *fête* ! Quoi de mieux qu'une petite *trahison* ? Crache le morceau ! Entre ancêtres, on doit se serrer les coudes, pas vrai ? Je ne dirai rien ! Le vieux Teddy n'a qu'une parole !

Qu'est-ce qu'insinuait ce vieux fou ? songea Julius. *Il déraillait complètement ! Oser prétendre qu'il préparait une trahison ! C'était le monde à l'envers ! N'était-ce pas lui qui avait trahi Annaëlle et Morgan ? Morgan...*

—Je ne vois pas de quoi tu parles Teddy. Cela n'a aucun sens ! Dis-moi plutôt où est Morgan ? interrogea Julius.

Gabrielle, assise non loin de là, se tourna vers eux en entendant le nom de son mari.

—Ah ? Il n'est pas là ? C'est fâcheux... marmonna Teddy.

—Qu'est-ce qu'il raconte ce vieil escroc ? s'immisça Gabrielle.

—Teddy est très certainement ivre... un de plus, murmura Léonie, en soufflant d'un air désolé.

—Voyons Teddy ! Tu as bien dû voir mon mari ! Il devrait être avec toi !

—Ah… grommela Teddy, en mordant dans un steak saignant.

Il se mit à mastiquer avec force et vacarme le gros bout de viande qu'il avait mis entier dans sa bouche. Il finit par le recracher dans son assiette.

—Vieux et pauvre ! À quoi bon vieillir si on ne peut même plus savourer un bon morceau de viande, hein ? se plaignit-il.

Ceux qui avaient vu son manège échangèrent un regard écoeuré. Tout à coup Teddy prit son couteau et le planta dans la table. Il s'exclama :

—Tu sais ce que l'on va faire Julius ? On va parler de *trahison* ! Ça fait trop longtemps qu'elle dure cette affaire ! Il faut bien crever l'abcès un jour, tu ne crois pas ? Ce jour est arrivé !

Les conversations cessèrent dans la salle et les convives braquèrent leurs regards sur eux :

—C'est à n'y rien comprendre Teddy ! Bon sang qu'est-ce que tu racontes ?

—Non, non ! Ne crois pas que je vais faire le plus gros du travail ! Non, c'est à toi de te confesser !

Il s'interrompit un instant, dévisageant tour à tour Julius et Adamo, avant d'affirmer de plus belle :

—… Adamo ! Julius a quelque chose à vous dire !

À cet instant, un bruit strident retentit, semblable à celui d'un objet lourd que l'on déplacerait en frottant le sol.

Aux quatre coins de la pièce, les statues de marbre, le sphinx, l'aigle, le lion et la femme, se mirent en mouvement. Elles pivotèrent simultanément, ouvrant le passage à des hommes et des femmes en armure. Ils émergèrent dans un brouhaha métallique et condamnèrent les issues. Les convives se retrouvèrent cernés de toute part. Un homme fermait les rangs, il traînait au sol de lourdes chaînes de férailles, qui faisaient un bruit d'enfer. Pendant ce temps, le chat se faufila sous la table. Il se dirigea tranquillement vers les intrus. Au moment où il arriva à hauteur d'un homme massif, qui environnait les deux mètres de haut et d'une femme rousse qui portait un bandeau sur un œil, il muta pour devenir peu à peu une jolie jeune femme brune au regard perçant. Quant aux convives pétrifiés, ils dévisagèrent les nouveaux venus sans comprendre. Teddy profita de cette diversion pour récupérer son couteau planté dans la table. D'un geste net et précis, il le ficha dans le cœur de son voisin de tablée.

Julius encaissa le coup en écarquillant les yeux d'incompréhension. Il dévisagea Teddy qui affichait un air triomphant, proche de l'extase. *Pourquoi ?* se demanda Julius avec horreur. Il bascula en avant.

Léonie poussa un cri de bête à l'agonie en regardant son mari s'écrouler dans son sang.

Que lui arrivait-il ?

Ce n'était pas possible... Léonie... Non ! Il ne pouvait pas l'abandonner ainsi... sa pauvre et magnifique Léonie... songea Julius en s'affalant au sol. Son regard croisa celui d'un jeune garçon... enfin non, ce regard n'avait plus rien de celui d'un enfant, *Soleil Ardent... pauvre Soleil Ardent, que ne l'avait-il laissé dans le désert, à l'écart de la cruauté des hommes... Lui, l'innocence même, avait vieilli en quelques secondes seulement devant cet acte barbare, cette traîtrise terrible qui devrait le marquer à jamais...*

Tout à coup, Teddy se métamorphosa.

Il laissa peu à peu place à un homme grand et élancé, au teint mat et à la longue crinière brune, qui n'était autre qu'Hector : son plan s'était déroulé à merveille et il ne put retenir plus longtemps le rire sadique qui remontait dans sa gorge. Son cri de victoire sanguinaire explosa dans le silence angoissant, comme l'éclipse voilant tout à coup le soleil. L'atmosphère était à la fois lourde et glaciale. Il s'en délectait tant qu'il sentit une érection poindre contre sa cuisse.

Le traître Julius était mort, lui qui avait été son fidèle conseiller durant de nombreuses années. Lui qu'il avait si bien récompensé en lui octroyant un domaine près d'Arka, où passer ses vieux jours avec sa femme...

Il se laissa assaillir par les souvenirs.

Cela faisait huit ans maintenant qu'Aaron Sliny lui avait appris la traîtrise de Julius, depuis lors, pas un jour ne passait sans qu'il ne se félicite de ne jamais l'avoir mis dans la confidence de sa véritable identité.

À l'époque Aaron se préparait à une vie dans la clandestinité, après s'être enfui de Richebourg, bien décidé à échapper à l'esclavage et aux camps de Soahc. Durant son exil il rencontra Julius près du gouffre et dut choisir entre deux opportunités inespérées : rejoindre la rébellion, comme le vieil homme le désirait, ou se présenter devant le souverain, fort de ces précieuses informations, pour y acheter sa liberté. Aaron avait choisi cette dernière possibilité et s'était prosterné devant son roi pour quémander son affranchissement.

Bien entendu, le roi l'avait accueilli à bras ouverts, allant jusqu'à l'inviter à rejoindre son armée de l'ombre. Il nourrissait néanmoins une rancoeur tenace contre son nouvel homme de main. Ce dernier ne lui avait pas amené Julius et s'était contenté de le priver de sa mémoire et de le laisser pour mort. Il ne voyait en ce comportement qu'une faiblesse sous-jacente à retirer la vie à un vieil homme. Aaron assurait qu'il avait inspecté la mémoire de Julius dans les moindres recoins sans trouver trace d'informations sur la localisation de la rébellion, mais il demeurait frustré de n'avoir pu le cuisiner selon son bon vouloir, avant de le tuer de ses propres mains. À cela l'homme cobra ne pouvait que se confondre en excuse et assurer qu'il était persuadé que Julius était d'ores et déjà mort, ou que cela ne tarderait pas, vu l'épave qu'il avait fait de lui. Avide de vengeance, il avait alors envoyé Misty, Alastor et Ménélas à la recherche de Léonie, ainsi que de ses compagnons de voyage. Or ils avaient pitoyablement échoué à leur mission. Mis hors de lui par leur médiocrité navrante, il avait banni ces bons à rien de son armée : ils ne pourraient remettre les pieds à Arka que s'ils lui livraient la femme du traître Julius, ainsi que Morgan et Gabrielle.

Dans les années qui suivirent, il envoya d'autres hommes à la recherche des fuyards pour localiser la rébellion, ainsi que le traître Julius, ou du moins ce qui restait de lui. Néanmoins les recherches demeurèrent vaines. Il pensait donc ne jamais plus entendre parler de Misty, Alastor et Ménélas.

Mais il se trompait. Contre toute attente, il avait finalement reçu une lettre quelques mois auparavant, écrite de la main même de Misty. Celle-ci racontait comment un garçon nommé Melvyn s'était épris d'Anita, une jeune catin qu'elle avait prise sous son aile. Son client lui avait confié vivre dans une communauté de rebelles ayant pour but de renverser le roi Guil et ne pas s'y sentir à sa place, d'autant plus qu'il avait découvert que le roi n'était autre que son père. La missive contenait la position exacte du manoir Kersak sur une carte d'Égavar, ainsi qu'un plan, dessiné d'une main tremblante, du souterrain du labyrinthe qui donnait un accès direct à l'édifice. Une note manuscrite précisait que pour pénétrer dans le souterrain, situé en-dessous du labyrinthe, il suffisait d'actionner les yeux de l'une des statues du parc. Misty proposait d'envahir les lieux à l'occasion de la fête de la renaissance qui leur offrirait une diversion parfaite. Et cerise sur le gâteau : Léonie, Julius, Morgan et Gabrielle se trouvaient au Manoir Kersak.

À peine le roi avait-il pris connaissance de ces informations qu'il constituait un équipage pour attaquer le manoir Kersak. Il laissa la défense d'Arka sous le commandement de l'Oeil et de Liam et partit sans tarder.

Il était tant excité à l'idée du massacre à venir que l'odeur de sang lui emplissait déjà les narines : si bien que tout fut prêt en un temps record et qu'il embarqua avec ses mercenaires dans les deux jours qui suivirent. Il leur fallut un mois entier pour traverser la mer, relativement calme, qui séparait Richebourg d'Isidore. Puisqu'ils *projetaient de frapper durant la fête de la renaissance, ils durent patienter trois jours à une distance suffisante du port pour ne pas être remarqués.*

L'attente sembla durer une éternité. L'équipage meubla le temps avec les putains de Richebourg qu'ils avaient pris soin d'embarquer en prévision des longues et mornes journées en mer. Quand arriva enfin ce jour tant désiré, ils attendirent la nuit pour amarrer le navire à l'écart de l'agitation, puis ils se mirent en ordre de marche. Ils longèrent la mer pour quitter la ville et rejoindre le manoir Kersak. En descendant dans le souterrain, où ils devaient retrouver Alastor, Misty et Ménélas, ils tombèrent nez à nez avec la troupe de brigands de l'homme en noir. Quand il aperçut la couronne du monarque, l'homme encapuchonné, eut tôt fait de se ranger sous ses ordres. Tout brigand qu'il était, il savait repérer une aubaine quand il en voyait une et une poignée de saphirs lui semblait soudain bien futile, comparée aux privilèges que pouvait accorder un roi. Alors il ne se fit pas prier pour désigner Teddy comme étant l'instigateur du pillage des statues. En apprenant que le vieil homme était un membre de la résistance, Hector eut soudain très envie de jouer avec sa proie, comme le chat avec la souris, avant de lui porter le coup de grâce. Il ne connaissait rien de cet homme, mais lui ou un autre ferait tout aussi bien l'affaire pour rentrer dans le manoir sans se faire repérer. Il assassina donc Teddy pour prendre son apparence et s'introduire sous ses traits dans la salle de réception afin d'assassiner Julius. Hector secoua la tête pour revenir à la réalité et son rire mourut dans sa gorge. *Une chose était sûre : tout cela l'avait mis en appétit. La mise à mort de Julius n'était* que la mise en bouche de l'hécatombe qu'il projetait. Il dégagea son épée de sous sa cape et lança à la ronde :

—Voyez comme votre roi traite les infidèles ! Et bien ? Vous ne dites rien ? Quelles sont donc ces manières ? Il est d'usage de s'agenouiller devant son roi !

Alors Julius comprit qu'il avait devant lui le roi Hector, l'usurpateur du trône d'Égavar, et que sa mort n'était rien d'autre qu'un exutoire pour l'égo meurtri de ce roi fou. Il en fut soulagé et étrangement apaisé. Il n'aimait pas les incertitudes, tout au long de sa vie, il s'était attelé à comprendre. *Il pouvait s'abandonner à l'étreinte glacée du trépas : il savait pourquoi. Ce n'était pas une mort juste, ni décente. Mais il mourait parce qu'il avait choisi le camp des hommes libres. Il était un vieil homme et cela faisait un certain temps, déjà, que la mort le guettait dans l'ombre. Il serait presque parti en paix, s'il n'avait pas laissé sa femme aux griffes de ce monstre perfide et assoiffé de sang... Léonie mon amour... Oh oui, elle survivrait ! Il le fallait ! Et puis, lorsqu'elle serait vieille, vraiment très vieille, elle partirait dans son sommeil d'une mort douce et légère. Alors seulement, elle le rejoindrait pour passer l'éternité à ses côtés...*

- LÉONIE -

C'était l'effervescence.

Une scène de guerre terrible.

Partout dans la salle, les combats faisaient rage avec frénésie, à coups d'épées et de facultés hors normes. Déjà, il ne restait du mobilier plus qu'un amas de débris méconnaissables. Des traînées de sang maculaient le sol et donnaient au carnage ambiant, un air des plus macabres.

Voilà que la guerre dans laquelle Adamo rechignait tant à s'engager depuis des années, *parce qu'ils n'étaient pas prêts*, débutait comme cela, sans prévenir, par traîtrise.

Ils se retrouvaient pris au piège.

Qui avait trahi la cause ? se demanda Léonie. *Qui les avait vendus à l'ennemi ? Comment auraient-ils pu savoir pour les passages secrets autrement ? Était-ce Teddy qui les avait donnés en pâture ? Et dans ce cas, où se trouvait-il ? Était-il de mèche avec le roi ou ce dernier l'avait-il tué pour usurper son identité ?*

Dans un coin de la pièce, leurs ennemis faisaient des prisonniers. Des enfants se trouvaient entravés par de lourdes chaînes métalliques, gardés par une petite troupe d'hommes, qui semblaient s'ennuyer ferme.

Le glas avait sonné.

Mais la rébellion ne se soumettrait pas sans se battre. Elle réclamait, comme un seul homme, vengeance pour la mort de l'un de ses membres les plus éminents et respectés : Julius. *Julius son mari, Julius l'amour de sa vie. Mort en martyr de la résistance.*

La tête de Léonie tournait dangereusement, c'était atroce. Elle bourdonnait comme si une explosion venait d'avoir lieu dans son esprit. Ses oreilles sifflaient et son équilibre s'en trouvait menacé.

Il l'avait tué.

Lâchement. Cruellement. Par surprise. C'était incohérent, impossible. Il était là, bien vivant, il y avait de cela quelques minutes à peine... Et une heure auparavant il faisait même des projets pour la fin de leur vie. Tous les deux. Ensemble. Et voilà qu'il était mort. Mort. Irrévocablement. Comment pourrait-elle survivre à cela ?

Sonnée et chancelante, Léonie regardait autour d'elle la violence des combats, sans vraiment les distinguer.

Tout cela n'avait plus d'importance. Elle ne survivrait pas. Elle en faisait le choix. Elle ne voulait pas lui survivre.

Et puis soudain, elle l'aperçut.

Le deuxième homme qu'elle détestait le plus au monde. Durant huit ans il avait eu la première place dans sa rancœur incommensurable. Mais voilà que

Julius était mort. Voilà que le roi Hector avait ôté la vie à l'homme qu'elle aimait le plus au monde. Alors, l'être qui lui avait volé la mémoire et de précieuses années de vie commune, passait à présent en seconde place. Mais elle n'en savourerait pas moins sa vengeance.

Aaron.

Elle l'aurait reconnu entre mille, sous sa forme primitive de reptile. Oh il avait perdu de son allant, son corps invertébré demeurait couvert de plaies suintantes, séquelles de ce que Gabrielle lui avait infligé par le passé. Toutes ces années elle l'avait cru mort. On lui avait dit qu'il avait péri et bêtement elle l'avait cru. Les remords l'assaillirent. Son sursis durait depuis bien trop longtemps.

Le serpent se dirigea sournoisement vers Gabrielle. Lui aussi était assoiffé de vengeance et bien décidé à faire payer à cette dernière, l'épave qu'il était devenu. La jeune femme se trouvait aux prises avec un homme flasque, qui tentait de l'engloutir dans sa masse mouvante. Elle contrôlait des lianes sorties de terre et tentait de le repousser.

Léonie chercha une arme.

Son regard tomba sur cet homme qu'elle aimait tant. *Quel choix poétique que de tuer cette créature méprisable de la lame même qui lui avait volé son mari. Ne serait-ce pas là un juste retour des choses, que de mettre fin elle-même à l'existence de celui qui leur avait dérobé huit longues années de vie ?*

La voix qui peuplait ses cauchemars se fit entendre :

—*Gabrielle, ma très chère ennemie… Tu as été une très vilaine fille… Tu vois, depuis ce fameux soir, je ne suis plus que l'ombre de moi-même. Je ne dors plus depuis des années. Pas un jour ne passe sans que je ne rêve de te faire payer ce calvaire que tu m'as infligé… Alors écoute moi bien Gabrielle, tu vas ordonner à tes lianes d'arrêter de se débattre… Oui comme çaaaaahhhhhhhh !*

Léonie avait foncé tête baissée et sectionné sur le coup le corps du reptile, avec le couteau encore recouvert du sang de son mari.

Le serpent coupé en deux se tortilla encore quelques secondes, avant de s'immobiliser raide et sans vie.

—Merci… soupira vivement Gabrielle avec soulagement, en secouant la tête pour reprendre ses esprits. Puis elle reporta son attention sur son nouvel assaillant.

Léonie ne s'en pensait pas capable, néanmoins elle sourit, d'un sourire fugace.

La vengeance avait une saveur amère.

Julius était mort mais Aaron aussi.

Son sourire retomba, la vengeance ne le ramènerait pas. Néanmoins elle chercha des yeux le roi Hector, non qu'elle espérât pouvoir en venir à bout elle-même… Mais elle devait au moins essayer.

Si elle devait mourir, elle retrouverait Julius. Dès lors, la plaie béante qui la faisait souffrir le martyr s'apaiserait enfin.

Le roi combattait une petite silhouette à l'épée… Petite silhouette qui ne faisait guère le poids contre un adversaire deux fois plus grand et plus fort que lui. L'enfant tomba au sol, à la merci du monarque.

Elle distingua son visage.

C'était le petit Soleil Ardent...

Oh mon Dieu ! Non ! Il ne tuerait pas cet enfant. Pas le protégé de Julius !

Couteau à la main elle se précipita dans la mêlée de corps. Au prix d'un effort colossal pour ses vieux os, elle parvint miraculeusement à se frayer un passage jusqu'à eux sans encombre. Le roi Hector leva sa lame assoiffée de sang au-dessus de la tête de Soleil Ardent. Alors Léonie s'élança entre la lame et sa cible...

- SOLEIL ARDENT -

Soleil Ardent vit Léonie se jeter dans sa direction. Mais soudain, un sphinx bondit et la fit dévier de sa trajectoire. Elle fut projetée hors de portée de l'épée, tandis que la créature plantait ses griffes dans la chair du roi.

Hector hurla, son œil se fit sournois et ses lèvres se retroussèrent dans un rictus glaçant. Alors, les contours de sa silhouette devinrent flous et il se métamorphosa en... Sphinx. Copie plate et entière de son impressionnant adversaire.

S'ensuivit un combat de titans.

L'onde de choc de leur assaut fit trembler les murs de la salle de réception. Le sphinx Kersak, plus habile que son homologue, déploya vivement ses ailes et prit son essor. Il propulsa son ennemi de toute la puissance de ses pattes de lion, contre le mur qui céda littéralement sous la puissance du choc, y ouvrant une large brèche. Un courant d'air froid s'engouffra à l'intérieur. L'ouverture créait une porte de sortie pour les rebelles piégés dans la salle.

Les deux créatures se retrouvèrent à l'air libre, dans l'herbe glacée. Leur pelage luisait d'une lueur fantomatique sous le faible éclairage de la voûte céleste. Ils se martelaient de coups de griffes endiablés, lacérant leur corps musculeux de plaies profondes et sanglantes.

Tout à coup, des bruits de détonations venant des cieux se firent entendre. Les combats cessèrent momentanément tandis que chacun cherchait d'où venait cette potentielle nouvelle menace. Puis quand ils eurent compris qu'aucun nouveau danger imminent ne les menaçait, la bataille reprit de plus belle. Des étincelles de toutes sortes de nuances et de tailles explosaient dans le ciel, projetées à un rythme calculé… *Le feu d'artifice…* songea Soleil Ardent. *C'était risible, un feu d'artifice magistral éclatait au-dessus de leur tête alors même qu'ils luttaient pour rester en vie. Le Borgne se trouvait là-haut, perché dans les hauteurs d'un immense sapin et « s'amusait » avec des décharges électriques. Quand il apprendrait à quel public il avait donné spectacle, il aurait très certainement toutes les peines du monde à s'en remettre…Pendant qu'il donnait libre cours à ses dons d'artificier, ses compagnons se battaient, se faisaient capturer, et même tuer… Julius était mort.* Une fois de plus la cruelle réalité suffoqua Soleil Ardent. *Il* l'avait tué sous ses yeux ! Il voyait encore le sourire malveillant de Teddy et le plaisir non dissimulé avec lequel il lui avait ôté la vie. Comme s'il n'était rien, rien qu'une bête. Comme si ce dément pouvait choisir à son gré qui devait vivre ou mourir. Or toute vie était sacrée et l'homme, qu'il soit roi ou non, n'avait aucun droit sur elle. Il s'agissait là de l'une des premières leçons du Désert Maudit. Quand Julius avait poussé son dernier souffle de vie, Soleil Ardent avait prononcé d'une voix étouffée les paroles enseignées jadis par le Désert, des paroles visant à libérer son âme, car il croyait que la mort n'était pas une fin en soi, mais un commencement. Mais sous l'effet du choc, de la colère et de la tristesse, tout cela lui paraissait soudain bien incohérent, presque risible. Quelque chose s'était fêlé en Soleil Ardent lorsque Julius s'était écroulé. Il réclamait vengeance. Jusqu'à présent il ne s'était pas encore rendu compte que Julius était pour lui bien plus qu'un ami. En réalité, il voyait en lui le père qu'il n'avait jamais eu. Il l'aimait et le respectait profondément. *Julius aurait eu encore tant à lui apprendre ! De quel droit ce roi méprisable, le privait-il de la présence de ce grand homme ?* Pour la première fois de sa vie, Soleil Ardent désirait se venger et attenter à ce qu'il avait toujours vénéré avec dévotion : la vie. Plus que tout au monde, il voulait tuer cette créature sanguinaire, la tuer de ses mains. Or il n'était pas assez fort et sans le sphinx, à l'heure qu'il était, il n'en aurait pas réchappé.

Soleil Ardent regarda autour de lui, il devait bien s'avouer que ses pairs se trouvaient en bien mauvaise posture, les hommes du roi semblaient bien plus puissants que les leurs. Et puis la résistance comptait beaucoup de jeunes qui apprenaient tout juste à se servir de leurs facultés et qui étaient bien en mal de se défendre. *Il se sentait inutile, que pouvait-il faire mis à part se battre à l'épée ? Il n'avait aucune faculté à exploiter, si ce n'étaient ses visions… et à quoi pourraient-elles bien lui servir dans cette bataille ?*

Malgré les efforts combinés de Jacob et Jason pour les protéger, l'ennemi parvenait à s'emparer de plus en plus d'enfants. Tous deux se battaient farouchement contre Tental, adversaire redoutable qui lançait sans relâche ses immenses tentacules en direction du cercle d'enfants pour se saisir d'eux et les balancer comme une vulgaire marchandise en direction de ses compagnons chargés de garder les prisonniers.

Nephertys, sous sa forme de panthère était aux prises avec Ménélas, l'aigle immense aux serres acérées. En fin stratège, ce dernier l'entraîna à travers la brèche dans le mur afin de prendre son envol. Bondissant à sa suite, Nephertys s'y engouffra, bien décidée à le clouer définitivement au sol. Il lui glissa entre les pattes tandis que ses griffes se refermaient sur une poignée de plumes. Dans les cieux, Ménélas avait l'ascendant… Il dessinait des cercles au-dessus de Nephertys, en prédateur vorace qu'il était : il s'apprêtait à fondre sur sa proie.

Icare affrontait le redoutable Magma. Aucun d'eux ne parvenait à prendre l'avantage sur l'autre.

Magma tentait de projeter de la lave en fusion, mais Icare le contrait grâce à de puissances bourrasques de vent. Un monticule de cendres froides ne tarda pas à se former entre eux. Magma bouillonnait de rage devant les moqueries de son adversaire, qui cherchait à lui faire perdre patience. Il y parvint avec brio. Magma se retourna et visa une enfant à proximité. Aussitôt, la petite fille se transforma en statue de cendres.

Enragé, Icare concentra toute sa force pour envoyer une rafale de vent d'une puissance inégalée en direction de son adversaire. Ce dernier fut projeté contre le pan de mur de la grande salle qui s'effondra pour de bon.

Alors les combats se déplacèrent à l'extérieur, tant le plafond menaçait de s'écrouler et de les écraser tous sous ses décombres.

Pendant ce temps, Gabrielle parvint à bout de l'homme flasque en l'enserrant de ronces aiguisées, elle se tourna alors vers un autre adversaire qu'elle désarma avec aisance et qui subit le même sort que son prédécesseur.

Au-dessus d'eux, les éléments se déchaînaient. Le feu d'artifice avait cessé, Le Borgne faisait à présent gronder l'orage et s'attelait à foudroyer un à un leurs ennemis.

Misty changeait en pierre les malheureux qui avaient l'idée fatale de croiser son regard.
Lorsque Gabrielle comprit d'où venait le pouvoir de la cruelle grande rousse, elle hurla à la ronde :

— Ne la regardez pas dans les yeux !

—Tiens, tiens, voici enfin un visage familier ! Tu as pris un sacré coup de vieux ma jolie ! ricana Misty.

Gabrielle détourna le regard tout en projetant des ronces en direction de Misty.

—J'te retourne le compliment sale garce !

Alors elle ne vit pas Alastor arriver derrière son dos. Ce dernier l'assomma d'un puissant coup derrière la tête. Tandis que Gabrielle s'écroulait au sol, il siffla Tental :

—Eh la pieuvre ! Emballe-moi ça avec les autres !

À quelques mètres de là, Isaac assista impuissant à la capture de sa mère et Jason dut l'empêcher de se précipiter dans la gueule du loup.

Tental adressa un regard meurtrier à Alastor mais obéit néanmoins : elle jeta Gabrielle avec les autres prisonniers.

Enragé, Isaac ne quittait plus Alastor des yeux. Alors, soudain, le corps du garçon s'allongea, devint massif et musclé, alors que celui d'Alastor s'amaigrissait et devenait frêle.

Impuissant, Jason le lâcha.

Isaac se précipita pour envoyer son poing dans le visage d'Alastor qui tomba K.O. sous la puissance de l'impact. Puis Isaac se tourna vers les prisonniers pour tenter de récupérer sa mère, mais ils étaient bien gardés. Il se heurta à une résistance farouche. L'une des gardes, Pénéloppe, le projeta en arrière avec un jet d'eau surpuissant qui lui cingla le corps et l'envoya valser à plusieurs mètres de là.

Au même moment, l'aigle Ménélas fonça à pic sur sa proie. Il planta ses serres aiguisées dans la chair d'une Nephertys chancelante. Puis il l'emporta à vive allure dans les cieux. Il la lâcha à plusieurs mètres au-dessus du sol. Elle s'écrasa à une vitesse vertigineuse, pour ne plus laisser d'elle, qu'une tache de sang poisseuse dans l'herbe enneigée.

De son côté, Soleil Ardent aperçut Léonie et Annabeth. Assommée, la vieille femme se trouvait toujours à l'intérieur de la salle qui pouvait s'écrouler à tout instant. Annabeth était agenouillée auprès d'elle et tentait de la faire revenir à elle.

—Léonie ! Léonie ! Vous m'entendez ?

Elle émit un faible grognement.

Au moins elle était en vie, songea Soleil Ardent en se joignant à Annabeth pour la transporter à l'extérieur. Il se sentait terriblement coupable de son état. *Se jeter ainsi en pâture pour le sauver…* Il en était tout retourné. *Et si elle ne s'en sortait pas ?* Bien décidé à lui rendre la pareille, il se plaça en position défensive, épée en main, devant elle et Annabeth.

—Où est ton frère Annabeth ?

Elle haussa les épaules en frissonnant. De toute évidence, elle était en état de choc.

Tout à coup, Abis, un petit homme fluet, à la blancheur spectrale et aux yeux étrangement noirs, se précipita avec fureur à l'attaque de Soleil Ardent. Ils se lancèrent alors dans une folle joute métallique, jusqu'à ce qu'une voix retentisse et les arrête dans leur élan : l'un des sphinx était vaincu.

De qui s'agissait-il ? Le roi Hector ou la fratrie Kersak ?

L'une des créatures était affalée au sol, fermement maintenue par l'autre qui la surplombait de toute sa hauteur.

La voix d'Hector était étrangement suave dans la bouche du sphinx, c'était une voix de femme diamétralement opposée à la sienne :

— Dis à tes hommes de me rejoindre Adamo et plus aucun de nos frères et sœurs n'aura à mourir inutilement ! Vous avez payé assez cher vos péchés. Ainsi je saurai me montrer clément, si et seulement si, vous me promettez une dévotion pleine et entière.

Suffoquant sous la pression qu'exerçait Hector sur sa poitrine, le sphinx Kersak se dissipa pour redevenir trois entités propres : Adamo, Falco et Isabo. Ils se levèrent avec difficulté, le corps couvert de lacérations. Le roi Hector reprit lui aussi sa forme humaine, et plaça sa lame sous la jugulaire d'Adamo.

Après de longues minutes d'incertitude, le chef de la résistance leva les bras vers les cieux en geste d'apaisement et ordonna puissamment :

— Cessez le combat !

De leur côté, les assaillants se tournèrent vers leur roi d'un air interrogateur. Ce dernier acquiesça. Alors tous s'immobilisèrent dans un fébrile accord commun.

— Arrêtons ce massacre ! reprit Adamo avec autorité. Cela ne nous mènera à rien ! Nous nous trompons d'ennemis ! Nos véritables opposants sont tous ces êtres sans capacités, ceux-là même qui nous pourchassent depuis notre plus jeune âge pour nous tuer ou nous vendre comme des bêtes ! Comme le dit si justement le roi Hector, je ne vois ici que des frères et des sœurs ! Nous appartenons à la même grande famille ! Nous avons créé cette communauté pour détrôner le roi Guil. C'est chose faite. Le roi Hector l'a détrôné ! Notre mouvement n'a plus de raison d'être ! Nous sommes du même camp. Laissons le passé derrière nous et allons vers l'avenir ! Ployons le genou et assistons à l'avènement d'un monde nouveau pour notre peuple !

Adamo joignit le geste à la parole et en l'absence de sa canne, prit appui sur sa sœur Isabo qui l'aida à s'agenouiller avant de faire de même.

— Très beau discours le félicita le roi Hector. Vous avez entendu ? Ployez le genou, jurez de m'être fidèles et relevez-vous en hommes, femmes et enfants supérieurs de notre nouveau monde ! Ensemble nous ferons de grandes choses, je vous le promets ! Les créatures faibles et dénuées de facultés trembleront devant nous. Ils payeront et seront enfin remis à la place qui leur revient de droit ! À nos pieds !

Tandis que le roi parlait, bon nombre d'hommes de la résistance, vaincus et fidèles à Adamo, imitèrent docilement leur chef. Néanmoins, un grand nombre n'esquissa pas un geste. Falco était de ceux-là. Il était debout, bien droit, le visage grave.

Soleil Ardent n'en croyait pas ses oreilles. *Avait-il bien entendu Adamo, Adamo le vieil ami de Julius, leur demandait de rejoindre le camp de ceux qui avaient versé le sang des leurs ? Le camp de ce roi fou et sanguinaire ? Ce même homme qui avait tué Julius le sourire aux lèvres ?*

—Falco mon frère ! Qu'est-ce que tu fabriques ? Fais donc ce que l'on te demande ! T'ai-je déjà donné lieu de te défier de moi ? Rends-toi à l'évidence, nous sommes défaits ! Le roi Hector est notre meilleure option ! Veux-tu que tes frères et soeurs meurent par ta faute ? Regarde-les ! Ils sont désarçonnés par ta réaction ! Nous sommes les frères Kersak ! Toujours unis Falco ! Agenouille-toi et sauve leur la vie à tous !

Falco ne fit pas l'ombre d'un mouvement, il se contentait de le fixer avec dégoût lui et sa soeur agenouillés.

—Tu ne comprends donc pas que nos intérêts sont les mêmes ? N'est-ce pas notre but à tous qu'enfin nous puissions vivre en paix, entre nous, sans subir le joug de ceux qui nous ont molestés toute notre vie ?

Falco sortit de son silence pour répliquer amèrement :

—Le roi Hector, le roi Guil ! Tous deux des êtres sanguinaires avides d'imposer leur volonté au peuple tout entier, Adamo ! Ce n'est pas là notre cause ! Notre cause est juste, nous luttons pour la liberté et l'égalité de tous les hommes ! Tous ! Pour un monde meilleur où chacun pourra vivre libre, qu'il soit pourvu ou non de facultés ! Où il ne sera pas question d'infériorité ou de supériorité ! As-tu oublié que c'est cette quête de paix, le fondement de notre mouvement ? Alors dis-moi, qu'avons-nous à attendre d'autre que la désolation et la mort de milliers d'innocents, avec un être inhumain et sanguinaire tel que lui au pouvoir ?

Le roi Hector fulminait de rage et au vu de son visage, il s'apprêtait à relancer les hostilités. Tout cela finirait dans un bain de sang…

Or soudain, le temps s'arrêta.

Le petit Érode était à l'œuvre, il souffla à l'oreille de Jacob :

—Nous n'avons pas beaucoup de temps… Dis aux autres de rejoindre Thomas ! Vite ! Dis-le leur ! Dis-le leur maintenant !

Le temps reprit sa course effrénée comme si de rien n'était.

—À genoux sur le champ ! Ou mourez ! hurla le roi Hector.

Au même instant une voix résonna dans l'esprit des hommes, femmes et enfants de la rébellion qui étaient encore debout, bien décidés à ne pas capituler.

« *Rejoignez le jeune Thomas ! Rejoignez le jeune Thomas ! Hâtez-vous !* »

C'était la voix de Jacob.

Annabeth et Soleil Ardent échangèrent un même regard. Ils repérèrent Thomas à seulement quelques mètres d'eux. D'un même élan ils se précipitèrent vers Léonie pour l'entraîner dans leur course, tandis que des hommes les poursuivaient.

—Dépêche-toi Annabeth !

Ils atteignirent Thomas en même temps que Falco.

—Tenez-vous la main ! ordonna Thomas, en leur tendant les siennes.

Ils obéirent vivement et formèrent une chaîne humaine autour du garçon.

Pris de court, le roi Hector lança un poignard dans la direction de Falco. Il se ficha dans son bras au moment où ce dernier et le reste de leur groupe se volatilisaient, disparaissant sans laisser de trace. À la place où ils se tenaient encore quelques instants auparavant, ne restait plus qu'un vide immense et insaisissable.

Près des décombres du mur de la grande salle, Tental veillait sur une ribambelle de prisonniers. Ne demeurait dans le parc Kersak, parmi les ombres mouvantes des premières lueurs de l'aube, plus qu'une trentaine d'hommes à genoux au milieu des hommes du roi et des corps sans vie.

- LE ROI HECTOR -

Le jour se levait derrière la cime des arbres du manoir Kersak. Il régnait un calme angoissant et anormal après la frénésie de la bataille.

—Où sont-ils ? rugit le roi Hector en empoignant l'ancien chef de la résistance pour lui hurler à l'oreille. Les tympans mis à rude épreuve, Adamo grimaça, il se trouvait si près d'Hector qu'il pouvait distinguer les plus infimes détails de son visage. À cette distance, une minuscule tache de naissance était perceptible sur son front.

Le hurlement du roi Hector résonna longtemps dans la torpeur ambiante. Le parc n'était plus qu'un champ de débris épars. Les premiers rayons du soleil éclairaient timidement les dégâts causés sur la façade de l'impressionnant manoir Kersak.

—Je n'en ai aucune idée... pâlit Adamo, qui ressemblait à un vieux lion fatigué par les années.

Isabo se releva et adressa un sourire enjôleur au roi.

—Il y a bien quelqu'un qui sait se téléporter.... À vrai dire ce sont des rumeurs, je ne l'ai jamais vu à l'œuvre. Mais je doute que...

— Qui ? s'insurgea le roi.

L'exquise personne d'Isabo n'échappa pas à son regard inquisiteur. *Ce n'était ni le lieu, ni le moment, mais il y reviendrait plus tard…*

—Melvyn.

—Melvyn ? Notre précieux informateur ? Intéressant…

La stupéfaction se dessina sur les traits d'Adamo et d'Isabo, et gagna ce qu'il restait de la communauté, tandis que le roi ordonnait :

—Approchez Misty, Alastor et Ménélas !

Accompagnée de ses deux compères, Misty avança avec fierté. Sa poisseuse crinière rousse en bataille n'entachait en rien sa beauté sauvage et son allure altière. Elle jeta violemment une femme aux pieds de son souverain. Cette dernière était enchaînée et seuls ses longs cheveux blonds emmêlés dépassaient du sac de jute qui lui recouvrait la tête. Misty leva son œil visible - l'autre demeurait caché sous un bandeau - brillant d'adoration, vers son roi, resté si longtemps et bien contre son gré, hors de sa portée.

—Mon Maître, s'inclinèrent-ils dans un même élan.

Le roi se frotta le menton d'un air songeur.

—Melvyn… c'est bien le garçon auquel vous avez fait allusion dans vos lettres ?

Alors que Misty confirmait vivement, le roi continua sur sa lancée :

—Où est-il ? Il était question d'une fille aussi, une putain je crois ? Une putain qui a fort bien servi nos intérêts... Alors ? Qu'ils se montrent !

Anita et Melvyn vinrent poser genoux à terre.

—Et bien puisqu'il est là, je suppose que notre fameux informateur n'à rien à voir avec la disparition des fuyards, n'est-ce pas ?

Melvyn fit un petit signe d'assentiment timide. Le roi se mit à rire, d'un rire mauvais. Il déclara avec une lenteur calculée, comme s'il tenait à ce que toute l'assemblée ne perde pas un mot de ses paroles :

—À l'é-vi-den-ce ! Pourquoi donc cacherait-il des rebelles ? Cela après les avoir trahis si aisément ? Hector examina Anita :

—C'est donc pour ce fourreau que tu as trahi les tiens ? Il faut avouer que c'est un beau brin de fille, cette fade communauté ne fait pas le poids. Comme je te comprends... Mais j'ose espérer que ta dévotion à ma cause ne se limite pas à cette unique source de motivation…

Anita ne quittait pas le roi des yeux. Elle alla même jusqu'à passer sa langue sur ses lèvres d'un air provocateur. Melvyn observait son manège, rouge de jalousie.

Soudain, le roi se tourna vers Magma, comme s'il venait de se rappeler de l'urgence de la situation :

—Prends des hommes Magma et fouillez-moi sur-le-champ chaque centimètre carré de ce maudit manoir !

—Bien mon Roi Divinitatem !

Hector dirigea son attention sur l'homme, grand et maigrichon, qui accompagnait Misty.

—Alastor c'est bien toi ? Qu'est-il arrivé à tes muscles légendaires ? Comme tu le vois, en ton absence, j'ai dû faire quelques… arrangements et ma garde avait besoin d'un chef ! Magma était tout désigné pour ce poste… Prends donc une troupe et inspecte le parc et les souterrains de fond en comble, que je vois si tu peux encore m'être utile ! ordonna Hector.

—C'est arrivé pendant la bataille mon Roi, un gamin a comme aspiré ma force, et mes musc…

—Tu crois que c'est le moment de te plaindre de tes petites misères ? Si tu n'as plus de facultés et que tu me fais perdre mon temps à geindre comme une femmelette, tu ne m'es plus d'aucune utilité… Contrairement à la nouvelle recrue prometteuse qui vient de rejoindre nos rangs. Moi qui comptais faire de toi mon sous-lieutenant… Cet homme en noir me semble finalement bien plus qualifié…

—Je serai à la hauteur mon Roi.

Hector fronça les sourcils.

—Mon titre a évolué lui aussi. Mettez-vous au diapason, bon sang !   D'autant plus si vous espérez ma clémence ! Roi Hector Divinitatem !

—J'y vais tout de suite mon Roi Hector Divinitatem !

—L'homme en noir, joins-toi à lui avec tes hommes. Dans l'état de faiblesse où se trouve cette demoiselle, elle pourrait nous faire un malaise…

L'homme en noir et ses hommes éclatèrent d'un rire sonore et goguenard avant d'encadrer la frêle silhouette d'Alastor et de s'engouffrer à sa suite dans le labyrinthe.

—Tental ! appela Hector.

—Mon Roi Divinitatem ?

—Rassemble les rebelles avec les autres esclaves.

Adamo protesta vivement :

—Nous nous sommes rendus à votre cause votre Majesté ! Nous ne sommes pas des esclaves !

—Naturellement, naturellement Adamo ! ricana le roi avec sournoiserie. Ne monte pas ainsi sur tes grands chevaux ! Dois-je te rappeler que tu n'es pas en position d'exiger quoi que ce soit ? Tu comprendras ma prudence. Toi et les tiens devriez me montrer votre bonne volonté. Ma confiance se gagne. Elle ne se donne pas. Qui plus est, une bonne partie de tes hommes n'a que faire de ton… autorité et s'est lâchement mutinée. Même ton propre frère… C'est désolant. J'attendrai de bien meilleures performances de ta part à l'avenir. Nous devons prendre toutes les précautions tant que nous n'avons pas mis la main sur cette bande de fuyards.

Adamo baissa la tête et se mura dans le silence, tant son orgueil était entaché et tant il savait qu'aucune réponse ne convaincrait Hector. *Il avait raison, ses hommes s'étaient retournés contre lui et il n'était pas en capacité de réclamer. Il devrait prendre son mal en patience.*

Le roi Hector reporta son attention sur Misty en désignant la femme emmaillotée à ses pieds :

—Bien. Qu'avons-nous là ?

—Mon Roi… Divinitatem. Voici la petite garce que vous nous aviez ordonné d'attraper : Gabrielle. La servante de la taverne du « *Lion Rugissant* », celle qui avait si bien amoché Aaron. Quant au garçon, Morgan, il est introuvable…

—Ahahah ! C'est un ordre qui date de quand ? Huit ans ? Mieux vaut tard que jamais Misty… Peut-être pourrai-je faire quelque chose de toi finalement. Sans ta lettre, nous n'aurions pas démasqué de si tôt la rébellion, je te le concède. Pour le garçon, c'est une affaire réglée, il est mort, je le tiens de la bouche même de ce misérable voleur… Hum comment s'appelait-il déjà ?

—Teddy, mon Roi Divinitatem, lui souffla Pénéloppe.

—Ah oui c'est cela ! Teddy ! Agréable à tuer, il a hurlé longtemps pendant qu'il se vidait de son sang. Il a payé de sa vie sa cupidité malsaine. Vous vous rendez compte ? Un peu plus et nous n'aurions pas pu utiliser les souterrains pour faire une surprise à tout ce beau monde !

Il haussa les épaules.

—De toute façon, vieux comme il était, qu'en aurais-je fait ? Néanmoins il avait le mérite d'être accompagné de cet homme en noir et de sa petite troupe qui ont eu la présence d'esprit de ployer le genou sans rechigner. J'ai tout de suite senti que cet homme en noir… ou plutôt cette bête, avait un fort potentiel. C'est lui qui m'a inspiré l'idée fort distrayante de prendre l'apparence de Teddy. Quel plaisir cela a été de voir la vie quitter le visage de ce traître de Julius. Lui qui avait été l'un de mes plus proches conseillers à l'époque où je devais encore me faire passer pour cette vermine de roi Guil.

Il fit une pause un instant et scruta l'assemblée.

— Et où est sa femme ? Léonie ? Cette vieille folle qui s'est dressée devant moi tout à l'heure pour protéger un petit imbécile ?

Misty baissa la tête.

— Certainement avec ceux d'entre eux qui nous ont faussé compagnie... Ah ! Et elle a eu Aaron par surprise...

Le roi la fusilla du regard puis examina les alentours, à la recherche du corps de son homme de main :

— C'est décevant Misty, tellement décevant... Pour Aaron c'est regrettable, pour sûr... Il haussa les épaules. Mais c'est bien là la preuve que dans son état il ne m'était gère plus utile...

Finalement Hector s'adressa à Melvyn :

— Viens, approche mon garçon, ne fais pas cette tête ! Ne te recroqueville pas comme un bon à rien !

Melvyn se redressa quelque peu.

— Bien, c'est un début !

Le roi lui passa une main derrière l'épaule et l'emmena à l'écart pour lui murmurer :

— Il me semble que cette lettre faisait état de sang que nous aurions en commun. En es-tu certain ?

Melvyn hocha la tête en regardant ses pieds.

—Ton roi te parle ! rugit-il. Si tu prétends être mon fils, prends-en au moins l'attitude !

—Oui mon Roi Divinitatem… Vous êtes mon… Vous êtes mon père.

Le roi le dévisagea comme s'il jaugeait une bête de somme.

—Et qui était ta mère ?

—Éline.

Le roi sourit à l'évocation de ce prénom.

Oui, il se souvenait de cette servante. Il se souvenait même très bien de ces nuits volées… Et de ses ardeurs de jeunesse qu'il ne parvenait pas à réfréner… Enfin non pas qu'il les réprimait plus à présent. Quoiqu'il dût bien s'avouer avoir restreint le rythme ces derniers temps, pour se contenter bien trop souvent de… Judith… Avait-il pris un coup de vieux ? C'était un état de fait qu'il n'acceptait pas et auquel il comptait remédier au plus vite… Cela tombait bien, il y aurait très bientôt une multitude de nouvelles têtes et surtout de jeunes corps, à la capitale, ils seraient tout destinés à le rassasier … Ah ! La savoureuse Éline ! Qu'est-ce qu'elle avait hurlé ! Comme il avait aimé la soumettre à ses désirs.

Alors voilà que tout portait à croire qu'il avait trois fils ? Deux bâtards et un héritier mâle ! Était-ce seulement de la chance ? Il n'y croyait pas !

Après tout, c'était un juste retour des choses.

Qui d'autre qu'un Dieu tout-puissant pouvait être ainsi béni ?

349

- NOAH -

Château d'Arka, Capitale,

Pendant ce temps, à des milliers de kilomètres de là, sur le continent, au cœur de la capitale, Noah était en proie à une confusion profonde dans sa vaste chambre du château d'Arka, contiguë à celle de Shade. *Shade…*

Rien que le fait de penser à elle, à ce qu'elle attendait de lui, le faisait blêmir d'effroi. Il aurait dû le faire dans la nuit, mais il luttait désespérément contre l'inévitable. Une petite voix dans sa tête lui murmurait qu'il n'avait pas le choix, qu'il devait le faire… une voix qui hantait ses cauchemars et qui avait les intonations impérieuses de sa persécutrice.

Il avait passé la nuit dans un état de torpeur insupportable, les yeux grand ouverts, le corps tendu et les poings serrés, tentant de réfréner l'inéluctable. La voix murmurait, ordonnait et menaçait. Mais il restait là, immobile. Il enfonça ses poings dans ses oreilles en pure perte. Les draps étaient trempés, il tremblait de tous ses membres.

Sa joie de vivre et son entrain des débuts, à l'idée d'être intégré dans la famille royale, de devenir le fils du roi, s'étaient taris. Il vivait un véritable supplice. Il voulait contenter le roi, bien qu'il ait compris qu'il n'était rien d'autre qu'un être cruel, dépourvu d'amour et du moindre sentiment de compassion. Mais à défaut d'amour, il pouvait lui offrir sa fierté de père et Noah était tout disposé à s'en contenter... au début du moins. Quand il avait tué tous ces hommes dans la cour du château, sous son ordre, dans cette boucherie atroce, le roi l'avait regardé avec une fierté démesurée, comme jamais personne ne l'avait regardé, lui, le petit orphelin du désert. Lui le monstre qui avait anéanti tout un village dans une mare de sang. Son père n'avait pas ce genre de scrupule. La vie des autres ne comptait que lorsque cela lui apportait un quelconque intérêt. Ce qu'il aimait avec la vie, c'était l'ôter.

Mais malheureusement ou heureusement pour lui - il n'aurait su le dire dans son état de confusion mentale - Noah, lui, avait des scrupules. Depuis ce carnage sanglant, il ne parvenait plus à fermer l'œil. Ses nuits étaient peuplées d'hommes à l'agonie et de torrents de sang qui cherchaient à l'engloutir. Parfois il revoyait les visages de ces hommes - ces innocents qu'il avait tués - au moment où ils en avaient encore un, avant qu'il ne leur vole leur apparence physique et jusqu'à leur humanité et que ne subsiste d'eux plus qu'une flaque visqueuse écoeurante. Ils revenaient pour lui hurler quel monstre inhumain il était et il savait qu'ils avaient raison...

Comment pouvait-on appeler la barbarie dont il était capable, un don ? Comment son père pouvait-il le féliciter de toute cette horreur ? Dans le fond, lui aussi était-il si mauvais ? Quand il voyait Shade et toute la cruauté dont elle était capable, il ne doutait pas que la folie soit héréditaire...

Lève-toi Noah ! Lève-toi ! tonna la voix dans sa tête, coupant court à ses pensées parasites. *Il fallait que cela cesse ! Il n'en pouvait plus !*

— Tais-toi ! Je t'en supplie tais-toi... se mit-il à sangloter.

C'est l'affaire de quelques minutes Noah... Ensuite je te promets de ne plus t'embêter. Tu me crois Noah ?

— Non c'est atroce ! Je ne peux pas faire ça !

Tu sais aussi bien que moi que tu vas le faire Noah. C'est ainsi. Tu n'as pas le choix... De toute façon, c'est dans ta nature. Un de plus ou un de moins ! C'est trop tard Noah, tu es un monstre. Sais-tu que quand un chien a goûté au sang, il ne peut plus s'en passer et qu'il faut alors le tuer ?

—Je vais changer ! pleurnicha-t-il. Je ne le ferai plus, je ne ferai plus jamais !

Tu vas le faire Noah ! Tu vas le faire maintenant ! affirma la voix insupportable.

En sanglotant, Noah s'écrasa les oreilles à s'en faire mal.

—Non, non, non, non... commença-t-il à répéter inlassablement, mais plus les « nons » se succédaient et plus ils perdaient en intensité en même temps que sa volonté fléchissait.

Soudain, un bourdonnement terriblement douloureux se mit à résonner dans sa boîte crânienne, de plus en plus fort, déclenchant une douleur atroce, comme si sa tête allait exploser. Il ne pouvait plus penser, il ne pouvait plus que souffrir.

Alors comme un somnambule, les mains rivées sur ses oreilles, les yeux exorbités, il se leva et se précipita hors de sa chambre, à peine conscient de ce qu'il faisait, incapable de contrôler ses propres gestes.

Le couloir était silencieux.

Il arriva dans la chambre du nourrisson sans avoir croisé âme qui vive dans l'aube naissante du petit matin. Le château dormait encore paisiblement, mais c'était une question de minutes avant que le personnel ne commence à s'activer avec frénésie.

Il poussa la porte de la chambre.

C'était une pièce vaste, bien trop vaste pour un si petit être. Le nouveau-né semblait perdu au milieu de tout cet espace et des meubles immenses.

Hercule ouvrit les yeux.

Il reconnut Noah et se mit à sourire et à babiller : il l'aimait bien, il lui faisait confiance. Mais d'un seul coup, si petit qu'il était, l'instinct lui fit comprendre que quelque chose « clochait ». Sans doute étaient-ce les yeux exorbités et le teint blafard de son visiteur qui l'inquiétèrent, au même titre que ses mains braquées sur ses oreilles avec une telle force que le sang en avait quitté les jointures.

Noah souffrait le martyr, il ne savait même plus qui il était, il fallait que cela cesse. *Il fallait que cela cesse tout de suite !* Son don – ou plutôt sa malédiction - s'apprêtait à s'embraser comme une traînée de poudre.

Le sifflement s'arrêta soudain et la voix ordonna.

Doucement. Doucement Noah. Là, ça va mieux… Allons, prends l'oreiller et tout sera fini ! Nous ne voulons pas qu'ils sachent… nous aurons encore besoin de toi ! Fais-le ! Bientôt tout ne sera plus que du passé, rien qu'un cauchemar parmi les autres.

Le bruit strident reprit de plus belle.

Vaincu, Noah attrapa l'oreiller et appuya de toutes ses forces sur le petit visage du nourrisson.

Hercule leva ses minuscules mains et ses petites jambes. Il gesticula ainsi quelques minutes et puis, soudain il s'immobilisa.

Noah retira le coussin. Le petit visage sans vie d'Hercule était rouge vif, congestionné et maculé de larmes.

La voix de Shade s'était enfin tue.

Dans un état second, Noah se précipita dans le couloir et courut se réfugier dans sa chambre comme un forcené.

Il l'avait fait.

Il était en plein enfer, au comble de l'horreur…

Quelques minutes plus tard un cri déchira le petit matin.

— AHHHHHHHHHHHHHHHHHHHHHHHH

Le cri d'une mère aux abois, d'un animal sur le point de succomber. Judith avait trouvé le corps sans vie de son petit garçon.

- ANNABETH -

Manoir Kersak, Isidore,

Ni Magma, ni Alastor, ni aucun des hommes du roi ne purent mettre la main sur le reste des membres de la rébellion. Ils fouillèrent durant de longues heures, chaque parcelle du domaine, chaque centimètre carré du manoir Kersak.

Ils ne trouvèrent pas âme qui vive.

Ils n'étaient nulle part. Si bien qu'ils commencèrent à penser qu'ils s'étaient purement et simplement volatilisés et que Melvyn n'avait pas l'exclusivité de la capacité à voyager dans l'espace à son gré.

Or la réalité résidait ailleurs.

Ils étaient là, à quelques pas seulement des hommes du roi, au beau milieu du parc Kersak. Retenant leur respiration comme un seul homme, se forçant à un immobilisme total pour ne pas risquer d'être entendus.

Thomas les avait rendus invisibles aux yeux de leurs ennemis et de ceux qu'ils considéraient autrefois, comme leurs frères et leurs sœurs, mais qui avaient choisi de baisser les armes et de suivre

Adamo dans sa terrible capitulation. Thomas devenait livide, cette prouesse lui demandait un effort colossal et des ressources d'énergie qu'un garçon d'à peine quinze ans, comme lui, était bien en mal de déployer. Le fait qu'il ait réussi à les maintenir si longtemps dans l'invisibilité, relevait déjà du prodige et d'une volonté de fer. Il était pâle comme la mort à présent et tout son corps était parcouru de spasmes de douleur. Il tremblait sans discontinuer. Il souffrait mille tourments et cela faisait peine à voir.

Quant à Jacob, il tenait fermement Isaac. Enfonçant ses ongles dans sa peau pour l'empêcher de faire la plus grosse erreur de sa vie, une erreur qui lui serait fatale à lui comme à eux tous. Il voulait - et c'était tout à son honneur - sauver sa mère qui se trouvait muselée au sol, aux pieds du roi Hector, comme un animal. Le jeune garçon n'en démordait pas. Mais Jacob maintenait la pression pour le retenir aussi bien physiquement que mentalement, tentant de lui faire entendre raison : ils étaient trop peu nombreux, ils ne viendraient jamais à bout des hommes d'Hector. Il fallait prendre son mal en patience, pour revenir plus tard et frapper plus fort. Pour attaquer Arka et sauver tous ceux qui seraient emmenés contre leur volonté... Évidemment, Isaac ne l'entendait pas de cette oreille. *Il ne permettrait pas que sa mère soit traitée de la sorte et emmenée comme du bétail ! Et que dire de son père ? Ce roi ... Il prétendait qu'il était... mort ! Il ne voulait pas y croire ! Il ne pouvait pas être mort ! Rien de ce qui sortait de la bouche* de ce monstre ne pouvait être vrai ! Mais alors... où était-il quand sa mère avait, comme jamais auparavant, besoin de lui ? Comme jamais lui-même n'avait eu besoin d'un père ! Qu'avait-il fait de ses belles promesses ? Au fond de lui, Isaac était convaincu qu'il saurait quoi faire, qu'il aurait un plan pour les sauver.

L'envie d'en découdre les tourmentait tous autant qu'ils étaient, la colère pulsait dans leurs veines. Plus les minutes passaient et plus l'envie de mourir au combat, de mourir pour la cause les tenaillait... Falco et Jacob faisaient front commun, mais plus le temps passait et plus il était difficile de les maintenir ainsi dans l'inaction.

De son côté Jason bouillonnait littéralement de rage face à l'expression séductrice de sa maîtresse. *Comment Isabo avait-elle pu lui faire cela ?* Jamais il ne l'aurait pensée disposée à se soumettre aussi facilement. Ployer le genou ainsi ne ressemblait guère à la femme qu'il aimait. Celle-là même qui faisait toujours ce qu'elle désirait. *Le désirait-elle, lui ? Ce roi fou ?* Cette éventualité terrible ouvrait une plaie béante dans son cœur. Il pensait que cette cause importait autant pour elle que pour lui et il s'était leurré. Son amour pour elle l'avait induit en erreur, il n'avait pas vu sa véritable nature, sa perversion. Une seule envie l'obsédait : quitter cet écran protecteur et la secouer encore et encore, jusqu'à ce que la femme qu'il avait aimée si passionnément, refasse surface.

Soleil Ardent ne faisait pas exception à l'animosité ambiante. Il comprenait enfin le sens de sa vision et le rôle qu'elle avait joué dans la traîtrise de Melvyn, et en cela il se sentirait à jamais coupable. Coupable d'avoir révélé malgré lui à Melvyn qu'il était le fils de l'abjecte roi qui avait ôté la vie à Julius. Il rêvait d'en découdre, de venger la mort de son mentor, de se jeter sur le roi pour le tuer de ses propres mains. Il voulait frapper de toutes ses forces, ce traître de Melvyn, sans qui ce cauchemar n'aurait jamais pu devenir la réalité, lui faire payer la mort de Julius, jusqu'à ce qu'il ne puisse plus jamais se relever. Il exécrait rester ainsi prostré, cela lui donnait l'impression d'être un lâche, tranquillement à l'abri tandis que les autres risquaient leur vie à la portée de ce roi sanguinaire et cruel. Mais la réalité était qu'une grande partie d'entre eux avaient choisi, choisi de retourner leur veste, de rejoindre les rangs d'une dictature sanguinaire sous la coupe d'un forcené. Il ne pouvait détacher les yeux de ses anciens compagnons devenus esclaves, ils seraient bientôt entraînés malgré eux, vers une vie de labeurs et d'atrocités. S'il survivait, il se jura de les sauver tous jusqu'au dernier.

Falco qui lui tenait la main lui murmura comme s'il avait entendu ses pensées :

—Nous ne sommes pas des lâches mon garçon. Il y a un temps pour agir et un temps pour choisir de ne pas agir. Notre survie dépend de notre faculté à endurer cette épreuve et à en devenir plus fort, plus fort pour les sauver tous, les sauver d'eux-mêmes et plus encore de cette créature immonde qu'ils appellent roi…

Aux abords du labyrinthe, la scène en bois n'avait pas subi de dégâts importants et tenait encore debout ; elle paraissait flotter au milieu des débris ambiants, telle la fidèle rescapée d'un naufrage. Les fleurs et l'arbre que Gabrielle avait fait surgir du néant lors du spectacle – spectacle qui semblait avoir eu lieu dans une autre vie, dans une parenthèse enchantée, à l'abri de la guerre – commençaient à flétrir, à faner et à se recroqueviller sur eux-mêmes, à l'image de leur créatrice. Comme un maître de cérémonie, le roi monta sur l'estrade :

— Ce ne sont pas une vingtaine de couards qui nous feront trembler. Ils payeront de nous avoir ainsi fait perdre notre temps à les chercher, tels des misérables vermines, terrifiées par notre grandeur. Je peux vous l'assurer ! Quand nous les aurons retrouvés, j'aurai plaisir à voir la vie quitter leur petit visage de rongeurs atterrés ! Votre roi est miséricordieux ! Je ne saurais vous tenir pour responsables des crimes de ceux qui ne se sont pas joints à nous. Ils ne sont pas dotés de votre clairvoyance, ils n'ont pas compris que la paix, il cracha ce mot comme si c'eût été la pire des insultes, ne peut exister avec la race inférieure ! La réalité, c'est que nous n'avons que deux possibilités, les soumettre, ou nous soumettre ! Cette chasse aux sorcières n'a que trop duré, notre peuple a été bien trop longtemps martyrisé ! Ont-ils eu de la pitié pour nous ? Alors en aurons-nous pour eux ?

— Non ! répondirent en chœur les hommes du roi.

— Ont-ils eu de la pitié pour ces nouveau-nés déformés, qu'ils ont assassinés à peine sortis du ventre de leur mère ? Ont-ils été miséricordieux lorsqu'ils ont craint que nous ne les contaminions tous ? Alors même qu'ils gangrènent notre société en léguant à leur descendance des gènes sous-développés ? La réponse est non. Alors non ! Non, nous n'aurons pas de pitié ! Hommes, femmes, enfants de la communauté Kersak, serez-vous avec moi ? Choisirez-vous le peuple supérieur ? Vous battrez-vous pour un monde nouveau, où jamais, plus jamais, nous ne serons persécutés pour l'unique raison que nous sommes l'évolution, quand ils ne sont plus que les vestiges d'un passé révolu !

Des acclamations s'élevèrent et les anciens membres de la résistance qui avaient ployé genou commencèrent timidement à joindre leur voix aux autres, imitant Adamo et Isabo.

— Magma ! Le moment est venu de faire un feu de joie ! Ils devront trouver une autre cachette pour se terrer comme des insectes répugnants !

Magma ne se le fit pas dire deux fois, il répandit une vague de lave en fusion qui embrasa le manoir à une vitesse vertigineuse.

Annabeth regardait ce carnage terrible sans véritablement le voir. Les langues de feux enflammèrent ce qui avait été, durant de longs mois, « sa maison », sans qu'elle ne s'y sente jamais réellement chez elle. Les paroles du roi et ses promesses destructrices l'avaient interloquée au plus haut point. Qui plus est, elle avait tout entendu de son aparté avec Melvyn. *Le roi était… le père de Melvyn ? C'était impossible ! Sa mère avait été mariée plusieurs années durant avec le père de Melvyn avant qu'il ne meure de la lèpre ! Du moins c'est ce qu'Éline leur avait raconté…Tandis que son père à elle, était un inconnu, un marchand avec qui sa mère avait eu un jour une aventure… Alors comment Melvyn pourrait-il être le fils du roi ? Ça n'avait aucun sens !*

Durant tout le discours de propagande du roi, des images s'étaient imposées à son esprit, des images atroces, qu'elle ne pourrait jamais oublier, elle le savait. Lorsqu'il avait parlé de *sorcière*, cela avait fait écho en elle et elle avait revu la scène qui s'était déroulée ce funeste soir où sa mère avait perdu la vie. Le groupe d'hommes et leurs fourches brandies. « *Où qu'elle est la sorcière ?* ». Ces mots lui faisaient l'effet d'un coup de poignard. La blessure encore à vif, causée par la mort de sa mère, semblait vouloir saigner à jamais. Elle se rappelait comme Éline avait fermement démenti. Mais c'était trop tard, c'était sa faute, sa faute à elle. C'était elle qui avait perdu le contrôle. « *Vous insinuez qu'mon fils y serait menteur ? Il a perdu un œil et peut-être même bien l'usage d'une jambe, tout ça à cause de votre sorcière d'fille !*». Le discours du roi lui ouvrait tout un champ de possibles. Elle arriva à une nouvelle conclusion, c'était comme si après de longs mois passés dans la confusion, dans un brouillard tenace, elle apercevait enfin une éclaircie. *Et si finalement ce n'était pas de sa faute à elle ? Ni de la faute de son frère ? Et si sa mère était « seulement » une victime de plus des êtres inférieurs, de ces êtres jaloux et envieux, dont le seul but depuis des années était de les soumettre en tant qu'esclaves pour les anéantir... de les exterminer, comme ils l'avaient fait avec sa pauvre mère, si douce et si bonne, dont la seule faute avait été d'engendrer une sorcière ! Et si finalement elle s'était trompée de camp ? La vengeance à laquelle elle aspirait tant pour guérir de la perte de sa mère, se trouvait-elle auprès du roi Hector ?*

Le roi interrompit le fil de ses réflexions :

—Melvyn, viens par là. Viens me prouver que tu es le digne fils de ton père !

Melvyn comprit ce que le roi attendait de lui. Il demanda aux hommes de s'approcher. Dociles, ils se rassemblèrent et formèrent un cercle compact, qui mêlait l'armée du roi, les anciens membres de la résistance et les esclaves entravés.

Melvyn s'apprêtait à téléporter tout ce beau monde à la capitale. S'il en était seulement capable.

Thomas avait conscience que la délivrance approchait à grands pas. Mais c'était trop tard. Ce dernier était arrivé au bout de ses limites. La chaleur du feu en contrebas ajoutait à son supplice. Faible et assoiffé, il transpirait à grosses gouttes :

—Je crois que je ne vais bientôt plus pouvoir... commença-t-il.

Leur écran protecteur se mit à faiblir, il fallait agir, agir avant d'être soudain visibles de tous !

Isaac savait ce qu'il avait à faire… C'était un choix terrible, le plus terrible qu'il eût à faire de sa courte vie. Il adressa un dernier regard à sa mère, allongée à même le sol parmi les hommes du roi.

Une larme courut le long de son visage juvénile.

Il devait agir.

Pardon maman, murmura-t-il, avant de braquer son regard sur Thomas, Thomas qui chancelait, qui commençait à fermer les yeux, luttant encore et encore un peu plus loin dans ses derniers retranchements, pour les sauver. Isaac se concentra de toutes ses forces. L'écran de protection ne les dissimula plus une microseconde, une microseconde où tous étaient bien trop concentrés à regarder en direction de Melvyn et du roi pour les voir. Alors ce fut au tour d'Isaac de commencer à trembler et à blêmir. Il avait pris la place de Thomas. Il s'était emparé de son pouvoir. C'était lui qui leur permettait à tous de demeurer invisibles alors même que Thomas avait perdu connaissance sous l'afflux de la douleur.

Soudain, à la stupeur générale, Annabeth retira sa main de celle de Léonie et de Jason.

Elle se mit à courir, à courir comme elle n'avait encore jamais couru. Muée d'une détermination folle, forte de sa nouvelle certitude : elle aurait sa vengeance en rejoignant le roi Hector. *Lui seul pouvait lui donner les moyens de venger la mort de sa mère. Il détenait la réponse ! Il était la manière ! Il lui ouvrirait la porte d'accès à un nouveau monde ! Elle en était persuadée ! Désormais, plus personne ne mourrait pour la seule et unique raison d'être une sorcière ! Jamais plus* !

Elle se glissa parmi les hommes du roi. Ceux-là même qu'elle considérait comme ses ennemis quelques heures auparavant et qui s'avéraient être finalement ses plus proches alliés dans une lutte pour une vie meilleure, pour obtenir sa vengeance.

Arrivée au beau milieu du cercle des hommes du roi Hector, elle eut tout juste le temps de distinguer leur étonnement avant de disparaître dans leur sillage, laissant derrière elle ses anciens amis invisibles et le parc Kersak, vide et désolé.

Une sensation de déjà vu s'empara d'elle. Pour la seconde fois, elle quittait sa maison en proie aux flammes voraces. Or cette fois, tout était différent. Elle n'était plus cette gamine impuissante que son frère arrachait de force aux jupes de sa mère.

Cette fois, elle choisissait son destin.

À SUIVRE...

- INDEX DES PERSONNAGES -

A
AARON SLINY (OZ)
Homme de main d'Hector. Il se métamorphose en cobra.
ABIS
Albinos pâle comme la mort. Originaire d'Ilevesne. Il agit sous les ordres d'Hector.
ADAMO KERSAK
Frère d'Isabo et de Falco. Il est le chef de la rébellion.
AERYS
Professeure référente de la classe des Excepto à l'école Kersak, avec sa demi-sœur Anubis.
ALASTOR
Ancien chef de la garde rapprochée d'Hector, doté d'une force surhumaine. Il est tombé en disgrâce en échouant lors de sa mission visant à retrouver Léonie, Gabrielle et Morgan.
ALAIN
Père de Judith. Il fut assassiné par Hector.
ANNAËLLE (HÉLÉNA)
De son nom de baptême Héléna, fille disparue de la défunte reine Séléna et d'Hector.

ANNABETH

Fille d'Annaëlle et d'Hector. Elle ignore qui sont ses véritables parents.

ANNIE

Jadis amie de Séléna et nourrice de la petite Héléna. Elle fut assassinée sur l'ordre d'Hector en tentant de couvrir la fuite d'Annaëlle.

ANITA

Orpheline se transformant en chat noir.

ANUBIS

Professeure référente - avec sa demi-sœur Aerys - de la classe des Excepto, à l'école Kersak.

ASTRIDE

Tenancière de la taverne du « Lion Rugissant » à Arka et mère de Gabrielle.

B

BORGNE (LE)

Grand rouquin à la barbe proéminente faisant partie de la résistance et maîtrisant la foudre.

C

CASSANDRE

Fillette d'une dizaine d'années étudiant à l'école Kersak et possédant la faculté de faire léviter les objets.

D

DEAN

Capitaine de la garde royale de l'ancien roi Guil.

DÉSERT MAUDIT (LE)

Entité invisible s'étendant sur des milles. Rares sont les voyageurs à ressortir vivants d'une visite en ce lieu maudit.

E

ÉDGARD

Enfant dont parle la légende du commencement d'Égavar. Il serait le meneur des irradiés.

ÉDOUARD

Homme de main du roi Hector.

ÉLINE

Ancienne servante du château d'Arka, ayant recueilli Annabeth. Mère de Melvyn.

ÉRODE

Enfant aux facultés remarquables, recherché par la résistance Kersak.

F

FALCO KERSAK

Frère d'Isabo et d'Adamo.

FRÉDRIK

Homme de main d'Hector.

G

GABRIELLE

Ancienne serveuse de la taverne du « *Lion Rugissant* » à Arka. Femme de Morgan et mère du jeune Isaac. Elle est capable de contrôler les végétaux et de leur donner vie.

GRAHAM

Intendant embauché par Léonie pour prendre en charge le domaine d'Arka pendant son absence.

GREG

Frère manchot de Lucas et Jake, étudiant à l'école Kersak.

GRÉGOR

Homme de main d'Hector.

GUIL (ROI D'ÉGAVAR)

Roi d'Égavar assassiné par Hector, qui a pris son apparence et sa place sur le trône.

GUILLAUME

Esclave rencontré par Annaëlle et Morgan sur le navire, « La marchande des mers ».

GIDÉON

Homme d'Hector. Originaire d'Eram. Il se transforme en une bête à mi-chemin entre le loup et la hyène.

GILBERT

Membre de la résistance Kersak.

H

HECTOR

Usurpateur du trône d'Égavar et assassin du roi Guil. Il est capable de prendre l'apparence de son choix.

HÉLÉNA (ANNAËLLE)

De son nom de baptême Héléna, fille disparue de la défunte reine Séléna et d'Hector.

HERCULE

Fils de Judith et d'Hector. Héritier légitime d'Hector, en première place dans la succession.

HOMME EN NOIR (L')

Individu toujours vêtu de noir qui à la réputation d'être l'un des meilleurs escrocs de la ville d'Isidore. Personne ne sait ce à quoi il ressemble sous sa cape.

I

IBISORG

Médecin du roi Guil à Arka.

ICARE
Originaire de Fargue. Il possède la faculté d'agir sur les vents.

ISAAC (LE JEUNE)
Fils de Gabrielle et de Morgan.

ISAAC (LE BARDE)
Ancien amant d'Annaëlle, immolé vivant par Hector. Il possédait la faculté de se métamorphoser en canari.

ISABO KERSAK
Sœur d'Adamo et Falco Kersak.

J

JACOB
Homme muet, possédant la faculté de communiquer par la pensée. Il fait partie de la rébellion Kersak.

JAKE
Frère de Lucas et Greg. Il étudie à l'école Kersak et est doté de trois bras et trois jambes.

JASON
Membre de la rébellion Kersak. C'est un ancien esclave sauvé par Isabo.

JIM
Fermier habitant près de la ville du Gouffre. Père de Tim.

JUDITH
Fille d'Alain et maîtresse d'Hector. Elle est capable de faire léviter les objets.

JULIUS
Mari de Léonie, membre de la rébellion. Il vivait dans un domaine près d'Arka avant de se retrouver privé de sa mémoire par Aaron.

L

LÉONIE

Femme de Julius. Elle est comme une mère pour Gabrielle et Morgan.

LIAM

Homme d'Hector pouvant imposer sa volonté en jouant de la flûte de Pan.

LISE

Enfant de la résistance capable de soulever de lourdes charges.

LUCAS

Frère estropié de Greg et Jake, résidant au manoir Kersak.

M

MAGMA

Lieutenant officiel d'Hector. Originaire de Naclav. Il est capable de matérialiser de la lave en fusion.

MARIE

Prénom donné aux jeunes femmes vierges du royaume de Néosard.

MATTHIEU

Enfant à l'anatomie mouvante étudiant à l'école Kersak.

MELVYN

Fils d'Éline. Sa capacité lui permet de se téléporter d'un lieu à l'autre.

MÉNÉLAS

Jeune homme pouvant prendre la forme d'un aigle. Il était au service du roi Hector avant d'être banni avec Misty et Alastor.

MERY
Nourrice des enfants royaux d'Arka.

MORGAN
Ami d'enfance d'Annaëlle, marié à Gabrielle et père du petit Isaac. Il ne dispose pas de faculté particulière.

MISTY
Mercenaire d'Hector jusqu'à ce que ce dernier la chasse suite à l'échec de la mission visant à retrouver Gabrielle, Léonie et Morgan. Elle est capable de changer ses ennemis en pierre.

N

NAÏA
Ancienne domestique de Léonie et Julius.

NAZARETH
Chef de la secte de Néosard.

NEPHERTYS
Membre de la résistance Kersak.

NOAH
Enfant du désert qui a été élevé par des nomades. Octave affirme qu'il est le bâtard du roi Guil.

O

ŒIL (L')
Homme au service du roi Hector. Il peut percevoir la manière dont sa victime a le plus peur de mourir et la mettre à exécution. Il est aussi capable de se servir des êtres qu'il a tués selon son bon vouloir.

OCTAVE
Esclavagiste ayant acheté Annaëlle et Morgan à Teddy. C'est lui qui amène Noah au roi en assurant qu'il est son bâtard disparu.

PÉNÉLOPPE

Femme aux cheveux blancs à la solde d'Hector. Elle maîtrise les eaux.

ROGER

Aubergiste de « *La Toison d'Or* » à Isidore.

SAM

Homme d'Hector.

SEAMUS

Homme d'Hector.

SÉLÉNA

Reine défunte d'Arka. Elle fut la femme du roi Guil avant et après que celui-ci soit assassiné et remplacé par Hector. Elle mourut en couches en donnant naissance à Héléna.

SHADE

Fille de Judith et d'Hector. Elle est dotée d'une forte capacité de persuasion.

SOLEIL ARDENT

Enfant âgé de huit ans, élevé par le Désert Maudit.

TANIA

Servante en chef du château d'Arka.

TED

Homme habitant dans la secte de Néosard et prenant soin d'Érode.

TEDDY DRASAH

Vieux marchand ambulant ayant trahi Annaëlle et Morgan.

TENTAL

Femme pieuvre agissant sous les ordres d'Hector. Le sommet de son crâne est surmonté d'une pieuvre aux tentacules extensibles.

THOMAS

Enfant de la résistance possédant la faculté de se rendre invisible.

TIM

Fils de Jim, le fermier, habitant dans les environs de la ville du Gouffre.

TOBY

Esclave mort au combat dans les camps de Soahc. Ancien frère d'arme d'Alastor.

U

UTOPIA

Jeune fille de la résistance capable de rendre réelles des illusions durant quelques instants.

- REMERCIEMENTS –

Tout d'abord merci à ma famille, ma maman, Nadine Wielgosz, qui est aussi ma première lectrice, merci à elle de croire autant en moi, de s'investir tant dans cette magnifique aventure littéraire et de m'avoir offert le stylo de ce grand homme que fut son père, mon grand-père, Julien Wielgosz, sans qui cette histoire n'aurait jamais vu le jour. C'est une attention très symbolique qui me touche énormément. Merci à ma grand-mère chérie, Bernadette Turuban et à mon grand-père Jean-Paul Turuban, pour leur écoute, leur soutien et surtout leur patience au quotidien pour la passion dévorante qui m'habite. Merci à ma cousine Cynthia Wielgosz pour son enthousiasme et ses relectures consciencieuses. Merci à Lucie Bellot, mon amie bienveillante qui m'apprend tellement chaque jour et qui m'a poussée à faire le grand saut vers mon rêve. Merci à Hermina Grandjean mon amie enjouée, lectrice et chroniqueuse passionnée. Merci à mon beau-père Alain Philippe, pour ses conseils et idées précieuses. Je tiens à remercier tout particulièrement mes correctrices et fidèles lectrices qui ont permis à ce livre, que vous avez entre les mains, d'être la meilleure version de lui-même, grâce au temps et à l'investissement qu'elles y ont consacrés. Tout d'abord, merci à Sylvie David, mon ancienne professeure de français au collège Saint-Joseph à Château-Thierry, cette grande dame à qui je dois beaucoup de mon amour pour l'écriture. Merci également à Souad Ben Nassr et Colette Armbruster pour leurs relectures si précieuses. Merci à Matthieu Urban, l'auteur de la saga « *L'Artisan Meurtrier* », pour la mise en musique de la chanson « *Les larmes du roi d'Égavar* » et merci à Mioune d'y ajouter tant de profondeur avec sa voix magnifique. Merci à l'illustrateur de talent, Chaim Holtjer, pour la réalisation de la superbe carte d'Égavar. Merci à Ben Boudjemaa de la librairie Inter ligne à Soissons, d'avoir été le premier à mettre en rayon <u>Les irradiés d'Égavar</u>. Merci à Julien Cranskens, de la librairie de l'arbre généreux, d'avoir ouvert les portes à ma saga. Merci à Fabrice Armbruster de la librairie du centre à Soissons de m'avoir invitée à mon tout premier salon du livre. Merci à mon ami Quentin Delahoche, d'avoir suggéré d'organiser ma toute première séance de dédicace dans le magnifique domaine du Translon à Saint-Pierre-Aigle. Merci à Cyril Thirion de m'y avoir si bien accueillie lors de cette journée mémorable et si importante pour moi. Merci au Carrefour Market de Crouy de m'avoir permis de faire ma première séance de dédicace en grande surface. Merci aux équipes des journaux l'Union, l'Axonais et au Vase communiquant, de donner par leurs articles autant de visibilité à cette saga. Merci à tous ceux que je ne peux citer, merci à mes lecteurs et aux nouveaux rencontrés en dédicaces ou ailleurs. Merci à la superbe communauté Bookstagram, Facebook, aux chroniqueurs, aux auteurs, aux libraires, aux magasins, aux bibliothèques, mais aussi aux associations telles que *Lire en Soissonnais* ou *La guilde du Dormantastique*.

Et enfin et surtout, merci à vous qui tenez ce livre entre vos mains !

Merci de donner vie à mon rêve !

- BIOGRAPHIE -

Élodie Vallée Wielgosz est née en 1992. Originaire de Meaux, en Seine-et-Marne, elle effectue sa scolarité à Château-Thierry, Crépy-en-Valois et Paris. Elle habite désormais près de Soissons. Sa passion pour les livres commence par la découverte de la saga Harry Potter, sur les bancs du collège. Vers l'âge de treize ans, encouragée par sa professeure de français, elle commence à écrire des histoires. De cette passion naît « *Le carnet de mon voyage stupéfiant* », une rédaction d'une dizaine de pages qu'elle fera lire à son grand-père. Elle n'oubliera jamais les mots qu'il prononça alors : « *Il faut que tu écrives la suite !* ». Pendant le premier confinement de mars 2020, elle décide alors d'honorer sa promesse et de développer cette rédaction qui devient la saga « *Les irradiés d'Égavar* ». En décembre 2020, paraît le premier tome Les affres du temps. Fin novembre 2021, face à l'engouement suscité par ce premier livre et après avoir travaillé dans le domaine de la communication pendant cinq ans, elle décide de vivre pleinement son rêve en se consacrant à l'écriture et aux rencontres avec ses lecteurs.

- SUIVRE L'AUTEURE -

Pour suivre l'actualité de l'auteure ou accéder à du contenu exclusif tel que les goodies, ou la chanson *« Les larmes du roi d'Égavar »,* **scannez le QR code ci-dessous :**

Vous pouvez vous rendre directement sur sa page Instagram et/ou Facebook : elodie.v.w ou sur son site internet : evalleewielgosz.wordpress.com

Votre soutien est si précieux !
Si vous souhaitez faire grandir la communauté d'Égavar, n'hésitez pas à en parler autour de vous et à poster votre avis sur la saga sur les différents sites dédiés (Babelio, Booknode, Livraddict, etc.), plateformes d'achats (Fnac, Cultura, Amazon, BoD, etc.) et/ou sur vos réseaux sociaux.

Cet ouvrage a été composé et imprimé par
© Independently published, 2021
pour le compte de
© Élodie Vallée Wielgosz
en novembre 2021
Dépôt légal, janvier 2022

Printed in Great Britain
by Amazon

23158378R10212